수선경

허담 新무협 판타지 소설

FANTASTIC ORIENTAL HEROES

수선경 1

허담 新무협 판타지 소설

초판 1쇄 찍은 날 § 2013년 7월 30일
초판 1쇄 펴낸 날 § 2013년 8월 9일

지은이 § 허담
펴낸이 § 서경석

편집부장 § 권태완
편집책임 § 어정원

펴낸곳 § 도서출판 청어람
등록번호 § 제1081-1-89호
등록일자 § 1999. 5. 31
어람번호 § 제2-2369호

주소 § 경기도 부천시 원미구 심곡2동 163-2 서경B/D 3F (우) 420-822
전화 § 032-656-4452 팩스 § 032-656-4453
http://www.chungeoram.com
E-mail § chungeorambook@daum.net

ⓒ 허담, 2013

ISBN 978-89-251-3392-8 04810
ISBN 978-89-251-3391-1 (세트)

허담 新무협 판타지 소설

FANTASTIC ORIENTAL HEROES

水仙經

수설경

①

[살수 타유]

도서출판 청람

序章

수선경

왕이 죽었다.

일은 미처 게양에 도착하기도 전에 일어났다. 시신의 얼굴을 자세히 살피면 독살의 흔적도 보인다. 그러나 너무 교묘해서 그 흔적을 알아볼 자가 일행 중에는 없었다.

왕을 따라온 시종과 시녀들이 하루 종일 곡을 했다. 그러나 그를 왕이라 할 수 있을까. 나의 눈에 그는 철없는 파락호에 지나지 않는다. 왕의 이름은 왕정, 고려의 스물일곱 번째 왕이다. 원에서는 그를 보탑실리라 부른다.

올해로 서른인데 그간 그의 손에 억울하게 죽은 충신의 숫자가 수십이 넘고, 그가 범한 반가의 여인이 또한 수십이다. 그러니 저 예법을 모르는 원의 황실조차도 그의 난행을 참지 못하고 연경으로 불러 올려 다시 이만 리나 떨어진 계양으로 귀양을 보낸 것이 아닌가.

왕은 귤 하나를 먹더니 죽었다. 귤이 사람을 죽일 수는 없다. 사람이 사람을 죽일 수는 있어도……. 그러나 누구 하나 그 귤을 올린 자를 추궁치 않는다. 더군다나 원의 장수 별실가의 눈빛이 날카롭다. 왕의 죽음에 대해 의문을 말하는 자가 있다면 누구라도 죽이겠다는 표정이다. 그러니 내가 나설 일이 아니다.

나로서야 왕이 죽은 것은 고마운 일이다. 애초에 나의 왕도 아니었고, 솔직히 말하자면 고려의 왕이라고 할 수도 없었다. 온 백성이 그의 죽음을 환영하리라. 그러니 그의 죽음에 곡을 하는 자들의 심사를 추측하는 것은 그리 어려운 일이 아니다.

그들은 아마도 그의 시신을 들고 다시 고향으로 돌아갈 수 있다는 사실이 내심 기쁠 것이다. 그러니 그들의 눈에서 흐르는 눈물은 죽은 왕을 위해서가 아니라 자신의 귀향을 기뻐하는 눈물일 것이다.

물론 개중 무사 청담과 학사 강천궁 같은 진정한 충신도 있다. 그들은 왕을 위해서 언제라도 목숨을 내놓을 자들인데 내 눈에는 어리석어 보이지만 사람들은 항상 그들을 칭송했다. 왕의 허물을 신하가 덮는 꼴이라. 그러나 그 두 사람 말고는 그 누구도 진심으로 왕을 위해 눈물을 흘리는 자가 없으리라.

그리고 그중 한 명인 강천궁이 내게 왔다.

"고려로 돌아가야겠소."

그의 눈이 붉게 충혈되어 있다.

"그래야겠지요."

당연한 일이다. 왕이 죽었는데 그들이 갈 곳이 고려 말고 어디가 또 있을까.

"도와주시오."

"무엇을 말이오?"

난 그에게 빚이 없다. 빚이라면 그 빌어먹을 늙은 중에게 있지만 그것도 왕이 죽었으니 청산된 것이나 마찬가지다. 지금까지 난 늙은 중과의 약속을 지키기 위해 무사 청담과 함께 왕을 향한 열세 번의 암습을 막아냈다. 덕분에 내 몸에 일곱 개의 검상이 생겼으니 제법 대가를 치른 셈이다. 물론 결국 왕은 죽었지만 독살은 내 소관이 아니다. 난 검은 막을 수 있지만 독을 막을 수는 없다. 그건 늙은 중이라 해도 나에게 추궁할수 없는 일이다.

그러므로 이제 난 자유다. 강천궁 이 우직한 자의 부탁 따위는 더 이상 내 관심사가 아니다. 물론 약간 신경은 쓰이지만 난 가야 할 곳이 있다.

"시신을 온전하게 고려로 모시고 갈 수 있게 도와주시오."

"나보고 다시 고려로 가자는 말이오?"

"그래 주시면 고맙겠소. 타 대협도 어쨌든 전하를 모시던 분으로서……."

곤란한 일이다. 한낱 칼잡이 살수인 나를 그는 항상 대협이라 불렀다. 단지 그의 왕을 지켜준다는 이유로. 그러나 그런 그의 호의에 흔들릴 내가 아니다.

"그는 나의 왕이 아니오."

"사람을 벨 때와 인연을 끊을 때는 매정해야 한다. 그렇지 못하면 살수는 죽은 목숨이다."

문주가 한 모든 말이 거짓이었지만 살수의 행보를 가르친 이 말만은 진실이다. 특히나 강천궁 같은 자와 말을 오래 섞다 보면 늪에 빠지듯 그 묘한 성품과 강고한 논리에서 헤어나지 못하는 경우가 많다. 그러니 지금은 더욱 냉정해져야 할 때다.

"타 대협!"

강천궁이 깊은 진심이 느껴지는 눈으로 나를 본다. 이런 눈빛은 참으로 곤란하다. 애써 그의 시선을 피했다. 그러자 그도 내 의도를 알아차린 듯 중얼거렸다.

"내가 고집할 수 없다는 것은 알고 있소. 타 대협이 전하를 호위한 것이 선사와의 약속 때문임을 모르지 않으니 말이오. 그러나 난 여전히 부탁드리고 싶소. 시신이나마 고려로 무사히 모셔갈 수 있도록……."

"죽은 자를 누가 공격하리까."

'더군다나 파락호 왕을…' 이라고까지는 말하지 못했다.

"전하의 시신이 고려로 돌아가면 민초들이 봉기할 수도 있으니 원에서 절대 순순히 전하의 시신을 고려로 돌려보내 줄

리 없소. 필시 도중에 왕의 시신을 훼손하려 할 것이오."

순진한 자다. 아니면 지나치게 자신의 가치에 충실한 자라고나 할까. 이런 사람에겐 가끔 현실을 일깨워 줄 필요가 있다. 그것이 속 쓰린 일일지라도.

"그런 걱정은 마시오. 원에서는 절대 왕의 시신을 빼앗지 않을 거요. 왜냐하면 왕의 시신이 고려로 돌아가면 백성들이 폭군의 죽음에 기뻐 춤출지언정 그를 동정해 반란을 일으키지는 않을 거란 걸 원 황실도 잘 알고 있을 테니 말이오. 아니 그렇소?"

나의 말에 강천궁이 칼 맞은 사람처럼 하얗게 질린다. 그러나 내 말을 반박하지는 못했다. 그는 우직하나 현명한 사람이다. 내 말이 틀리지 않다는 것을 그 자신이 더 잘 알고 있을 것이다.

그가 물러났다. 도검을 쓰는 일이 아닌 이상 그가 내게 부탁할 일은 더 이상 없다. 그리고… 도검은 나만 쓰는 것이 아니지 않던가. 그의 곁에는 또 다른 고려의 충신, 무사 청담이 있다.

기이한 일이다. 이상한 사람이다. 그가 남았다. 왕의 시신을 실은 마차는 이미 산을 돌아 검은 점으로 변해 있었다. 그를 보았다. 그의 눈이 마차에서 떨어지지 않는다.

"지금이라도 가보시는 것이 어떻겠소?"

내가 그에게 물었다. 그러자 무사 청담이 묵묵히 고개를 저었다. 그리고 대답했다.

"왕을 지키지 못한 자가 돌아갈 곳은 없소. 그리고 강호에서 할 일도 있고……."

그다운 대답이다. 더 이상 권하고 싶지 않다. 난 무사로서 그를 존경한다. 난 살수지만 요즘은 무사임을 느낀다. 살수로서의 나도 무사다. 삼류살수들이 쓰는 치졸한 손재주를 나는 경멸한다.

난 오로지 검으로 사람을 죽인다. 물론 아주 가끔 특별한 방책이 필요한 상대도 있지만 그때라도 결국 검이 목표의 심장을 찌르는 것은 마찬가지다. 그러므로 난 무사다. 그런 나에게 무사 청담은 존경할 만한 완벽한 무사다.

그러나 그를 존경하는 것은 그의 검술 때문이 아니다. 그가 뛰어난 검객이기는 하지만 검을 다룸에 있어서야 그에게 양보할 생각이 없는 나다. 내가 그를 존경하는 것은 그의 검이 아니라 그의 정신이다. 검에 대한 순수한 열정, 주군에 대한 우직한 충성심, 노숙할 때조차도 한 치의 흐트러짐이 없는 몸가짐, 약한 자에 대한 넘치는 동정심……. 어느 것 하나 버릴 것이 없는 사람이 무사 청담이다.

그리고 그 반대편에 내가 있다. 돈을 받고 사람을 죽이는 자, 어둠을 타고 평생을 살아야 하는 자, 남이 아니라 오직 나를 위해 검을 쓰는 자, 그것이 나다. 그래서 난 그를 존경한다.

내 삶이 비난받을 것은 아니지만 그렇다고 존경받을 인생도 아닌 데 비해 그는 충분히 존경받을 만한 삶을 사는 사람인 것이다. 비록 그런 그의 삶이 세상에게 얼마나 인정을 받는지는 모르겠지만 어쨌든 나는 그를 존경한다. 아마도 그래서 그 늙은 중도 그를 속가의 제자로 받아들였는지 모른다. 아, 그 늙은 중을 생각하니 또 머리가 아파오는군.

"어디로 가시려오?"

그의 행선지가 궁금하다. 그가 고개를 저었다. 할 일이 있다고는 했지만 갈 길은 모르는 모양이다.

"함께 가시려오?"

"어디로 가시오? 타 대협은?"

아마도 그가 나에게 관심을 둔 것은 오늘이 처음이리라. 물론 그 늙은 중에게서 나에 대해 조금 듣기는 했겠지. 그렇다 해도 긴 여행 동안 자존심이 상할 정도로 내게 관심이 없던 그다. 그저 내가 그의 왕을 위해 암습자들을 베어 넘긴 후에야 가볍게 눈인사 정도를 하는 사람이었다.

"온 곳으로……."

"다시 살수로 돌아간단 말이오?"

그가 조금 화가 난 듯 보였다. 아마도 내가 다시 살수로 돌아가는 것에 대해 화가 난 모양이다.

"아니, 다시 살수가 되려는 것은 아니오. 단지 문주에게 물어볼 말이 있어서 돌아가려는 거요."

내가 왜 이자에게 변명을 하고 있지? 나 스스로도 알 수 없는 일이다. 그러나 아무튼 나의 변명에 그의 표정이 풀렸다.

"천살문이 감숙에 있다고 했소?"

"그렇소. 사천을 지나 올라갈 생각이오. 사천까지는 뱃길로 갈 수 있으니 여행 삼아 가면……."

나는 살수다. 그런데 왜 타인과 동행하려 할까.

"음……. 사천이라면 한번 가보고 싶었던 곳이구려. 좋소이다. 같이 갑시다."

이런 사람이다. 결정은 신중하지만 한번 결정을 하면 단칼에 산을 벨 듯 명쾌한 사람이 바로 무사 청담이다.

우리는 함께 길을 떠났다. 그도 나도 태어나서 처음 홀가분한 여행을 했다. 사람의 목을 베러, 혹은 주군을 위한 서릿발 같은 긴장 속에서의 여행이 아니라 온전히 우리 스스로를 위한 여행이었다.

지기(知己)와 여행을 하는 것은 모든 사람이 바라는 바지만 여행이 또한 지기를 만들기도 한다. 우리는 그렇게 지기가 되었다. 그와 나는 물과 불같이 다른 삶을 살아온 사람들이었지만 타고난 업(業)을 내려놓자 여행이 우리를 친구로 만들었다. 그러나 세상에서 좋은 일은 오래지 않는다. 우리의 인연도 그랬다.

우리는 사천 남쪽의 금석촌에서 헤어졌다. 그곳에서 그는 병이 들었다. 그의 강한 몸을 생각하자면 이상한 일이지만 그는 병이 들었다. 어쩌면 스스로 떠난 고려에 대한 그리움이 그 때쯤 가슴에 사무쳐 병을 만들었는지도 몰랐다.

다행인 것은 금석촌의 촌장이 그를 무척 귀하게 보았다는

것이다. 더군다나 금석촌은 사천 서남부에서 부유하기로 이름
난 곳이었다. 병을 치료하고 몸을 정양하기에는 안성맞춤인
곳, 결국 나는 그를 금석촌에 남겨두고 혼자 길을 떠났다. 하긴
그때쯤은 그가 병이 들지 않았어도 헤어져야 할 때였는지도
몰랐다. 그를 데리고 살문으로 가서 피를 뿌릴 수는 없지 않겠
는가.

　　그리하여 무사 청담은 사천의 금석촌에, 나 살수 타유는 나
의 사문, 감숙의 천살문으로 향했다.

第一章

사두(蛇頭) 적두랑(赤頭狼)

수선경

봄을 알리는 바람이 남쪽에서 불어왔다. 추운 계절을 이기고 이르게 잎을 드러낸 잡초들이 바람에 실려 이리저리 흔들린다. 담 아래 따스한 곳에 자리한 풀들은 벌써 키가 반 자나 자라 있다. 잡초를 뽑는 사람이 없음이 분명하다. 타유에게는 생경한 풍경이었다.

"이곳을 버린 지가 오래되었다는 말인데……."

타유가 낡은 기와지붕 위에 걸터앉아 잡초 무성한 장원을 내려다보며 중얼거렸다. 그의 얼굴에 난감함이 깃들었다.

장원은 천살문의 옛터다. 북쪽으로 깊고 어두운 계곡이 눈길 닿는 데까지 이어져 있는 이곳에서 타유는 살수로 키워졌다.

나이 열다섯 이전에는 북쪽 계곡을 벗어난 적이 없었다. 장원에조차 발걸음을 들일 수 없었다. 천살문주는 살수를 키우는 데 있어서 가혹하기 이를 데 없는 인물이었다.

천살문주가 살수를 키우는 방법은 비정했다. 연고가 없는 어린아이 중 근골이 좋은 아이를 감언이설로 속여 천살문에 입문시킨 후 그 아이들을 장원의 뒤쪽 계곡에 감금하는 것으로부터 살수의 수련이 시작된다. 아이들은 그곳에서 천살문의 살법을 배우는 것에 앞서 굶주림에서 살아남는 법을 먼저 배웠다.

"굶주린 자는 황제의 목도 벨 수 있다."

천살문주의 지론이다. 그가 아이들을 통제하는 방법은 굶주림이었다. 십여 세 전후의 아이들에게 굶주림이란 견디기 힘든 고통이다.

그 굶주림을 무기로 천살문주는 아이들에게 냉혹함을 가르쳤다. 계곡에 든 아이가 열이라면 그중 살수의 수련을 무사히 마치는 숫자는 겨우 한둘에 지나지 않았다. 나머지 아홉은 죽거나 혹은 병신이 되어 다시 세상에 내던져졌다. 그렇게 죽고 버려지는 아이 대부분은 바로 자신들과 함께 천살문에 들어온 동료들에 의해 베어졌다.

서로를 향해 검을 들 수밖에 없는 비정한 살수로 키워내는 것이 바로 천살문주의 방법이었다. 그래서 천살문의 살수들은 계곡을 마곡(魔谷)이라 불렀다. 그러니 당연히 마곡은 타유에게도 기억하기 싫은 장소다.

그러나 오늘은 그 계곡을 살피지 않을 수 없다. 혹여라도 여전히 그 안에서 키워지고 있는 살수들이 있을 수 있기 때문이었다.

타유가 훌쩍 신형을 날렸다. 그의 몸이 바람을 타고 날듯 계곡으로 사라졌다.

"역시 없어."

타유가 대낮임에도 밤처럼 어두운 계곡을 돌아보며 중얼거렸다. 예상은 했지만 극악한 수련 장소인 마곡에서도 사람의 인기척은 느껴지지 않는다.

"오래전에 떠났어."

타유가 계곡 한쪽의 동굴 속으로 고개를 들이밀며 말했다. 동굴 안쪽에는 나무로 만든 그릇들이 어지럽게 너부러져 있었는데, 그 위에 덮인 먼지로 보아 족히 일 년 이상 사람이 살지 않은 것이 분명했다.

"알 수 없는 일이다. 이 마곡은 천살문의 뿌리와 같은 곳인데 비록 장원을 폐쇄했다고 해도 이렇게 방치를 하다니……. 설마 타인에 의해 천살문이 멸문한 것일까?"

타유의 표정이 자못 심각하다. 그러다가 문득 눈빛을 반짝이며 중얼거렸다.

"그래, 그를 찾아가 보면 알겠군. 그러면 천살문에 무슨 일이 일어났는지 알고 있을 거야."

뱀의 머리를 한 자가 허름한 옷차림의 여인을 바라보고 있
다. 사내는 자신의 눈에서 탐욕의 빛을 굳이 지우지 않았다.
그래서인지 여인은 정말 독사라도 만난 것처럼 온몸을 떨고
있었다.

"후회돼?"

사내가 물었다. 눈에 담고 있는 욕망의 기운과는 전혀 어울
리지 않는 무심한 목소리다. 여인이 미처 대답을 하지 못한
다.

"거래를 깨도 돼. 아직은 아무런 일도 일어나지 않았으니
까. 아가씨는 몸을 지킬 수 있고, 난 손에 피를 묻히지 않을 수
있다는 거지. 양쪽 다 지킬 가치가 있는 것들이지. 그러니 다
시 이 거래를 물러도 돼. 물론 나로서는 조금 아쉽긴 하지
만⋯⋯."

사내가 다시 말했다. 그의 시선이 무심한 말과 달리 뱀의 혀
처럼 여인의 몸을 훑어 내린다. 그러자 여인이 부르르 몸을 떤
다. 사내는 그녀가 원하는 일을 해줄 수 있는 자다. 그러나 그
러기 위해서는 사내가 원하는 것을 주어야 한다. 사내는 자신
의 몸을 원하고 있었다.

"아가씨도 이 상황까지 왔으면 깨달았겠지만, 세상엔 공짜
가 없어."

사내의 말이 매서운 비수처럼 여인의 귀에 꽂힌다. 그러자

여인이 한순간 눈에 힘을 주며 말했다.

"하겠어요."

"음……. 생각보다 원한이 깊군."

사내가 중얼거렸다. 사내의 이름은 적두랑, 머리색이 붉은 빛을 띠고 있어 과거 그의 동료들이 붙여준 이름이다. 그는 감숙에서 그럭저럭 솜씨 좀 있다고 알려진 살수다. 그러나 사실 그는 세인들이 알고 있는 것보다 훨씬 대단한 살수였다. 그의 과거를 아는 사람이라면 아마도 그에게 청부를 하러 오는 것조차 두려워할 것이다.

"일이 끝나면… 그때……."

여인이 말했다. 그러자 사내의 입가에 한줄기 미소가 드리워졌다.

"날 너무 단순하게 보는군."

"무슨 말이… 죠?"

여인이 두려운 빛으로 물었다.

"내가 이런 촌구석에서 작은 청부나 받고 있다고 가볍게 보는 모양인데……. 아가씨, 난 아가씨가 생각하는 것보다 훨씬 무서운 사람이야. 피치 못할 사정이 있어 이렇게 살아가지만 한때는 황제의 목도 따올 수 있다는 살수문에서 이름을 날렸지. 그런 내가 일을 허술히 할 것 같나? 아가씨가 청부를 하는 순간 난 아가씨에 대해 모든 것을 조사했지. 가끔 거짓 청부로 살수들을 사냥하는 자들이 있거든."

"그, 그래서요?"

여인이 자신이 잘못했냐는 듯 물었다.

"아가씨의 이름이 상목혜지? 난주 상가장의 무남독녀!"

순간 여인의 눈동자가 떨린다. 짐작은 했지만 이 뱀의 머리를 한 자는 듣던 것보다 훨씬 무섭다. 물론 그럼으로써 그에 대한 믿음이 더 생기기도 했다. 자신의 청부를 반드시 실행해 줄 것이란 믿음이 생기는 것이다.

"그래요."

상목혜가 고개를 끄덕였다.

"나도 상가장에 대해 조금 알아봤지. 부러질지언정 굽히지는 않는다는 학사 상섭유의 집안이지. 아가씨는 그 상섭유의 딸이고. 그런데 상섭유의 그 대쪽 같은 성격이 화를 불렀지. 난주의 대상인 호금장에서 사돈의 연을 맺자고 청했는데 상섭유는 그 청혼을 일언지하에 거절했지. 호금장이 몽골 오랑캐의 앞잡이로 부를 축적한 것은 천하가 알고 있으니 상섭유 같은 학사가 그 집안과 사돈을 맺을 리 없겠지. 더군다나 호불의 아들 호중자는 본처가 따로 있는데 그럼에도 불구하고 청혼을 한 것은 그대를 후처로 달라는 말이 아닌가. 당연히 그대의 아비로서는 거절할 수밖에 없는 일이지. 그런데 그 정도에서 끝냈으면 다행인데 그대의 아비는 청혼을 하러 온 호금장주 호불을 모욕하기까지 했다더군. 그러니 호불 같은 자가 참을 리 없지. 사람을 풀어 아가씨의 집안을 도륙 냈지. 상섭유는 죽고 가솔은 적멸했다. 살아남은 무남독녀는 행방이 묘연하고……. 호불은 아가씨에게 현상금까지 걸었어. 금자 백 냥이라던가?

후후후, 일을 그 지경으로 만들고도 자신의 아들에게 아가씨를 선물하고 싶었던 모양이야. 아니면… 그 스스로 아가씨를 욕심내고 있을지도 모르지."

사내, 살수 적두랑은 상목혜에 대한 모든 것을 알고 있었다. 그러나 상목혜 역시 적두랑이 이 정도까지는 알고 있으리라 예상하고 있었다.

"그 이야기를 새삼스레 하는 이유가 뭐죠?"

상목혜가 조금 차가운 표정으로 물었다.

"내가 이런 이야기를 하는 것은 아가씨 집안이 얼마나 대단한지를 말하기 위함이야. 목숨은 내놓아도 무도한 자와는 손을 잡지 않는 집안이지. 그런데, 그런 집안의 아가씨가 모든 일이 끝났을 때 나에게 자신을 줄까?"

"난 약속을 지켜요. 당신도 말했듯이 난 상가장의 후예예요. 약속은 반드시 지켜요."

"물론 나도 아가씨의 성품을 알지. 약속은 반드시 지킨다는 것을."

"그런데 왜 그런 말을 하죠?"

"하지만 약속을 지키는 것은 오직 살아 있는 사람만이 할 수 있는 일이지. 아가씨의 성품을 생각하자면 살아서 약속을 깰 사람은 아니야. 그러나 그렇다고 몸을 더럽힐 사람도 아니지. 아마도… 이 청부가 완성되는 순간 목숨을 끊으려 할 거야. 내가 아무리 도리를 모르는 살수라 해도 죽은 여인과 잠자리를 할 수는 없지 않은가?"

한순간 살수 적두랑의 시선이 날카로운 칼처럼 여인 상목혜의 동공을 파고들었다. 그러자 상목혜가 작살 맞은 고기처럼 퍼뜩 놀라며 부르르 몸을 떤다. 그녀는 이제야 살수 적두랑의 진면목을 본 것이다. 적두랑은 상목혜의 본심을 알아채고 있었다.

　"어, 어떡해야 내 말을 믿을 거죠?"

　두려움 속에서도 그녀는 반드시 이 거래를 성사시켜야 했다. 가문의 원한을 갚는 일이다.

　"모든 것이 불확실할 때 우리는 항상 선금을 받지."

　적두랑이 상목혜가 빠져나갈 수 없는 그물을 쳤다. 어쩔 수 없는 일이다. 적두랑은 노련한 어부다. 한번 그물에 든 고기를 놓칠 리 없다. 상목혜가 입술을 깨물었다. 더 이상 그녀가 물러날 곳은 없다.

　"좋아요."

　짧은 대답이 상목혜의 입에서 흘러나왔다. 가문의 원한을, 아버지의 죽음을 되갚기 위해서는 회피할 수 없는 일이다.

　적두랑은 비싼 살수다. 그만큼 실력도 좋다. 그러나 그녀에겐 그를 살 만한 금자가 없다. 그가 원하는 대로 해줄밖에 다른 도리가 없다. 어차피 일이 끝나면 죽으려 했던 몸, 한 번 더 럽혀짐을 당한다고 죽음 앞에서 무슨 상관이랴 싶기도 했다.

　상목혜가 마지못해 자신의 제안을 승낙하자 적두랑이 한 줄기 미소를 짓는다. 이미 그녀의 살 냄새를 머릿속에 떠올리고 있는 듯했다. 상목혜는 난주 근방에서 제일미로 불리던 여인이다. 호불의 아들이 그녀의 미모에 반해 일이 이 지경에 이른 것에서 알 수 있듯 그녀는 흔히 볼 수 없는 미인이었다.

"그럼… 자리를 옮길까?"

적두랑이 슬쩍 고개를 돌려 대청과 붙어 있는 작은 방을 바라보며 말했다. 상목혜의 몸이 떨린다. 결심은 했지만 몸으로 실행하기에 쉬운 일이 아니다. 그러나 그녀는 약하지만 강단 있는 여인이었다. 한번 결심이 선 일을 두렵다고 뒤로 미룰 여인이 아니었다. 그녀가 천천히 신형을 일으켰다. 그런데 그때 문득 두 사람의 귀에 한 줄기 목소리가 들려왔다.

"후불을 받는 살수도 있소."

처음 두 사람은 낯선 목소리에 놀랄 뿐 들려온 말의 의미를 제대로 알아채지 못했다. 그러나 다음 순간 그 말의 의미를 알아챈 두 사람이 동시에 목소리의 주인에게로 시선을 돌렸다. 특히나 적두랑의 얼굴에는 차가운 살기가 감돌고 있었다. 지금껏 감히 자신의 일에 끼어들어 훼방을 놓은 자가 없었다.

"누가 감히 남의 장사를 망치려는가?"

적두랑이 노기를 드러내면서도 침착하게 물었다. 과연 살수 계에서 늙어온 노련한 고수답다.

"사백, 안녕하시오?"

목소리의 주인공이 불쑥 흐릿한 달빛을 등에 지고 대청에 내려섰다. 그야말로 귀신같은 신법이다.

"웬 놈이냐? 감히 날 그리 부르다니. 내 이미 천살문과 인연이 다한 지 오래고 천살문 역시 폐문한 지 오래거늘……"

적두랑의 얼굴에 경계의 빛이 떠올랐다. 살수계에서 제법 명성을 쌓은 그이지만 그가 천살문 출신임을 아는 자는 많지 않다.

"사백, 내 얼굴을 잊었소?"

불청객이 불쑥 적두랑과 상목혜 사이에서 떨고 있는 촛불 앞에 얼굴을 들이밀었다. 그러자 삼십대 중반의 마른 얼굴이 해골처럼 모습을 드러냈다. 갑작스런 불청객의 행동에 놀라 상목혜가 두어 걸음 뒤로 물러났다.

"너는!"

그 순간 적두랑이 불청객을 알아봤다.

"후후, 잊지 않고 계셨구려. 나 타유요."

"네, 네가 어찌?"

"놀란 모양이구려. 하면… 역시 사백도 내가 죽었다고 알고 있었던 것이군."

타유가 적두랑을 사백이라 부르기는 하지만 그의 행동에서 사문의 존장에 대한 예의는 찾아볼 수 없다. 그러나 적두랑 역시 타유의 행동에 별반 불만을 나타내지 않았다. 애초에 정상적인 관계가 아님이 분명했다.

"음… 넌 죽었다고 들었는데……."

"누구에게 들었소?"

"그야 뭐……."

적두랑이 말꼬리를 흐린다. 그러자 타유가 검을 뽑아 탁자에 올리며 말했다.

"사부는 어디 있소?"

"무슨 뜻이냐?"

"말을 잘 가려서 해야 한다는 말이오."

타유의 슬쩍 살기를 내비쳤다. 그러자 적두랑의 얼굴이 일그러졌다.

"날 죽이기라도 하겠다는 거냐?"

"해동에서의 일을 들었다면 그가 더 이상 나의 사부가 아니며 또한 나의 문주도 아님을 알 것이오. 그러니 사백을 죽이지 못할 것도 없지. 하물며 예전에 사문에서 쫓겨난 사백쯤이야."

"실력은 있고?"

적두랑이 반발했다. 그의 손 역시 어느새 허리춤 검에 닿아 있었다. 한쪽에서는 상목혜가 상기된 표정으로 두 사람을 살피고 있었다. 이건 그녀가 예상치 못한 일이었다. 그러나 나쁘다고 할 수도 없는 것이 두 사람의 대화를 들어보건대 나중에 나타난 사내가 결코 적두랑에 비해 그 실력이 모자란 것 같지 않았다. 더군다나 그는 자신에게 후불도 가능하다고 했으니 어쩌면 그녀가 처음 적두랑을 찾을 때 계획했던 대로 일이 진행될 수도 있었다. 물론 상대는 달라지겠지만.

"사백… 난 예전의 타유가 아니오. 내가 누굴 암습했는지 아시오?"

"클클, 들었지, 들었어. 아주 호랑이 아가리에 들어갔다고 하더구나. 그래서 모두들 네가 반드시 죽었을 거라 말했지. 그런데 이렇게 살아 돌아오다니 놀랍구나."

적두랑의 말에 진심이 묻어난다. 그러자 타유가 히쭉 웃으며 말했다.

"그 늙은 중의 손에서도 살아났는데 하물며 사백을 베지 못하겠소?"

타유의 말에 적두랑이 망설이는 듯하다가 손에서 검을 놓는다. 그러고는 한숨을 쉬며 말했다.

"알겠다. 네 뜻에 따르마. 뭐, 내가 목숨을 부지하고자 체면을 버린 것이 어제오늘 일도 아니고……. 그래, 사부가 어디 있냐고 물었지?"

"그렇소."

"미안하지만 나도 홍암이 어디 있는지는 모른다."

적두랑이 고개를 저었다. 타유는 그의 표정에서 그의 말이 거짓이 아님을 읽어냈다. 적두랑은 정말 문주의 행방을 모르고 있음이 분명하다. 그렇다면 다른 곳에서 실마리를 찾아야 한다.

"그럼 천살문에 일어난 일이나 말해보시오."

"폐문했다."

순간 타유가 놀란 표정을 지으며 되물었다.

"다른 곳으로 이전한 것이 아니라 폐문을 했단 말이오?"

"그래. 천살문은 이제 강호에 없다. 폐문을 하기 전 홍암이 날 찾아왔었지. 그러고는 이제 내가 자유라고 말했다. 그러면서 혹 이름뿐이라도 천살문을 갖겠냐고 물었는데 그러겠다고 대답할 수는 없었지. 너도 알다시피 홍암의 호의는 언제나 피를 부르거든."

적두랑의 말이 틀리지 않다. 천살문의 문주 홍암이 얼굴에
미소를 띠고 좋은 말을 할 때는 언제나 조심해야 한다. 그 친
절의 대가는 항상 피를 부르기 때문이었다. 과거 적두랑은 홍
암과 천살문의 주인 자리를 놓고 겨룬 사형제 사이였기에 그
런 홍암의 무서움을 모를 리 없었다.

"잘하셨구려. 사부의 친절은 위험하지."

"암, 위험하지. 네놈도 그 친절함에 속아 사지로 들어갔던
것이 아니냐?"

"그래서 사부를 꼭 만나야 한단 말이오. 그를 만나 물어봐야
겠소. 내가 뭘 그리 잘못했는지."

"하지만 어쩌지? 난 그를 찾을 수 없는데."

"아니, 사백은 능히 사부를 찾을 수 있을 거요."

타유가 고집스럽게 말했다. 이럴 때는 전혀 살수 같지 않은
타유다. 저자의 건달과 다름없는 모습이다.

"내가 어떻게 그를 찾아?"

"내가 사백의 능력을 어찌 모르겠소? 사백이 사람 죽이는
일에서야 사부나 나에 미치지 못하겠지만 사람을 찾는 일에
대해서는 우리 두 사람보다 두어 배는 능하지."

"아이구, 그도 옛날 일이지. 이젠 늙어서……."

"늙어도 사람 찾는 일은 상관없지."

"싫다면?"

"죽이겠소."

"버르장머리없는 놈!"

적두랑의 얼굴에 노기가 번뜩인다. 당장에라도 칼을 뽑아 타유의 목을 벨 기세다. 그러나 타유의 표정엔 미소만 흐른다. 그 미소 뒤에 숨은 살기를 모를 리 없는 적두랑이다. 그도 알고 있다. 이 버르장머리없는 사질이 자신을 죽이려 하면 끝내 죽이고 만다는 것을. 그들은 사백이니 사질이니 듣기 좋은 말로 서로를 부르고 있지만 기실 그런 말이 어울리는 사람들이 아니었다. 재물을 받고 사람을 죽이는 자들, 그 무도한 살수들에게 사문이란 거추장스러운 멍에일 뿐이다.

"사부를 찾아주시오."

다시 타유가 말했다. 이번에는 정색을 한 표정이다.

"좋다. 찾아주마. 그러나… 어쩌면 그를 만나지 않는 것이 좋을 수도 있다. 네가 살아 있다는 것을 알면 사제는 아마도 다시 널 사지로 몰아넣을 것이다."

"누가 지옥을 볼지는 두고 볼 일이오."

"아, 넌 아직도 사제를 모르는군. 그는… 우리와 같은 사람이 아니야. 그의 살법은 정말 무섭다. 그가 세상에 드러낸 능력은 그가 가지고 있는 실력의 오 할도 되지 않아."

적두랑의 말에 타유의 눈꼬리가 가늘어진다. 겁을 주기 위해 한 말은 아니다. 그렇다면 예상대로 사부 홍암은 그동안 자신을 철저히 속여 온 것이리라. 그러나 심각함도 잠시, 다시 타유의 얼굴에 여유있는 웃음이 감돈다.

"상관없소."

"상관없어? 죽어도?"

"다시 말하지만 내가 누구에게서 살아 돌아왔는지 잊지 마시구려. 내가 그 늙은 중의 손아래에서 살아난 사람이오. 아무리 감춰둔 실력이 대단해도 사부가 그 중만 하겠소?"

"그야 그렇지만……."

"그러니 사백은 걱정 말고 사부나 찾으시오."

"알겠다. 그러나 시간이 필요해. 솔직히 말하면 나도 천살문을 폐쇄한 이후 사제의 행적을 좀 알아보려 했지만 그리 쉽지 않았어. 그렇게 철저히 자신을 숨겼다는 것은 사제가 다른 신분을 가졌다는 건데……. 그건 곧 살수로서의 자신을 지우려 한다는 말이다. 그걸 들춰 대는 건 아주 위험한 일이라서……."

적두랑은 진심으로 천살문주 홍암을 두려워하는 듯 보였다.

"그를 죽이라는 말이 아니잖소? 그저 그의 행방을 확인만 하면 되는 일이오."

타유가 적두랑을 다그친다.

"알았어. 네 말대로 하지. 하긴 뭐 나도 사제가 도대체 무슨 일을 꾸미고 있는지 궁금하긴 했으니까. 그나저나… 쩝, 이거 미안하게 됐군."

적두랑이 한쪽에 서서 두 사람의 대화를 듣고 있던 상목혜를 보며 말했다. 타유가 시킨 일을 하려면 당연히 상목혜의 청부를 들어줄 수 없었다.

"내 일을 먼저 처리해 줄 수 없나요?"

"음, 나라고 어찌 그대와 같은 미인을 포기하는 것이 쉽겠나. 그러나 난주 호가장주와 그 아들의 목을 따려면 적어도 한 달은 시간이 필요해. 그런데 그대도 보아 알겠지만 내 사정이 한 달이나 시간을 낼 수는 없거든."

적두랑의 말에 상목혜가 웬일인지 실망한 기색을 보이지 않고 시선을 타유에게 돌렸다. 그러고는 당돌한 표정으로 말했다.

"그럼 당신은 어떤가요?"

갑작스런 상목혜의 질문에 타유가 잠시 당황스런 표정으로 상목혜를 바라봤다.

"무슨 말이오?"

"당신은 조금 전에 후불로 청부를 받아줄 수 있다고 하지 않았나요? 제 청부를 받아주실 수 있나요?"

상목혜는 이상하게도 적두랑을 상대할 때와는 달리 타유를 상대할 때에는 두려움이 사라진 듯 보였다. 어쩌면 타유의 살수 같지 않은 유들거림이 그녀의 긴장감을 늦춰주는지도 몰랐다.

"이거… 하지 못할 것은 없지만 살수계에도 상도가 있는 법이라……."

타유가 적두랑을 보며 말꼬리를 흐렸다. 그러자 적두랑이 코웃음을 치며 말했다.

"홍, 지랄하고 있네. 상도라니. 살수에게 상도가 어디 있어, 돈 받고 사람 목 베는 백정이. 하여간 홍암 그자의 감언이설에 살수가 무슨 대단한 벼슬이라도 되는 듯 착각들을 하고 있으니. 그래서 네가 홍암에게 버려진 거야."

적두랑의 비난에도 타유는 별반 화를 내지 않는다. 오히려 빙그레 웃으며 말했다.

"그럼 이 청부는 내가 받아도 된다는 말이구려?"

"좋을 대로. 나도 솔직히 상가장의 상목혜라면 조금 버거운 면이 있었지. 내 나이도 나이려니와 살수가 취하기엔 너무 아름답지 않은가."

적두랑이 말은 그리하면서도 아쉬운 듯 상목혜의 전신을 훑어보았다. 상목혜는 그런 적두랑의 시선에 소름이 돋으면서도 타유와의 거래를 빨리 마무리하고 싶어 재차 물었다.

"그럼 청부를 받아주시는 건가요?"

"그렇소."

타유가 대답했다.

"후불로요?"

"두고 봅시다."

"무슨 말이죠?"

"일을 진행하다 보면 별스러운 일이 하도 많아서 말이오. 그러니 값을 언제 치르느냐의 문제도 역시 두고 보자는 말이오."

"호호, 대금은 먼저 받는 게 좋을 거야. 이 여인은… 정조를 목숨과 맞바꿀 만한 강단있는 여인이거든. 난주의 상가장! 괜히 알려진 이름이 아니지."

적두랑이 마치 두 사람의 합방을 훔쳐보기라도 하려는 듯

음흉한 표정으로 말했다.

                    *   *   *

"몸은 괜찮으세요?"

여인이 물었다. 볕에 그을린 얼굴이 여인을 좀 더 건강하게 보이게 했다. 청담이 힘겹게 몸을 일으켰다.

"이제 괜찮소. 고맙소."

청담의 대답에 여인이 활달하게 대답했다.

"다행이네요. 솔직히 전 청 대협이 죽을 줄 알았어요."

거침이 없는 말투다.

"그리 허약한 몸은 아니오."

청담의 입가에 미소가 돈다. 대부분의 경우 사람들은 여인의 미를 정숙함에서 찾지만 무사 청담에게는 거침없는 여인의 행동이 마음을 시원하게 만들어 좋았다.

"그리리라 생각했어요. 몸을 보니 오랫동안 수련한 무인이신 듯하여 이 정도 병마는 이겨내리라 생각했죠. 하지만 그래도 다행이에요. 이곳은 비록 사천에 붙어 있기는 해도 중원과는 기후가 많이 다르지요. 그래서 이곳에 처음 온 사람들이 풍토병에 걸려 죽는 일이 다반사예요. 대협께서는 본래 강건한 몸을 지니고 계셔서 이렇게 회복되신 것 같네요."

"모두 촌장님의 보살핌 덕분이오."

"하긴 아버님의 의술도 한몫하기는 했죠. 자, 이제 미음을 드셔보세요. 미음을 들고 괜찮으시면 저녁부터는 밥을 올리지요."

"고맙소."

청담이 사양치 않고 작은 소반에 올라온 죽을 먹기 시작했다. 여인은 그런 청담의 모습을 한동안 바라보고 있다가 불쑥 물었다.

"검을 익히셨나요?"

"그렇소."

청담 고개를 끄덕였다.

"어느 문파 출신이죠?"

사문을 묻는 것은 강호에서 금기된 일이지만 여인은 성정대로 거침이 없다.

"사문은 없소. 스승과 같은 분이 있을 뿐이지."

청담이 대답했다.

"어느 분의 제자죠?"

"왜 그게 궁금하오?"

이제야 청담은 여인이 목적을 가지고 질문을 하고 있다는 것을 알았다. 그저 단순하게 청담의 신분이 궁금한 것이 아니었다.

"돌아가야 하나요?"

이건 너무 지나친 질문이 아닌가? 청담은 새삼스런 눈으로 여인을 바라봤다. 건강한 아름다움이 넘쳐 흐른다. 단지 젊어서만은 아니다. 여인에게선 끊임없이 생기가 흘러나오고 있다. 자신처럼 우울하게 살아온 사람과는 전혀 다른 모습의 사람이다. 그 이질감에서 묘한 매력이 느껴졌다.

"지금은 돌아갈 곳이 없소."

청담이 뒤늦게 여인의 물음에 대답했다. 그러자 여인이 만족한 듯한 표정으로 고개를 끄덕였다.

"좋군요."

뭐가 좋다는 말인가? 갈 곳 없는 사람의 처지가 좋다면 참으로 고약한 취미를 가진 여인이다.

"슬픈 일이 아니고 말이오?"

"자유롭다는 것은 약간의 슬픔을 내포하게 마련이지요."

이럴 때는 또 아주 오래 산 노파 같다.

"나이가 몇이오?"

이번에는 청담이 물었다. 그조차도 놀랄 만한 질문이다. 그가 여인의 나이를 묻다니.

"이름부터 물어야 하는 것 아닌가요?"

"이름은 알고 있소. 촌장님의 따님이신데 이름이야 몰랐겠소?"

여인의 이름은 복묘상, 청담이 병들어 머물게 된 금석촌의 촌장 복호인의 딸이다. 복호인은 아들 없이 딸만 하나인데 그딸이 열 아들에 부럽지 않다고 사람들의 칭찬이 자자했다. 그녀가 바로 청담의 눈앞에 있는 여인이다.

"영광이군요. 그럼 대협의 이름은 뭐죠?"

복묘상이 물었다. 그러고 보니 지금껏 자신의 이름도 알리지 않은 청담이다. 병들어 누운 지 벌써 두어 달이 되었는데 참으로 기이한 일이 아닐 수 없다.

"청담이라 하오."

"좋은 이름이네요. 고려 사람이죠?"

살수가 기습적으로 칼을 쓰듯 거침없는 복묘상의 질문이 들이닥쳤다.

"어찌 아셨소?"

굳이 숨길 이유가 없다.

"검을 봤어요. 고려 황실에서 쓰는 문양이 있더군요. 황실의 사람인가요?"

금석촌이라는 곳이 점점 더 의문스러워진다. 이곳은 고려에서 만 리 넘게 떨어진 곳이다. 그런데 이 변방의 촌락에 사는 여인이 어찌 고려 황실의 문양을 알까.

"맞소. 고려 황실에서 나온 검이오. 그러나 난 황실의 사람은 아니오. 검은 그저 선물을 받은 것뿐이오."

"그렇군요. 좋아요. 더 이상 과거를 묻지 않을게요. 무례했다면 용서하세요."

괄괄한 여인이지만 또한 상대의 기분을 살필 줄 아는 지혜로운 눈도 가진 여인이다.

"괜찮소. 그런데 왜 갑자기 이런 질문들을 하는 거요?"

청담은 근 두어 달이 넘게 몸져누워 있었다. 복묘상의 말처럼 남방의, 풍토병만으로 인한 병세는 아니었다. 아마도 그의 몸이 본능적으로 고려를 떠난 것에 대한, 지키던 왕이 죽은 것에 대한 아픔을 느끼고 있었던 것이리라. 그런데 그동안 금석촌의 촌장도 또 복묘상도 청담의 개인사에 대한 질문이 없었다. 그 간단한 이름을 묻는 일조차 없었던 것이다. 그러던 그녀가 오늘 하루 갑자기 너무 많은 질문을 하고 있었다. 다른 날과 다른 것은 청담이 오늘 처음 일어나 앉아 죽을 먹은 것뿐인데, 죽값치고는 지나치게 많은 질문이다.

"하나만 더 물을게요."

"무엇이오?"

질문 하나 더 받는 것은 어려운 일이 아니다.

"검을 꺾었나요?"

청담의 눈이 번쩍인다. 이 질문은 다른 질문과 다르다. 너무 많은 의미를 내포하고 있는 질문이 아닌가.

"내 검이 필요하오?"

"그래요. 우린 지금 뛰어난 무사가 필요해요."

이제야 모든 질문이 이해가 된다. 금석촌은 무사를 필요로 하고 있다. 그리고 아마도 금석촌의 촌장과 그 딸인 복묘상은 청담을 치료하는 도중 청담이 범상치 않은 검객임을 알아챘을 것이다. 그도 그럴 것이 청담의 몸에는 적지 않은 상처들이 있었다. 그 상처들을 본 사람이라면 누구라도 청담의 무예가 가볍지 않음을 알아챌 수 있다.

"금석촌은 무척 조용한 곳인 듯한데……."

"싸움이란 언제나 조용한 곳에서 시작되지요."

"위험한 상황이오?"

밥을 먹으면 밥값을 해야 하고, 은혜를 입었으면 은혜를 갚아야 한다. 그것이 무사 청담이 살아온 방식이다. 청담의 물음에는 힘을 보탤 수 있다는 의미가 들어 있었기에 복묘상의 얼굴이 밝아졌다.

"좋지도 나쁘지도 않아요."

"시간이 촉박하오?"

"아직은……."

"그럼 몸이 완전히 회복된 후 다시 이야기합시다."

"좋아요. 아낌없이 약재를 쓰죠."

이미 승낙을 받은 것이나 마찬가지였으므로 복묘상이 호기를 부렸다. 그러자 청담이 오랜만에 한 줌 웃음을 흘리고는 자리를 털고 일어났다.

"괜찮겠어요?"

복묘상이 걱정스레 묻는다.

"이젠 몸을 깨울 때인 것 같소."

한번 자리를 털고 일어난 청담의 몸은 금세 활력을 찾았다. 그는 금석촌 주변을 산책하는 것을 시작으로 아침저녁 운기를 하고 오 일 후부터는 검을 잡았다.

금석촌의 사람들은 청담을 호기심 어린 시선으로 살폈다. 보통의 경우 외지의 사람들이 남방의 풍토병에 걸리면 죽든지 아니면 십여 일 후에는 회복되게 마련인데 청담은 두 달을 병을 앓고도 살아난 사람이기 때문이었다. 그건 열흘을 앓고 살아나는 사람보다 몸이 약하다고 볼 수도 있지만 또한 두 달을 앓고도 살아남았으니 흔히 볼 수 없는 생명력을 지닌 사람일 수도 있었다.

금석촌은 사천의 서남쪽에 치우쳐 있다. 과거에는 중원의 경계에 들지도 않았던 곳인데 원세조가 대리를 복속시킨 이후부터 사천과 운남의 경계에 든 마을이었다.

그러나 지역이 외지다 하여 금석천이 평범한 촌락은 아니었다. 금석촌은 촌락의 이름처럼 철이 나는 마을이었다. 금석촌으로부터 십 리 안쪽에 철이 나는 광산이 세 개나 있었다. 그것도 질이 무척 좋은 것으로 사방에서 철을 사고자 찾아드는 상인이 적지 않았다.

덕분에 금석촌은 부유했다. 중원의 큰 도읍에서나 볼 수 있는 물건들도 흔히 볼 수 있는 시전이 있었고, 금석촌에 뿌리를 내리고 사는 사람도 근 삼백이 넘었다. 물론 철로 인해 형성된 금석촌의 시전을 찾는 사람들이 또한 토박이의 숫자를 훨씬 넘어 금석촌은 항상 많은 사람으로 북적였다.

금석촌의 시전은 촌장인 복호인의 장원 남쪽으로 펼쳐져 있다. 사방이 산으로 둘러싸인 금석촌에서 복호인의 장원 아래쪽만이 유일한 평지이기 때문이었다.

촌락의 동쪽으로는 폭이 이십여 장에 이르는 강이 흘렀는데 유속이 빨랐지만 하류로 내려가는 배를 띄울 수는 있었다. 그 강변에 작은 포구가 만들어져 금석촌에서 거래된 철들이 강을 타고 장강으로 이동했다. 아마도 금석촌이 번성한 이유 중 철을 제외하자면 장강의 지류가 마을 동쪽으로 흐르는 것이 가장 큰 이유일 터였다.

강이 있으니 호수도 있다. 금석촌의 북쪽에는 작은 못 여섯 개가 모여 만들어진 호수가 있었는데 금석촌의 사람들이 육용담(六龍潭)이라고 부르는 그 호수의 못들을 찾는 것이 청담의 중요한 일과였다.

육용담은 신비로움이 가득했다. 가장 특이한 것은 여섯 개의 호수가 제각기 그 색이 다르다는 점이었다. 어떤 곳은 붉은빛이 돌았고, 어떤 곳은 맑은 청색이었으며, 검은빛이 나는 못도 있었다.

"못의 색이 다른 것은 못의 물을 들여오는 샘의 성질이 서로 다르기 때문이에요. 철산에서 이어진 못은 붉은색이고, 흑림에서 이어진 못은 검은색이죠. 그렇지만 물은 모두 맑아요. 먹어도 아무 문제가 없지요. 오히려 각 못마다 약효가 있어 병자들이 즐겨 찾는 곳이기도 하지요."

청담에게 육용담을 안내하던 복묘상이 했던 말이다. 그녀의 말처럼 금석촌에서 육용담은 약수로 통했다. 걸어서 산 하나를 넘어야 했기에 자주 찾을 수 있는 곳은 아니었지만 몸이 아픈 환자라면 능히 감수할 거리다.

청담은 몸으로 각 연못의 특징들을 알아갔다. 그는 육용담 주변을 구경하는 것에 그치지 않고 각기 성질이 다른 여섯 개의 못에 오랫동안 몸을 담그고 있기도 했다.

한번 육용담에 들어가면 그는 보통 두어 시진은 못에서 나오지 않았다. 그는 적당한 깊이에 몸을 담그고 육용담 안에서 운기를 했다.

그의 운기가 깊어지면 육용담의 물들이 어미의 손처럼 청담의 몸을 휘어 감았는데 그때마다 청담은 지금껏 경험하지 못했던 기운들이 자신의 몸을 치유하고, 강하게 하며, 정신을 맑게 만드는 것을 느꼈다. 육용담은 다른 사람에게도 좋은 못이지만 특히 청담에게는 천고의 영약과 같은 못이었던 것이다.

"그런데 왜 다른 사람에게는 이 정도까지의 약효가 없는 것일까?"

문득 검은색 물속에 잠겨 운기를 하던 청담이 중얼거렸다. 육용담에 몸을 담그고 운기를 하여 단순히 몸을 치료하는 데 그치지 않고 심신을 단련하며 내공을 증진시키는 효험을 보는 것은 오직 청담뿐이었다.

만약 다른 모든 사람에게도 그런 효험이 있었다면 아마 육용담은 천하각지에서 모여든 무인들로 가득 찼을 터였다. 그러나 기이하게도 육용담의 물은 청담을 제외한 다른 사람들에게는 그저 몸에 난 상처나 피부병을 치유하는 효험을 지닌 약수에 지나지 않았다.

"선승께서 전해주신 비결 때문일 수도 있겠군."

청담이 나름대로 육용담이 일으키는 신비로운 작용들을 참구하다 중얼거렸다. 그는 선문의 선승 묵철의 가르침을 받은 무인이다. 묵철은 세상에 널리 알려지지는 않았지만 선문

내에서는 은연중에 당대 천하제일의 고수로 추앙받는 고승이다.

혹자는 그가 나선다면 연경 원의 황제 목도 손쉽게 취할 수 있을 것이라 말할 정도였다. 그러나 그는 세상의 일에 관여치 않았다. 모든 사람이 그가 나서 도탄에 빠진 중생을 구제해 주길 원했지만 그는 절대 세속의 일에 관여치 않았다.

원의 사주를 받은 무인들에 의해 선문의 뿌리들이 하나둘 잘려 나갈 때에도 그는 침묵을 지켰다. 그리하여 결국 세상 사람들은 그에게서 존경의 마음을 걷어냈다. 존경이 걷힌 승려에게 돌아갈 것은 비난이다. 선승 묵철은 그 모든 비난을 묵묵히 받아들였다. 자신을 눈앞에서 모욕하는 사람에게도 그는 웃음을 지어 보였다.

그렇게 존경과 비난의 바람이 그의 인생을 휩쓸고 지나간 후에야 그는 사람들의 이목에서 멀어지기 시작했다. 그리하여 최근에 들어서 그는 마치 죽은 자와 같았다.

청담이 그런 선승 묵철을 만난 것은 칠 년 전이었다. 별초의 후예로 세상에 대한 터질 듯한 울분을 안고 살아가던 그에게 묵철은 마음을 가라앉히는 법, 천지의 기운을 받아들이는 법, 그리고 인내하는 법을 가르쳤다. 그중 천지의 기운을 받아들이는 비결이 육용담에서 청담의 몸을 변화시키는 원인일 수도 있었다.

애초에 묵철은 청담이 산문 밖을 출입하는 것을 엄격히 금했다. 그런데 어느 날 왕이 만 리 밖으로 유배당하고 그 여정에 죽음의 위험이 도사리고 있다는 사실을 전해 들은 후 그는 청담을 하산시켰다.

당시 묵철을 찾아왔던 강천궁의 청을 받아들여 청담을 왕의 호위무사로 하산시킨 것이다. 묵철 자신을 베려 했던 살수 타유와 함께.

그러나 그가 호종한 왕도, 만고의 충신 강천궁도, 살수 타유도 모르는 일이 있었다. 그건 바로 청담이 강호로 나온 것이 단지 왕을 호위하기 위해서만은 아니라는 것이었다.

"사람을 찾는 일이 어디 쉬운가."

청담이 나직하게 중얼거렸다. 선승 묵철의 말이 떠오른다.

"그렇다고 애써 찾으려 하지는 말아라. 이 일은 오직 하늘의 인연에 달린 일이니 그 성패가 사람의 노력으로 되는 일이 아니다. 넌 그저 천하를 여행하면 족하다. 네 눈에 사람이 보이면 그때가 된 것이고 아니 보이면 아직은 때가 아닌 것이지. 아무튼 그래도 천기를 살피건대 남방에 청기가 서리기 시작하니 그쪽으로 가보거라."

청담의 강호행은 오직 묵철의 명에 의해 이뤄진 일이다. 금석촌에 머물기로 작정한 것도 이곳에서 선승 묵철이 말한 인연의 끈이 닿기를 기다려 보려는 심산이었다. 이곳은 바로 묵철이 말한 청기가 서리기 시작한 남방의 하늘 아래였다.

"참으로 고약한 명이 아닌가. 그저 강호를 떠돌라는 것인데……."

청담이 가부좌를 틀고 몸을 뒤로 뉘였다. 그러자 그의 몸이 이내 검은색 빛이 도는 물 위로 떠올랐다. 청담의 눈에 하늘이 들어온다. 왠지 고향과는 다른 하늘빛이다. 못의 검은 물색 때문에 그리 느껴지는 것일 수도 있었다.

시선은 자연히 동쪽으로 향한다. 그곳에 고향이 있다. 그러나 갈 수 없는 곳, 스승이되 스승이기를 거부하는 묵철이 당부한 사람을 찾기 전에는 아마도 수십 년은 돌아가지 못할 곳이리라.

"내가 아니어도 다른 사람들은 꼭 찾았으면 좋겠군."

선승 묵철의 말로는 사람을 찾아 강호로 나간 사람이 그의 문하에서 둘이 더 있었다고 했다. 그러니까 청담에게는 사형쯤 되는 사람들이다. 그러나 묵철은 굳이 그들을 청담의 사형이라고 말하지 않았다.

그 이유가 참으로 묘했다. 사실 청담 스스로는 묵철을 스승으로 생각하지만 묵철은 청담을 제자로 인정하지 않았다. 묵철은 산문 안에 청담을 잡아두고 무공을 가르치기는 했지만 결코 자신을 그의 스승이라고 말하는 경우가 없었다. 정이 메마른 사람도 아닌데 그는 굳이 청담을 자신의 문하로 얽매려 하지 않았던 것이다.

"알 수 없는 노인네. 그리고 비정한 양반. 내가 당신의 제자로 부족하다 하더라도 제자일 수도 있는 것 아닌가? 후, 얼마나 대단한 제자를 들이려고……."

청담이 다시 중얼거렸다. 그런데 한순간 청담의 눈빛이 변했다. 그의 몸이 좀 더 깊이 물속으로 들어갔다. 그러더니 번개처럼 허공으로 떠올랐다.

청담의 몸이 잠겨 있던 검은 못의 물들이 하늘로 솟구쳤다. 마치 청담이 한 마리 흑룡이 되어 승천하는 듯한 모습이다.

팟!

한순간 미세한 파열음이 일어나더니 청담을 따라 올라 오던 물줄기들이 그의 발아래에서 무 자른 듯 잘려 나갔다. 일순간 매끄럽게 잘린 물기둥이 허공에서 정지한 듯 멈춰 섰다. 그러자 청담이 그 상단을 발로 차며 재차 도약했다.

청담의 신형이 물 찬 제비처럼 빠르고 가볍게 못가로 향해 날아갔다. 그곳에는 한 명의 검은 복면을 한 불청객이 서 있었는데 청담을 기습한 사람이었다.

그는 청담이 자신을 향해 날아오자 재빨리 대여섯 걸음 뒤로 물러난 후 다시 신중한 자세로 청담을 향해 검을 겨눴다. 청담이 그런 불청객을 향해 일장을 쳐 냈다.

쿵!

청담의 장력과 복면인의 검이 충돌하며 묵직한 소음을 일으켰다. 복면인이 청담의 장력에 담긴 힘을 이겨내지 못하고 두어 걸음 뒤로 물러났다. 그러자 청담이 복면인을 쫓는 대신 훌쩍 옆으로 몸을 날리더니 재빨리 못가에 놓아두었던 검을 집어 들었다.

창!

청담의 검이 맑은 검신을 드러냈다. 하늘빛만큼 푸른 검신이다. 한눈에 보아도 보통 검이 아님을 알 수 있다. 그도 그럴 것이 청담의 검은 고려 황실의 보검이다. 검의 이름은 창천(蒼天), 자신을 호종하며 몇 차례 자객의 습격을 막아낸 청담에 대한 답례쯤으로 왕이 유배 중에 하사한 검이다. 대가를 바라고 한 일은 아니지만 청담 같은 무인이라면 누구라도 욕심내지 않을 수 없는 검이었기에 청담은 왕에게서 검을 받았다.

창천검을 빼 든 청담이 천천히 신형을 돌려 복면을 응시했다.

"검을 뽑은 이상 그대는 날 벨 수 없다. 내게 무슨 용무가 있느냐?"

청담이 서늘한 기운을 흘리며 물었다. 그러자 복면인의 입에서 변색한 목소리가 흘러나왔다.

"해동에서 온 무사의 검술이 놀랍다기에 그 검을 한번 견식하려 하오."

"단지 비무라면 얼굴을 가릴 필요가 없을 텐데?"

"이유는 나중에 알게 될 거요."

복면인이 청담을 향해 다시 검을 겨눴다. 그러자 복면인의 검에서 아지랑이 같은 기운이 피어올랐다. 놀라운 일이다. 물론 검에 기를 주입해 무형의 검기를 만들어내는 고수가 강호에 적지는 않지만 이 벽지에 검기의 기운을 느끼게 하는 고수가 있을 거라고는 생각지 못한 청담이었다.

그렇다고 두려운 것은 아니다. 상대는 아직 검기를 유형화

하는 데까지는 이르지 못한 고수다. 검의 주변에 어른거리는 아지랑이가 청담을 벨 수는 없다.

청담이 검끝을 땅으로 내렸다. 상대의 공격에 대비한 수비의 초식이다. 그러자 복면인이 못가의 풀을 살포시 밟으며 청담을 향해 다가왔다. 가볍다. 너무 가벼워서 훅 불면 날아갈 것 같은 상대의 움직임이다. 보법 또한 검술에 못지않게 뛰어나다는 의미다.

청담이 슬쩍 옆으로 걸음을 옮겨 복면인과 사선을 만들어냈다. 적의 공세적인 기운을 비껴내는 자세다. 순간 복면인이 청담을 향해 뛰어들었다.

팟!

복면인의 발끝에 채인 풀들이 허공으로 비산한다. 가볍던 복면인의 신형이 태산 같은 중압감을 만들어내며 청담을 향해 몰려왔다. 청담이 풀밭을 쓸며 검을 추켜올렸다. 검이 용음을 토해낸다.

창!

검과 검이 허공에서 충돌했다. 서로 상대의 진기에 막혀 검의 움직임을 멈췄다. 그러나 그도 잠시, 청담이 슬쩍 몸을 틀며 적의 검을 비껴내고는 가깝게 다가선 적을 향해 아래에서 위쪽으로 기이한 방향에서 검을 찔러 올렸다.

"헛!"

복면인의 입에서 다급한 헛바람이 새어 나온다. 두 사람은 주먹 하나 들어갈 정도로 붙어 있었는데 그 틈을 비집고 검을 찔러 올리는 청담의 검술이 놀랍다. 복면인이 다가설 때보다 빠르게 뒤로 물러났다.

삭!

청담의 검이 뒤로 물러나는 상대의 복면을 미세하게 갈랐다. 순간 복면이 좌우로 갈라지면서 그 안에 가려져 있던 얼굴이 드러났다. 순간 청담이 검을 거뒀다.

"역시 복 소저였구려."

"알고 있었나요?"

얼굴이 드러난 복묘상이 겸연쩍은 표정으로 물었다. 복면을 하고 음색을 변조했지만 자신의 정체를 숨길 수 없었던 모양이다.

"사람에게는 그 기도라는 것이 있소."

"제 기도를 알아봤다는 말이군요."

"잊기 힘든 기도요."

"제 기도가 어떤가요?"

언제나 당돌한 복묘상이다.

"생기가 느껴지오."

"호호, 살아 있는 사람에게서 생기가 느껴지는 것은 당연한 일이지요. 그러니 그게 어떻게 저만의 특징이겠어요."

"조금 다르오. 그대의 생기는 너무 강렬해서 죽은 자도 일으킬 정도지."

"칭찬인가요?"

"그렇소."

청담이 고개를 끄덕였다. 그러자 복묘상이 깊은 눈으로 청담을 응시했다. 그녀의 눈빛 속에 수많은 감정이 스쳐 지나가는 것을 청담은 무심히 바라봤다. 그러다가 또다시 복묘상이 예기치 않은 질문을 던졌다.

"몇 살이죠?"

"서른셋!"

이젠 복묘상의 이 예측할 수 없는 행동과 질문에 익숙해진 청담이 순순히 대답했다.

"그럼… 혼인을 했겠네요?"

"아직!"

"왜요?"

순간 복묘상의 눈가에 놀람과 기쁨이 동시에 스치고 지나간다. 그러면서도 의아한 표정으로 물었다. 나이로 보나, 생김새로 보나, 혹은 일신에 지니고 있는 무공으로 보아 서른셋이나 된 청담이 홀몸이라는 것이 믿기지 않는 모양이었다.

"어쩌다 보니……."

"흐음, 좋아요."

"……?"

"아, 아니에요. 아버님이 보자고 하시네요."

복묘상이 재빨리 말꼬리를 돌린다. 그러나 그녀의 입가에는 여전히 미소가 남아 있다. 복묘상의 말에 청담이 못가에 벗어 놓았던 장삼을 걸쳤다. 복묘상은 이미 신형을 돌려 여섯 개의 연못 사이로 난 길을 걷고 있었다.

"금석촌에 머물러 줄 수 있겠나?"

금석촌의 촌장이자 복묘상의 아버지인 복호인이 물었다. 이미 복묘상을 통해 청담 자신의 의사를 전달했음에도 다시 한번 확인하고 싶은 모양이었다.

"그리하겠습니다."

청담이 망설이지 않고 대답했다. 그 시원시원함에 기분이 좋아졌는지 복호인이 웃음을 터뜨렸다.

"하하하, 좋아. 고맙네. 역시 사람은 덕을 베풀어야 해. 그러니 이렇게 좋은 인재를 얻지 않겠는가?"

"언제 떠날지는 약속드릴 수 없습니다."

청담이 재빨리 말했다. 평생 금석촌에 매여 있을 생각은 없었다. 선승 묵철이 당부한 일도 생각지 않을 수 없는 청담이다.

"나 또한 그러리라 생각하네. 하지만 내일 당장 떠날 것이 아니라면 훗날의 일은 논할 바가 못 되지. 인간사란 어찌 변할지 모르는 일이니."

복호인이 묘한 웃음을 흘리며 말했다.

"제가 보기에 금석촌은 무척 평온해 보입니다만 왜 무사가 필요한 것입니까?"

그간 줄곧 궁금했던 일이다. 금석촌은 근방에서 가장 번성해 있었고, 또한 촌장이 불러 모은 무사들 역시 적지 않았다. 그리고 주변에 크게 금석촌을 위협하는 세력도 보이지 않았다. 그런데 청담의 질문에 복호인의 표정이 심각해졌다.

"음… 보이는 것이 전부는 아니네."

"물론 그렇기는 하지요."

"금석촌이 어떻게 부를 이뤘는지는 알고 있겠지?"

"물론입니다. 시전에 나가면 거래되는 물건의 오 할이 철이니 어찌 모를 수 있겠습니까?"

"그렇지. 자네 말대로 금석촌은 근방에서 나는 질 좋은 철로 번성한 곳이네. 솔직히 말해 부로 논하면 사천에서 금석촌에 비할 수 있는 상가가 많지 않지."

복호인의 말에 청담이 고개를 끄덕였다. 철은 천하의 누구나가 필요로 하는 물건이다. 금은보화는 재물이 없으면 사지 않을 수 있으나 철은 아니다. 사람이 살아가기 위해선 반드시 필요한 물건이니 질 좋은 철을 생산하는 금석촌이 부유한 것은 당연한 일이다.

"그런데 재물이 모이는 곳엔 항상 마가 끼게 마련이라네. 지금 우리 금석촌의 사정이 그러하다네."

"무슨 일이 있는 겁니까?"

"사천 성도에서 남쪽으로 백여 리 떨어진 곳에 유명한 표국 하나가 있네. 모가장이라는 표국인데 사람들은 만리풍 모가장이라고 부르지. 그들은 표행에 실패가 없는 것으로 유명한데 중원으로 나아가는 표행은 그렇다 치고 서장이나 천축까지도 그 표행의 길이 이어진다고 알려져 있다네. 그래서 만리풍이라는 별명이 붙은 걸세. 가히 천하제일표국을 다툴 만한 곳이지."

복호인의 말에 청담이 가볍게 고개를 끄덕였다. 외지의 사
람인 그가 사천의 사정을 알 리 없다. 그저 복호인의 말을 경
청하는 것이 그가 할 수 있는 일의 전부다.

"그런데 그 모가장에서 금석촌을 욕심내기 시작했네."

이 말 한마디로 모든 것은 설명된다. 막대한 이득을 남기는
금석촌의 철광을 사천제일표국 만리풍 모가장이 욕심내고 있
는 것이다. 물론 처음에는 사람의 입이 검을 대신하겠지만 이
런 일의 경우 종국에는 도검이 모든 일을 매듭짓는 경우가 다
반사다. 양쪽 모두에게 무사가 필요할 때다.

"문제가 되고 있는 곳은 동북쪽 오십 리 밖에 있는 갈산(葛
山)이네. 본래는 누구도 관심을 두지 않던 산이었지. 그런데
그 산에서 철맥이 발견되었네. 그것도 잡물이 거의 섞이지 않
은 양질의 철맥이. 우리 금석촌에서는 조금 멀기는 하지만 그
갈산의 철을 생산하기 위해 만반의 준비를 했지. 먼저 갈산의
주인으로부터 산의 소유권을 넘겨받았고, 갈산 입구에 다섯
채의 건물을 세웠네. 갈산에서 금석촌까지는 제법 먼 길이라
아예 갈산 내에서 철을 제련할 준비를 한 것이지. 그런데 갑자
기 모가장이 간섭하기 시작했네. 갈산 주변의 전답을 사들이
고 근방의 산들을 매입한 후 갈산의 철맥이 자신들이 소유한
곳까지 뻗어 있으니 갈산에서 나는 철을 함께 소유해야 한다
고 고집을 피우기 시작한 거지."

"그렇다면 그들도 자신들의 땅에서 철광석을 캐내면 되지

않습니까?"

"우리도 그렇게 말하고 있다네. 그런데 그들이 억지를 부리는 거지. 사실 그들에게는 철을 생산할 기술이 없네. 아니, 기술보다도 그들이 사들였다는 갈산 주변 땅까지 철맥이 이어졌는지조차 확실치 않다네. 누구도 그 사실을 증명해 보이지 못했으니까."

"시빗거리를 찾고 있었군요."

청담이 금세 돌아가는 사정을 알아챘다.

"맞네. 그들은 시빗거리를 찾고 있었어. 더군다나 갈산에서 생산된 철을 운반하려면 반드시 모가장이 사들인 땅을 지나야 하거든. 그 길을 막으면 아무리 많은 철을 생산해도 쓸모가 없지."

"고약하군요. 모가장이 본래 그런 곳인가요?"

이쯤 되면 모가장의 본색을 의심할 수밖에 없다.

"독한 곳이지. 자신들에게 방해가 되는 사람이나 세력은 무슨 수를 쓰더라도 제거하는 곳이니까. 아마도 이 기회에 금석촌을 손에 넣으려는 속셈일 걸세. 그러나… 그들이 모르는 것이 있지."

"그게 무엇입니까?"

"우리 금석촌 또한 그저 평범한 촌락은 아니라는 거야. 금석촌은 그저 철을 다루는 대장장이들이 모여 형성된 마을로 알려졌지만 사실 그 뿌리는 무가에 닿아 있다네. 무가의 후손들이기에 도검을 중시하고 그 때문에 철에 관심을 두게 된 것이지. 그래서 우리 금석촌에도 웬만한 강호의 세력은 충분히 상대할 만한 무인들이 있다네."

"따님을 보고 그리 짐작했습니다."

"음, 묘상이 제법 검을 쓰는 편이지."

복호인이 문득 미소를 지으며 고개를 끄덕인다.

"그렇다면 굳이 제가 필요한 일은 아니지 않습니까?"

그러자 복호인이 고개를 저었다.

"그게 그렇지가 않아. 아무리 우리 금석촌이 무가의 후예라해도 지난 세월 무보다는 상(商)에 치우친 생활을 해왔다네. 더군다나 모가장이 금석촌을 욕심내기 시작했다면 필시 강호의 고수 여럿을 불러들였을 거네. 그들은… 그럴 재력과 인맥이 있지. 그래서 우리에게도 특별한 고수가 필요한 거네."

"제가 특별하다고 생각하십니까?"

"그건 이미 묘상이 시험해 보지 않았던가? 내 손으로 자네의 근골을 만졌고, 묘상이 검으로 시험을 했으니 더 이상 뭐가 필요하겠나?"

청담은 이 금석촌의 촌장이 보기와는 달리 무척 치밀한 사람이라는 것을 깨달았다. 그동안 자신을 치료하면서 자신에 대해 많은 것을 알아낸 것이 분명했다. 청담의 내심을 아는지 모르는지 복호인이 계속 말을 이었다.

"사실 난 이번 일이 큰 위기이기는 하지만 또한 기회라고도 생각하네. 우리 금석촌은 날이 갈수록 부유해지고 있어. 그런만큼 이곳의 재물을 노리는 자들도 많아지고 있지. 그래서 이번에 모가장의 도발을 호되게 갚아주면 누구도 함부로 금석촌을 넘보지 못할 것이네."

복호인의 말대로 된다면 확실히 모가장의 도발은 위기이면서 또한 기회다.

"무슨 일을 하면 되겠습니까?"

"길을 열어주게."

"……?"

"이번 달 보름 갈산에서 첫 쇳물을 녹이네. 그곳에서 생산된 철을 이곳 금석촌까지 옮기는 일에 힘을 보태주게. 필시 모가장에서 길을 막을 것인데 한 번 길이 뚫리면 그들도 더 이상 고집을 피우지 못할 걸세."

"제가 그 일을 해낼 수 있겠습니까?"

"물론 자네 혼자에게 일을 맡기지는 않을 걸세. 나도 강호에 아는 사람이 제법 있네. 금석촌의 무사들과 내가 초청한 고수들이 힘을 합친다면 능히 이 일을 해낼 수 있을 걸세."

"알겠습니다. 한 손 거드는 일이라면 사양치 않지요."

"고맙네."

"목숨을 살려주신 값에 비하겠습니까?"

청담이 대답하자 복호인이 미소를 지으며 대답했다.

"목숨값이라 생각지 말게. 그저 좋은 인연을 맺는다 생각해주게나."

*　　　*　　　*

그가 황제의 궁궐 앞에서 무릎을 꿇고 있은 지 벌써 칠 일이 지났다. 사람들은 그가 죽었는지 혹은 살았는지 이제 가늠할 수가 없었다. 무릎을 꿇고 있는 그의 모습에서 경건함마저 느껴졌다.

"죽은 것 아닙니까?"

그와 함께 고려왕의 시신을 가지고 연경으로 돌아온 원의 장수 별실가가 수하의 말에 눈살을 찌푸렸다.

"그렇다면 안타까운 일이지. 파락호 왕에 금강석 같은 신하라. 죽은 왕이 복이 많아."

"가볼까요?"

"아서라. 충신의 결기를 함부로 건드는 법이 아니다. 비록 결과가 죽음일지라도 그의 이름 석 자가 천하에 남으리라."

별실가가 삼엄한 표정으로 대답했다.

무릎을 꿇고 있는 자, 고려인 강천궁이다. 그는 원의 황실에서 죽은 고려 왕 충혜의 시신을 본국으로 가져가는 것을 허락지 않자 이렇게 황궁 앞에서 황제에게 무언의 시위를 하고 있는 중이었다. 그것이 벌써 칠 일째 물 한 모금 먹지 않았으니 죽었을 수도 있다.

그그궁!

문득 굳게 잠겨 있던 황궁의 문이 열렸다. 열린 문을 통해 한 명의 노인이 걸어 나왔다. 그러고는 강천궁의 십여 장 앞에서 큰 목소리로 외쳤다.

"황제께서 그대에게 고려왕의 시신을 본국으로 가져감을 허락하셨다. 또한 고려인 강천궁의 기백을 크게 치하하셨다. 돌아가는 길은 평안하리라!"

순간 강천궁의 신형이 앞으로 고꾸라졌다. 별실가와 그의 부장이 강천궁을 향해 달려갔다.

第二章

공포가 적의 팔과 다리를 자른다

수선
경

    난주 호금장의 기세는 성의 성주(城主)를 능가한다. 들리는 소문에 의하면 호금장의 장주 호불의 말 한마디에서 성주가 바뀔 정도라고 했다. 그건 곧 호불이 연경에 든든한 후원자를 두고 있다는 말이 된다. 하긴 호불이 매년 연경으로 보내는 재물이 금 일만 냥에 달한다고 하니 없던 인연도 생기게 마련이다.

    덕분에 호불은 난주에서 눈짓으로 관리를 부르고 손짓으로 성주를 오라 가라 할 수 있는 권력을 가지게 되었다. 난주에서의 모든 일은 그의 마음먹기에 달렸다. 그의 말 한마디에 멸문한 가문이 수십이고 겁탈당한 부녀자도 적지 않았다. 그러나 누구 하나 그런 호불의 난행을 제지하는 사람이 없었다.

아비가 그러니 아들 역시 다르지 않았다. 호불의 아들 호중자 역시 이름난 파락호였다. 이미 혼인을 올려 현숙하다고 칭찬이 자자한 부인을 두고 있었지만 호중자의 호색지행은 하루가 멀다 하고 난주성의 호사가들 입에 오르내렸다.

"마시게!"

오늘도 호중자는 땅을 파 연못을 만들고 바위와 흙을 들여와 산을 만든 난주 최대의 기방, 천하루에서 기녀들을 모아놓고 술추렴을 하고 있었다.

그의 곁에는 자칭 난주사룡이라고 불리는 젊은이들이 기녀들을 희롱하고 있었다. 이들은 모두 난주 명문가의 자제들로 글과 도검을 다루는 일을 어려서부터 해와 강호의 의협으로 스스로를 치장하지만 사실은 가문의 권력을 빌어 환락을 즐기는 소인배들에 지나지 않았다.

"역시 형님이 계셔야 풍류가 살아납니다."

난주사룡 중 현 난주성 성주의 아들인 하우형이 호중자에게 아부를 떤다. 성주의 아들이지만 나이도 호중자보다 두 살이 어렸고, 또한 성주의 직위는 호금장주 호불의 마음먹기에 달려 있기에 호중자를 깍듯이 형님으로 모시는 하우형이었다.

"그러게 말입니다. 오늘 형님이 이렇게 우리 난주사룡을 초대해 주신다고 해서 어젯밤 밤잠을 이루지 못했습니다. 그런데 과연 잠을 설칠 만하군요. 이런 미인들의 시중을 받을 줄은 몰랐습니다."

난주에서 호금장 다음으로 유명한 사씨 일가의 자손 사춘이

덩달아 호중자의 비위를 맞췄다. 그러면서도 그의 손은 곁에 앉는 기녀의 옷 속으로 들어가 있었는데 기녀의 옷은 이미 반쯤 벗겨져 있었다.

"하하하, 내 아우들을 특별히 생각하는 것은 알고들 있지?"

호중자가 호탕하게 물었다.

"그야 이를 말입니까? 우리 난주사룡이 믿는 것은 오직 형님뿐이지요. 향후 호금장의 장주가 되실 테니 잘 좀 부탁드립니다."

사춘이 다시 달콤한 아부를 떤다.

"하하하, 걱정 말게. 향후 우리 다섯이 힘을 모으면 난주가 아니라 연경에서도 큰 세력을 이룰 걸세. 우리 한번 힘을 모아 천하를 호령해 보세."

자못 호기롭기 그지없는 호중자다.

"형님이시라면 충분히 천하를 호령하실 수 있으실 겁니다. 문무겸전에 호금장의 막강한 재력과 인맥이 있는데 어찌 난주에 만족하시겠습니까?"

하우형도 사춘에 질세라 아부를 떨었다. 사룡 중 나머지 두 사람도 연신 맞장구를 치며 호중자의 비위를 맞추었다. 그러자 기분이 좋아진 호중자가 양쪽에 앉은 기녀들의 어깨를 끌어안으며 호탕하게 웃었다.

"하하하, 역시 사람은 자신의 진가를 알아주는 사람들과 어울려야 해. 내 자네들과 있으면 이렇게 기분이 좋다니까!"

호중자의 거침없는 웃음이 천하루를 뒤흔든다.

그런데 그때 갑자기 그 누구도 예상치 못한 일이 일어났다. 한줄기 검은 그림자가 땅에 드리우는가 싶더니 그 선이 호중자 등이 술추렴을 하고 있는 누각으로 이어졌다. 그때까지는 누구도 땅에 드리워지는 검은 선을 의식하는 사람이 없었다. 그러나 다음 순간 그 선이 난주사룡 중 일인인 사춘의 목을 휘어 감았을 때 사람들은 경악과 공포에 빠졌다.

"악!"

"헉!"

비명을 지른 것은 기녀들이었다. 반쯤 벗겨진 그녀들의 백옥 같은 몸에 한순간 붉은 혈화가 피어올랐다. 땅을 기어온 검은 그림자에 목이 감긴 사춘에게서 터져 나온 핏줄기였다.

"아악!"

붉게 물들어가는 옷자락과 날카롭게 잘려 나간 사춘의 목을 보고 기녀들의 비명이 더욱 커졌다. 순간 누각 주변에서 다섯 명의 무인이 동쪽으로 날아올랐다. 호중자와 난주사룡을 호위하던 호위무사들이다.

호위무사들이 다섯 줄기의 그림자를 만들어내며 동쪽으로 날아가는 사이 다른 호위무사 십여 명이 호중자 등이 올라 있는 누각을 에워쌌다.

"놈을 반드시 잡아!"

정신을 차린 호중자가 비도가 날아온 곳으로 몸을 날리는 호위무사들을 향해 소리쳤다. 그런데 그때였다. 갑자기 누각의 천정에서 거미가 떨어지듯 한 자루 비도가 떨어져 내렸다.

그리고 사정없이 하후형의 목 뒤쪽에 꽂혔다. 그러자 하후형이 비명도 지르지 못하고 그 자리에 고꾸라졌다.

"악!"

다시금 기녀들의 비명 소리가 터져 나왔다. 그러자 누각 주변을 호위하던 무사 둘이 번개처럼 누각의 지붕 위로 날아올랐다. 그러나 그들이 누각의 지붕에 올랐을 때에는 이미 사람의 흔적이 남아 있지 않았다. 대신 앞서 호위무사들이 달려간 동쪽이 아니라 서쪽에서 한줄기 목소리가 들려왔다.

"호가와 연을 맺지 마라. 호가의 곁에 있는 자들은 모두 죽을 것이다."

사람의 인심이란 아침저녁이 다르다지만 난주제일의 가문이라는 호가장에 요 며칠 사이 일어난 일은 사람들의 눈으로 보고도 믿기 힘들었다. 그 번성하던 호가장에 단 열흘 사이 사람의 발길이 뚝 끊겼다.

외부 사람들의 발길만 끊어진 것이 아니었다. 호가장에서 허드렛일을 하며 입에 풀칠을 하는 사람들도 알게 모르게 하나둘 호가장을 떠나고 있었다. 이유는 오직 하나, 하루가 멀다 하고 호가장과 인연을 맺은 사람들이 죽어 나가고 있기 때문이었다.

호가장주 호불이 모든 노력을 기울여 흉수를 찾고 또 식속들의 생명을 지키려 했지만 하룻밤이 새고 나면 어김없이 한두 명의 시신이 호가장주 호불 앞에 나타났다. 그렇게 열흘이

지나자 결국 난주의 거상 호불을 찾는 사람이 씻은 듯이 사라진 것이다.

사람들의 발길이 끊긴 호가장은 공포에 휩싸였다. 사람들은 모두 밤이 오는 것을 두려워했다. 아침이 되면 자신의 머리가 아직 목에 달려 있는 것을 확인하고서야 안도의 숨을 쉬었다.

흉수의 종적은 묘연했다. 호불이 난주성 내의 고수들을 여럿 초빙했지만 그들은 흉수의 그림자도 발견하지 못했다. 더군다나 그렇게 초빙한 고수들조차 이미 세 사람이나 주검으로 발견되었으니 호불이 초정할 고수도 더 이상 난주성에는 존재하지 않았다.

이제 유일한 방책이라고는 장원의 방비를 튼튼히 하면서 성 밖으로 나가 강호의 이름난 고수를 초빙하는 것뿐이었다. 호불이 서둘러 강호의 고수들을 초빙하려 총관 송자섭을 장원 밖으로 내보냈으나 그가 언제 흉수를 막을 만한 고수를 데려올지는 알 수 없는 일이었다.

"이해가 가지 않는군요."

상목혜가 허름한 객잔의 창문을 통해 호가장을 바라보며 말했다. 그러자 타유가 무심한 표정으로 되물었다.

"뭐가 말이오?"

"이건 오히려 일을 더 어렵게 하는 것 아닌가요? 사람들이 죽어 나갈수록 그들은 더욱 경계를 강화하고 장원 안으로 숨어들 텐데요."

"청부를 어떻게 수행하느냐는 내 몫이오."

타유가 귀찮다는 듯 말했다.

"그렇긴 하지만……."

"그리고 애초에 일을 이렇게 복잡하게 진행할 수밖에 없었던 것도 모두 그대의 청부 조건이 까다로웠기 때문이오."

"그게 무슨 말이죠?"

"그대는 반드시 그 부자를 자신의 눈앞에서 베고 싶다고 하지 않았소? 그들의 사죄를 받으면서 말이오."

"그랬죠."

"그래서 이렇게 복잡한 일이 필요하단 거요. 그들의 목을 베는 일은 그리 어렵지 않지. 그러나 그들을 산 채로 당신 앞에 무릎 꿇리는 일은 그리 쉬운 게 아니오. 사실 이런 청부는 받는 것이 아닌데……."

타유가 말꼬리를 흐렸다. 쓸데없는 말이다. 이미 청부를 승낙해 놓고 무슨 투정인가.

"이렇게 하면 그 두 사람을 제 앞에 무릎 꿇릴 수 있단 말인가요?"

"그렇소."

"어떻게요?"

상목혜의 질문이 집요하다. 본래 살수가 청부자와 함께 움직이는 법은 없다. 그런데 상목혜는 굳이 타유를 따르겠다고 고집했다. 자신의 눈으로 호가장의 몰락을 보겠다는 것이 그 이유였다.

물론 다른 이유가 있을 수도 있었다. 그러나 일단 상목혜는 그런 이유를 댔다. 물론 처음에는 그 요구를 거절했다.

살수의 행보는 은밀한 것이 생명이다. 그러니 어찌 청부자를, 그것도 아녀자를 달고 다니겠는가? 그런데 상목혜의 고집역시 만만치가 않았다. 자신이 함께하지 않는 복수라면 의미가 없다면서 타유의 눈앞에서 목숨을 끊겠다고 협박했다.

그러나 그건 사실은 공허한 협박이었다. 어느 살수가 청부자가 목숨을 끊겠다는 협박을 한다고 무리한 요구를 받아들이겠는가.

상목혜도 그런 이치를 모르는 것은 아니었다. 단지 그녀는 타유를 오해하고 있었는데, 타유 또한 적두랑처럼 자신의 몸을 무척이나 욕심내고 있다고 생각했던 것이다. 그래서 자신의 몸을 협박의 무기로 쓴 것인데 타유는 그녀가 생각하는 것과 전혀 다른 이유로 그녀의 요구를 받아들였다.

타유의 생각에 상목혜는 이 청부를 수행함에 있어서 어쩌면 큰 도움이 될 수도 있었다. 상목혜라면 일이 어려워질 경우 호불과 호중자를 낚아내기에 아주 좋은 미끼가 아닌가. 청부자를 미끼로 쓰는 것이 살수의 상도에 어긋나기는 하지만 그래도 구중궁궐 같은 장원에 호위무사들로 둘러싸여 있는 호불을 끌어내기에는 상목혜만 한 미끼도 없었다.

물론 그건 다른 계책이 실패로 돌아갔을 때의 일이긴 했다. 타유의 계획대로 일이 진행되면 상목혜를 미끼로 쓰는 일은 없을 터였다.

"최고의 살수는 검보다 계책으로 상대를 죽이오. 이대로 호가장의 식솔들을 계속 죽여 나가면 모든 사람이 공포에 빠져 호가장을 떠날 것이오. 결국 남는 것은 호불 부자와 그의 심복들뿐이겠지. 그리되면 그때 나와 함께 그를 찾아가면 되오. 아주 쉬운 방법인데 시간이 걸리는 것이 흠이지."

타유가 별일 아니라는 듯이 말했다. 그러자 잠시 타유를 바라보던 상목혜가 건너편 침상으로 걸어가더니 몸을 뉘였다. 이미 타유에게 모든 것을 맡긴 상목혜다.

그가 적두랑을 꼼짝 못하게 만드는 순간 상목혜는 타유가 자신의 청부를 완벽하게 들어줄 수 있는 살수라고 확신했다. 그래서 그녀는 타유를 놓칠 수 없었다. 그 이유로 그녀는 애써 다른 핑계를 만들면서까지 타유의 곁에 머물렀던 것이다.

상목혜가 침상에 누워 살며시 눈을 감고 있자 타유는 그녀에게는 관심을 두지 않고 항상 등에 메고 다니는 목함 속에서 몇 가지 물건을 꺼내기 시작했다. 어느새 해가 지고 밤이 되었으니 다시 나가볼 시간이었다.

평소에는 조금 허술해 보이던 타유가 일단 병기들을 준비하기 시작하자 얼음처럼 차가운 인상으로 변했다. 살행에 쓰이는 병기 하나하나를 마치 어린애 다루듯 조심스레 다루는 타유다. 그래서 그가 모든 병기를 몸에 지니는 데는 반 시진 정도가 필요했다. 일단 병기를 모두 품에 넣자 타유가 자리에서 벌떡 일어났다. 그러고는 창을 통해 연기처럼 사라졌다.

타유가 사라지자 상목혜가 자리에서 일어났다. 그러고는 타유가 사라진 창으로 다가가 그의 흔적을 찾았다. 그러나 어디서도 타유의 모습을 찾을 수 없었다. 그러자 불현듯 불안감이 밀려든다. 마치 그가 이대로 영원히 자취를 감출 것 같은 생각이 드는 것이다.

"이상하지? 그는 단지 내 몸을 취하는 대가로 고용한 살수일 뿐인데 난 왜 그에게 이렇게 의지하는 거지? 그리고 지금 생각해 보면 그는 어쩌면 내 몸에 그리 큰 욕심이 없는 것 같은데 어째서 이렇게 열심히 호가장을 상대하는 걸까?"

그러나 타유가 입을 열기 전에는 그녀의 의문은 풀릴 수 없다. 그리고 타유는 어둠 속에 있었다.

타유의 몸이 가볍게 허공을 날아 호가장의 서쪽 담장 위로 올라섰다. 사람이 죽어 나가기 시작한 이후 적막이 흐르는 호가장이지만 밝기는 대낮과 같았다. 살수가 출현한 이후 호가장은 밤에도 대낮처럼 불을 밝혀두기 때문이었다.

번을 서는 두 명의 무사가 두려운 듯 사방을 살피며 담장 아래를 걸어갔다. 그러자 타유가 거짓말처럼 그들의 뒤쪽에 내려서더니 마치 그들의 그림자가 된 듯 두 사람을 따라 걸음을 옮겼다. 그런데 기이한 점은 앞서 가는 두 사람이 자신들의 뒤를 따르는 타유를 발견하지 못한다는 것이었다.

타유의 신법은 놀라웠다. 강호에 전설처럼 내려오는 이야기 중 신법의 달인이 사람의 그림자에 자신의 몸을 숨길 수 있다는 이야기가 있는데 지금 타유가 보여주는 신법은 그에 비견될 만한 것이었다.

그렇다고 타유가 절대지경에 오른 고수는 아니었다. 그의 신법이 이렇게 대단한 경지에 오르게 된 것은 오로지 그를 버린 천살문주 홍암 덕분이었다. 홍암에 의해 키워진 살수들의 특징은 도검보다도 신법이 뛰어나다는 데에 있다. 홍암은 항상 천살문의 살수들에게 신법의 중요함을 강조했다.

"구름을 밟듯, 물 위를 걷듯, 얼음 위를 미끄러지듯 걸어라. 아침나절의 안개처럼, 봄날 아지랑이처럼 몸을 숨겨라. 그러면 살행의 구 할은 이미 성공했다고 할 수 있다. 더불어 네 목숨은 십 할 보전할 수 있을 것이다."

결국에는 악연으로 끝난 인연이지만 적어도 살법 하나만 놓고 본다면 천살문주 홍암은 타유에게 완벽한 스승이었다. 천살문주는 강호에는 진면목이 드러나지 않은 살수였지만 기실 그의 살법은 강호제일의 경지에 올라 있다고 해도 과언이 아니었다. 해서 그에 의해 길러진 살수들은 하나같이 강호 일류 살수의 경지에 올랐다.

문제라면 그렇게 천살문주 홍암의 살법을 전수받은 살수들의 숫자가 처음 천살문에 든 어린아이 중 겨우 일 할에도 미치지 못한다는 것이었다.

잔혹한 수련은 최고의 살법을 터득하게 하지만 또한 그만큼 많은 목숨을 걸어갔던 것이다.

"삼총관님은 떠나지 않겠지?"

문득 앞서 가던 무사들이 걸음을 멈췄다. 그들의 시선이 희미한 빛이 흘러나오고 있는 창가로 향했다. 그 창가 앞에 서너 명의 그림자가 보인다. 번을 서는 자들이다. 그리고 불이 비치는 창에 하나의 그림자가 어른거렸는데 방 안에서 서책을 뒤적이는 듯한 모습이었다.

　"삼총관님은 장주님의 심복이니 어찌 떠나시겠는가?"

　"그렇긴 해. 하지만 이총관님이 떠난 것을 보니 세상에 믿을 사람이 없다는 생각이 들더군."

　"음……. 이총관님이 떠난 것은 나도 의외야. 하지만 뭐, 외부의 고수를 초청하러 나가셨다는 말도 있으니 아직 확실한 것은 아니지 않은가?"

　"아니야. 그런 명분으로 출타를 하셨지만 결국 떠나신 걸 거야. 장원을 나간 이후 소식이 끊겼다지 않나? 윗사람들은 쉬쉬하지만……."

　"하긴 이총관님은 조금 약삭빠른 성정이긴 했지."

　"휴……. 총관들도 장원을 떠나는데 우리가 계속 여기 있어야 할까?"

　"나도 걱정은 되네만 그래도 벌이가 좋지 않은가? 혈겁이 일어나고 난 후 일당이 세 배나 올랐으니……."

　"돈도 좋지만 목숨이 끊어지고 난 후에야 무슨 소용이 있겠나?"

　"그렇긴 하지. 에이, 다시 한 번 살인이 나면 나도 떠나겠네."

"그래, 생각 좀 해보세. 호금장의 재력도 이대로라면 바닥을 드러낼 것이야. 하루에 수백 금을 쓰고 있으니……. 가세."

두 무사가 두런두런 이야기를 나누며 다시 걸음을 옮기기 시작했다. 그러자 타유의 신형이 달그림자가 기어가듯 옆으로 이동해 삼총관이라 불린 자의 숙소로 향했다.

호금장은 난주제일의 재력가답게 다섯 명의 총관을 두고 있었다. 이들 총관은 실질적으로 호금장의 사업을 책임지고 있었는데, 그중 삼총관 이탁의 경우 총관들 중에서도 특히나 호금장의 장주 호불의 깊은 신뢰를 받고 있는 것으로 유명했다.

그는 과거 호불이 큰 부를 이루기 위해 천하를 동분서주할 때 항상 곁을 지킨 사람이었다. 함께 생사의 고난을 겪으며 호금장의 성세를 만들어낸 사람이므로 호불의 신뢰만큼이나 호금장에 대한 애정도 대단한 사람이라고 알려져 있었다. 더불어 수많은 고난을 겪은 덕에 그 성정도 무척 담대했다.

그런데 오늘은 그 담대한 성정의 이탁도 초조한 기색으로 잠을 들지 못하고 있었다. 그의 앞 서탁에 서책이 놓여 있기는 했지만 그의 시선은 서책의 글을 좀체 읽어 내리지 못하고 있었다.

"휴……. 과연 오늘도 일이 벌어질 것인지……."

이탁의 무릎 옆에는 한 자루 검이 놓여 있었는데 혼잣말을 중얼거리면서도 이탁의 한 손이 슬쩍 검을 쓸었다. 평생 고난과 영광을 함께한 검이다. 본래 속세나 무림이나 상계의 사람은 멸시를 당하게 마련이다. 재물은 인간을 탐욕 속으로 몰아넣고, 탐욕에 빠진 인간은 도리를 잊기 때문이다.

호금장의 사람들도 그들이 난주의 모든 권력을 손에 넣기 전에는 사람들의 멸시를 받았다. 관원들로부터, 혹은 무림의 명문가들로부터 황금충이란 멸시가 보이지 않게 호금장을 찔러댔었다.

그러나 호금장이 거부를 이뤄, 연경의 권력자들과 손을 잡고, 난주의 권력을 손에 넣은 지금은 호금장의 사람들을 멸시하는 자들은 없다. 오히려 그들의 발아래 엎드려 재물과 권력을 구하려는 자들로 인산인해를 이루는 호금장이다.

그런 호금장을 만들기 위해 이탁은 장주 호불을 따라 독하게 검을 썼었다. 그의 검에 죽어간 자의 숫자를 셀 수도 없다. 사람 목숨을 파리 목숨보다도 가볍게 여겼던 시절이었다. 그에 대해 원한을 품은 자가 한둘이 아니었지만 그는 그런 자들의 암습을 모두 견뎌내며 호불과 함께 오늘날의 호금장을 만들었다.

문제는 그렇게 어렵게 이룩한 호금장이 흔들리고 있다는 것이다. 그것도 요 며칠 사이 대단한 권력이나 세력에 의해서가 아니라 살수 몇 명에 의한 일이었다.

"겨우 살수 따위에게 무너질 호금장이 아니다."

이탁이 독한 눈빛을 흘렸다. 그러나 호언과 다르게 그의 얼굴에는 근심이 가득하다. 최근 들어 호금장의 식솔을 죽여대고 있는 살수들은 지금까지 그가 상대했던 적들과는 달랐다. 이들은 철저히 그 모습을 숨기고 있었다. 보이지 않는 적을 상대한다는 것은 보이는 적을 상대하는 것보다 서너 배는 어렵다. 그건 단지 적이 보이지 않는다는 것뿐 아니라 알 수 없는 적에 대한 공포심이 사람들의 마음속에 자리 잡아 본래의 평정심을 유지할 수 없게 만들기 때문이었다.

이탁 역시 마찬가지였다. 그의 검과 심기는 호금장 내 제일이라고 알려져 있지만 그 독한 이탁조차도 보이지 않는 적에 대한 두려움에 마음을 진정시키지 못하고 있었다. 이 늦은 시각까지 그가 잠자리에 들지 못하는 것이 바로 그 증거였다.

타유가 기와를 걷어내기 시작했다. 어느새 호금장의 삼총관 이탁의 거처 위에 올라 있는 타유다. 이탁의 거처 앞에는 네 명의 무사가 눈에 불을 켜고 번을 서고 있었지만 그중 누구도 타유를 발견한 사람이 없었다.

기와를 들어 올리는 타유의 손이 능숙하다. 천살문의 수련 중에는 소리없이 기와를 밟고 다니거나, 혹은 걷어내는 것도 있었다. 수년에 걸친 수련으로 이제 타유는 큰 노력 없이도 소리없이 기와를 걷어낼 수 있었다.

많은 기와를 치울 필요도 없었다. 겨우 세 장, 그리고 다시 속기와를 들어내고 조심스레 마른 흙을 긁어내자 굵은 나무들이 얽혀 있는 지붕 내부가 드러난다.

타유가 겨우 고양이 한 마리 지나다닐 만한 작은 구멍으로 머리부터 디밀었다. 그러자 그의 몸이 마치 뼈가 녹은 사람처럼 부드럽게 뚫어낸 지붕 속으로 사라졌다.

지붕 안으로 들어온 타유가 천장에 귀를 댔다. 그러자 아래쪽에서 호금장의 삼총관 이탁의 한숨 소리가 나직하게 들린다. 자리에 앉아 있는 것이 분명했으니 일을 하기는 더욱 쉽다.

타유가 조금 뒤쪽으로 물러나 천장과 벽이 닿아 있는 곳까지 이동했다. 직후 그의 손에 작은 소도가 들렸다. 칼은 다시 소리를 내지 않고 능숙하게 천장의 구석 면을 오려냈다.

타유가 천장을 오려낸 곳은 방 안의 불빛이 미치지 않는 곳이다. 벽과 삼총관 이탁 사이에 가로로 놓인 병풍 뒤쪽이기 때문이었다. 병풍에 가려 불빛이 미치지 않은 곳에 뚫은 구멍을 통해 타유가 혼령처럼 병풍 뒤로 내려섰다.

한순간 이탁의 몸이 흠칫했다. 이유없이 그의 등골이 서늘해져 왔다. 이탁이 자신도 모르게 고개를 돌렸다. 그러나 그의 시선에 들어오는 것은 백금을 주고 구한 산수화가 그려진 병풍뿐이다.

"나도 늙었나? 이렇게 긴장을 하다니."

이탁이 쓸쓸하게 미소를 지으며 자세를 바로잡았다. 그런데 그 순간 그의 시선이 떠난 병풍 속에서 손 하나가 불쑥 튀어나왔다. 그러고는 거침없이 이탁의 목 뒤쪽 급소를 찔렀다.

"컥!"

이탁의 입에서 나직한 신음 소리가 터져 나왔다. 동시에 그의 신형이 옆으로 기울어지려 했다. 그러자 어느새 그의 등 뒤에 모습을 드러낸 타유가 쓰러지려는 이탁의 몸을 바로 세웠다.

"맞아, 당신은 너무 늙었어. 내 들어 보니 이 호금장에서 당신의 손속이 가장 독하다고 하더군. 늙은이가 독해지면 그것처럼 고약한 것이 없지. 그러니 이쯤에서 죽는 것도 나쁘지 않아."

앞서 이탁이 홀로 중얼거린 말에 대한 타유의 늦은 대답이다. 타유는 이탁의 혈도를 짚어 몸을 움직이지 못하게 한 후이탁의 등 뒤에 섰다. 덕분에 창밖에 비친 그림자는 오직 이탁홀로 앉아 있는 듯 보였다.

"그래도 너무 아쉬워하지는 마시오. 당신이 죽으면 호금장주는 큰 충격에 휩싸이겠지. 물론 호금장의 식솔들도 마찬가지고……. 아마 조금씩 빠져나가던 식솔들이 썰물처럼 호금장을 비울 거야. 당신은 평생 호금장주의 수발을 들며 살았는데죽어선 호금장주에 앞서 이 장원을 무너뜨리게 될 터이니 말년에 호금장의 일인자가 되는 것이지. 그러니 어찌 아쉬운 죽음이라 하겠소?"

타유가 앞뒤가 맞지 않는 말을 뱉어댔다. 그러나 이탁은 아무런 대꾸도 할 수 없었다. 혈도가 제압되어 있어 움직임은 물론 말 한마디도 할 수 없기 때문이었다.

"그럼 편히 가시오. 참! 병풍 뒤 목함에 숨겨놓은 재물은 내가 가져가겠소. 아, 한 가지 더 말해주지. 당신이 죽는 이유는 알아야 할 테니까. 당신이 죽는 이유는 주인을 잘못 두었기 때문이오. 이 청부는 상가장의 영애께서 하신 청부요. 상가장의 일은 당신도 잘 알고 있지?"

순간 혈도를 제압당한 상태에서도 이탁의 몸이 부르르 떨렸다. 그도 상가장의 일은 잘 알고 있었다. 장주의 아들 호중자가 상가장의 무남독녀 상목혜에게 반해 청혼을 한 것을 모르는 사람은 난주에 없다.

그러나 그 혼사는 애초부터 이뤄질 수 없는 혼사였다. 호중자의 나이가 몇이던가. 이미 마흔이 넘은 사람이다. 더군다나 이미 부인이 있는데 그 도도한 상가장에서 무남독녀를 후처로 줄 리 없다. 특히나 상가장의 장주 상섭유는 원의 조정에 기대부를 쌓은 호불을 경멸하고 있었다.

그래서 그 혼사를 이탁은 애초부터 말렸었다. 상가장 같은 곳을 건드리면 두고두고 후환이 된다. 세상을 권력과 재물이 아니라 인의로 살아가는 사람을 건드리면 반드시 화를 당하게 된다는 것이 평소 이탁의 소신이었다. 그런데 호불과 호중자는 자신의 충고를 듣지 않았다.

그래서 결과가 어떠하던가. 상가장을 멸한 대가가 이렇게 금세 호금장으로 되돌아오지 않았는가. 생각할수록 자신의 충고를 무시한 장주 부자에 대한 원망이 솟구친다.

"상가장의 영애로서는 타당한 복수지. 그래서 내가 나선 것이고."

등 뒤에 앉아 중얼거리는 살수가 더욱 얄밉다. 결국 죽이고 말 것을 주저리주저리 말을 늘어놓으며 시간을 끌고 있다. 지독한 살수다. 살수 같지 않은 놈이라 생각할 수도 있지만, 그동안 이 살수가 호금장에 행한 살행은 최고의 살수가 아니면 불가능한 일이다. 어찌 대화라도 한번 해볼 수 있다면 살 기회를 노릴 수도 있을 터인데 이탁에게는 그 기회조차 없었다.

팟!

이탁의 목 뒤에서 피가 솟구친다. 타유의 검이 이탁의 급소를 찔렀다. 이탁의 눈에서 한순간에 생기가 사라졌다. 애초에 피를 보지 않고도 이탁을 죽일 수 있었다. 그러나 타유는 일부러 이탁의 몸에 칼을 댔다. 이유는 하나이다. 피 흘린 죽음이 좀 더 사람들에게 공포를 심어주기 때문이었다.

슉!

미처 이탁의 몸이 바닥에 쓰러지기도 전에 타유가 먼저 병풍 뒤로 물러났다. 그러자 그 뒤에야 이탁이 그 자리에 고꾸라졌다.

상목혜는 눈앞에 놓인 목함을 물끄러미 바라봤다. 금은보화가 찬란하다. 만약 이만한 재물이 적두랑을 찾아가기 전에 있었다면 그녀는 결코 자신의 몸을 청부의 대가로 내놓지 않았으리라.

그렇다고 지금 살수가 주는 재물로 다시 그를 살 수는 없는 일이다. 그런데 이 살수는 왜 자신에게 이 많은 재물을 주는 것일까. 살행 중 재물을 얻었다면 그건 당연히 그 자신의 몫일 터인데.

"이걸 왜 저에게 주죠?"

상목혜가 물었다. 그러자 타유가 대답했다.

"청부가 끝나면 살아갈 일을 준비해야 할 것 아니오?"

"그건 그쪽이 걱정할 문제가 아니지요."

하긴 맞는 말이다. 타유가 상목혜의 후일까지 걱정할 것은 없다. 그러나 사람의 마음은 기괴하다. 이상하게도 타유는 상목혜가 걱정되었다. 어쩌면 그도 사내이기 때문일지도 몰랐다. 상목혜처럼 아름다운 여인을 앞에 두고 마음이 흔들리지 않는 사람은 드물다.

그러나 그는 살수가 아닌가. 살수의 마음에는 여인이 깃들지 말아야 한다. 또한 굳이 살수가 아니라도 상목혜를 마음에 두는 일은 없을 타유였다. 왜냐하면 그의 마음속에는 이미 한 여인이 굳게 자리를 잡고 있기 때문이었다.

그가 굳이 인연이 끝났다고 치부해 버리면 그만인 천살문주 홍암을 찾으려는 진짜 이유도 바로 그의 마음속에 있는 여인 탓이었다.

그런데도 타유는 상목혜가 걱정된다. 타유 자신도 알 수 없는 일이다.

"어쨌든 가져온 것이니 처분은 그대 마음대로 하시오. 그리고… 마차를 준비해 주시오."

"마차요?"

"그렇소."

"무슨 일에 쓰려는 거죠?"

"곧 떠나야 할 거요. 이제 일은 거의 막바지에 이르렀소. 오늘 호금장의 삼총관을 베었으니 내일부터 호금장의 식솔들이 썰물 빠지듯 빠질 거요. 그럼 곧 일은 끝나겠지. 그러나 호금장에서 호불 부자를 만날 수는 없소. 그대가 그들을 만나는 것은 난주를 벗어난 후의 일이 될 거요. 적당한 장소를 찾아봅시다. 그래서 마차가 필요한 거요."

"그런 준비는 당신이 해야 하는 것 아닌가요?"

자신은 청부자이고 청부를 수행하는 일은 타유의 일이다. 그러자 타유가 퉁명스레 대답했다.

"사람 잡는 일이 내 일이오. 그리고 그 두 사람을 만나고 싶어 하는 것은 그대가 아니오? 살수는 그야말로 사람만 잡으면 그뿐인데 그대 때문에 일이 번거로워졌으니 그대가 준비하시오. 벌건 대낮에 살수가 마차를 구하러 시전을 돌아다니는 것은 좋지 않소. 아니면… 죽은 자들의 머리를 가져다주겠소."

타유의 말에 상목혜가 고개를 젓는다.

"아니에요. 마차를 준비하죠."

상목혜는 타유의 말대로 반나절이 걸려 마차를 구해왔다. 살수가 마차를 구하는 것도 이상하지만 또한 여인 혼자 마차를 구하는 것도 보통의 일은 아니었다. 그러나 상목혜는 다부진 여인이었으므로 얼굴을 가리고 다니며 결국 튼튼한 마차를 마련해 왔다.

타유는 상목혜가 가져온 마차에 서둘러 올라 난주성을 벗어났다. 두 사람이 난주성을 벗어나는 와중에도 호금장을 떠나는 자들을 여럿 볼 수 있었다.

난주성을 벗어난 타유는 마차를 몰고 남쪽으로 십여 리를 이동했다. 그러자 성으로 이어지는 관도가 거칠어지며 이내 산길이 모습을 드러냈다.

"이렇게 멀리까지 와야 하나요?"

상목혜가 난주성에서 지나치게 멀어진다고 생각했는지 타유에게 물었다. 그러자 타유가 대답했다.

"호불 부자가 사라지면 어쩌면 성주가 움직이게 될 거요. 그는 누가 뭐래도 호불의 도움을 받아 성주가 되었고, 또 연경으로 진출하려는 사람이니까. 관병이 움직이면 십 리도 멀지 않소."

타유의 대꾸에 상목혜가 입을 닫았다. 그녀가 보기에 타유는 허술한 듯하면서도 빈틈이 없는 사람이었다. 함께 이야기를 나눌 때는 퉁명스럽기도 하고 가끔 거친 면도 보였으나 일단 일을 하기 시작하면 머리카락 한 올 흘리는 것도 조심하는 타유였다. 그러니 그가 하는 일에는 다 그만한 이유가 있을 터였다.

두두두!

마차가 힘차게 길을 달려 잣나무가 우거진 산속으로 들어섰다. 그러자 어느덧 마차가 달릴 수 있는 길이 끝이 나고 잣나무 사이로 난 작은 산길이 모습을 드러냈다.

"내리시오."

산길 앞에서 타유가 상목혜를 마차에서 내리게 했다.

"적당한 장소를 찾았나요?"

상목혜가 마차에서 내리며 타유에게 물었다. 그러자 타유가 손을 들어 잣나무 숲 위쪽에 있는 허름한 오두막을 가리켰다.

"사당인가요?"

"그런 것 같소. 하지만 지금은 쓰지 않는 것 같소. 가 봅시다."

타유가 먼저 숲길을 따라 걷기 시작했다.

타유의 예상처럼 사당은 이미 오래전에 그 소용이 다한 듯했다. 곳곳에 거미줄이 내려서 있었고, 벽도 허물어진 곳이 많아서 바람이 술술 들어왔다. 그래도 뼈대는 튼튼해 쉽게 허물어질 것 같지는 않았다.

"왜 이곳이죠?"

문득 상목혜가 물었다. 그러자 타유가 사당 뒤쪽으로 솟은 작은 봉우리를 가리켰다.

"멀리서 보면 저 봉우리가 근방의 봉우리 중 가장 높소. 그리고 봉우리를 넘으면 바로 강으로 연결되는데 만약의 경우 도주하기도 쉽소. 그곳에 배를 한 척 준비해 둘 거요. 일이 잘 되거나 혹은 잘못된다 하여도 배를 타고 흔적을 남기지 않고 사라질 수 있소."

"그렇군요."

상목혜가 주도면밀한 타유의 말이 믿을 만한지 고개를 끄덕였다.

"이곳에서 일을 치르는 것에 동의하오?"

"그건 당신이 결정하세요."

"좋소. 그럼 이곳으로 결정하겠소. 오늘 하루는 이 근방에서 묵어야 할 것 같은데……. 여기서 자고 가도 되겠소?"

"이곳에서요?"

상목혜가 조금 놀란 표정으로 물었다. 그도 그럴 것이 다 허물어져 가는 사당에서 남녀가 하룻밤을 보낸다는 것이 기분 좋은 일은 아니었다.

"다시 내려가 객잔을 찾으려면 밤이 깊어야 할 거요."

살수로 살아온 타유에겐 비바람 피할 수 있는 사당이면 객잔이나 다름없다. 태평하게 말하는 타유를 보며 상목혜가 한숨을 쉬고는 고개를 끄덕였다.

"좋아요. 그렇게 해요."

"알겠소. 내 준비를 좀 해오리다."

타유가 말을 하고는 사당문을 열고 그들이 올라온 산길을 따라 다시 내려갔다. 그러자 갑자기 알 수 없는 공포가 상목혜를 찾아들었다. 특히 타유가 잣나무 숲으로 사라진 이후에는 더욱 강한 불안감이 찾아든다. 상목혜가 자신도 모르게 사당을 나서 타유가 걸어간 쪽으로 걸음을 옮겼다.

타유는 어느새 마차가 있는 곳에 당도해 노숙에 필요한 물건들을 꺼내고 있었다. 덮고 잘 모포를 준비해 온 것으로 보아 처음부터 노숙할 생각을 하고 있었던 듯싶었다. 요기를 할 건량 주머니까지 어깨에 둘러맨 타유가 신형을 돌리자 어느새 그를 따라온 상목혜가 멀찌감치 서 있다.

"무슨 일이오?"

의아한 표정으로 타유가 물었다.

"도울 일이 없을까 하여……."

"뭐, 짐도 별로 없는데 도울 일이 무에 있겠소. 헛걸음을 하셨구려."

타유가 심드렁하게 말했다. 그가 상목혜의 내심을 알 리 없다. 타유의 살행에 동행하면서 어느새 자신도 모르게 그를 의지하게 된 상목혜의 본심을 어찌 알겠는가. 그런데 기이한 것이 여인의 마음이라, 자신의 내심을 몰라주는 타유가 내심 서운해진 상목혜는 차갑게 고개를 돌린다.

"그렇군요. 내가 괜한 걸음을 했군요."

말이 채 끝나기도 전에 상목혜가 온 길을 되짚어 오르기 시작한다. 그러자 타유가 멍하니 상목혜의 뒷모습을 바라보다 혀를 찼다.

"여인들이란. 쯔쯔!"

그러다 한순간 타유의 표정이 굳었다. 그러고는 아픈 곳을 찔린 듯 눈살을 찌푸리며 중얼거렸다.

"하긴 연이도 가끔 이유 없이 토라지기는 했지. 휴우… 문주, 어디로 사라진 거요."

타유가 불을 피웠다. 마른 가지로 불을 피우는 솜씨가 능숙하다. 아무것도 없는 곳에서 무엇이든 만들어내는 타유를 상목혜가 믿음직한 표정으로 바라보고 있다. 상목혜는 어느덧 마치 타유가 자신의 친족이나 되는 듯 의지하고 있었다. 물론 스스로 자신의 마음까지 들여다볼 여유가 없는 상목혜로서는 그 사실을 깨달을 수 없었다.

그러나 그녀의 시선을 받는 타유는 다르다. 타유는 어느 날부터인가 자신을 의지하는 상목혜의 시선을 깨닫고 있었다. 그 시선은 타유에게 두 가지 감정을 가지게 했다. 부담스러움과 뿌듯함, 그러면서 타유는 자신이 어느 때보다도 쓸모있는 존재가 되어 있는 듯 느껴졌다.

천하제일의 무공을 지니고 있을지도 모를 선승 묵철을 베러 나섰을 때보다도, 고려의 왕을 호종해 만 리 길을 여행할 때에도 이런 기분은 느끼지 못했다. 패망한 가문의 한 어린 여인의 신뢰가 그를 행복에 빠지게 만들 줄이야 누가 알았겠는가. 그러자 다시 한 여인이 생각난다.

'홍연……'

선승 묵철을 베고 돌아오면 자신과 혼인을 할 여인이었다. 천살문주 홍암의 딸이다. 살문의 딸답지 않게 그녀는 살법을 수련치 않았다. 대신 문외에서 보통의 무공을 익히고 귀환한 그녀는 얼마나 아름다웠던가.

여인을 마음에 담으면 안 되는 천살문의 모든 살수가 내심 그녀를 마음에 품었다. 그리고 각자 열망에 휩싸였다. 그녀를 얻는 자는 결국 천살문도 얻게 될 터이니 그녀는 천살문의 살수들에게 살아 있는 보화였다.

그런 그녀를 천살문주 홍암은 타유에게 주겠다고 약속했다. 그녀 역시 크게 싫은 내색을 보이지 않았으므로 타유는 그녀를 위해, 문주 홍암이 시키는 어떤 살행도 완벽하게 수행했다.

그런 그를 그녀 역시 연인의 태도로 대했다. 자신과 십여 세가 넘게 차이 나는 타유의 나이조차도 그녀에게는 아무런 불만이 없는 듯 보였다. 그리고 홍암은 약속했다. 선승 묵철을 암살하고 돌아오면 그녀와 부부의 연을 맺어주겠다고. 또한 그때부터 천살문의 문주는 타유가 될 것이라고…….

'그런데 그녀는 정말 날 좋아한 것일까?'

문득 타유의 마음속에 의심이 떠오른다. 타유가 이런 의심을 하게 된 것은 모두 상목혜 때문이었다. 어느 날부터인가 변한 상목혜의 시선을 느끼는 순간 천살문에서 홍연이 자신을 바라보았던 시선이 사랑하는 사람의 시선이 아닐 수도 있다는 생각이 들었던 것이다.

상목혜의 시선에 담긴 진심은 그동안 자신이 진실이라고 믿었던 홍연의 시선을 의심하게 만들었다. 그때까지는 단 한 번도 홍연의 마음을 의심해 본 적이 없는 타유였다.

그도 그럴 것이 태어나서 처음이며, 유일하게 마음에 둔 여인이었으니 그녀의 말과 눈빛은 타유에게 모두 처음 경험하는 것들이었다. 그것이 진실이라고 믿었고 그 시선에서 거짓을 의심하지 않았다. 그런데 상목혜를 만나고, 그녀와 동행하면서 과거 홍연이 보였던 시선과 행동들이 결코 진심만은 아니었을 거라는 의심이 들기 시작한 것이다.

"무슨 생각을 그렇게 해요? 걱정이 있나요?"

홍연을 생각하며 자신도 모르게 얼굴을 찌푸리고 있었던 모양이었다. 그런 타유가 상목혜의 눈에는 걱정거리가 있는 사람처럼 보인 듯했다.

"별것 아니오. 옛 생각을 하고 있었소."

"그렇군요. 그런데 그는… 과연 당신 부탁대로 천살문주를 찾을 수 있을까요?"

한자리에 있었으므로 상목혜도 타유가 사두 적두랑에게 천살문주 홍암의 행방을 찾아 달라고 부탁한 것을 들어 알고 있었다.

"글쎄……."

타유가 마치 자신의 일이 아니라는 듯 심드렁하게 말했다.

"그를 믿지 못하나요?"

"당연히."

타유가 단호하게 말했다.

"그런데 왜 그에게 일을 맡겼죠?"

믿지 못하는 사람에게 중요한 일을 맡긴 타유가 이해가 가지 않는 상목혜이다. 그러자 타유가 상목혜를 보며 물었다.

"그대는 처음부터 날 믿어서 내게 청부를 한 거요?"

"그, 그건… 다르죠."

그러자 타유가 고개를 저었다.

"다르지 않소. 내가 그에게 한 것은 부탁이 아니라 청부요. 다른 사람은 몰라도 그 자신은 잘 알고 있을 것이오. 그 청부의 대가는 그의 목숨이니 세상에서 가장 비싼 청부지. 청부는 믿는 자에게 하는 것이 아니오. 그 일을 할 수 있는 자에게 하는 것이지. 그는 자신의 목숨이 걸린 일이니 최선을 다할 거요. 그러나……."

타유의 눈빛이 차갑게 굳어졌다. 그리고는 좀 더 음울한 목소리로 말했다.

"어느 순간 나에게서 벗어날 수 있다고 생각하면 이 일을 포기하겠지. 왜냐하면 그가 찾으려는 문주는 나보다도 더 독한 사람이니까. 아마 자신을 찾으려는 그를 만난다면 용서하지 않을 거요. 그래서 사두 적두랑이 이 일을 온전히 해낼지는 솔직히 반반이라고 할 수 있소."

타유가 제법 장황하게 사두 적두랑에게 한 청부에 대해 이야기했다. 그러면서도 내심으로는 참으로 이상한 일이라고 생각했다.

자신이 언제 누군가에게 이렇게 세심하게 자신의 생각을 이야기한 적이 있었던가. 홍연에게조차 이렇게 길게 이야기를 한 경우는 없었다. 그런데 그때 상목혜가 예상치 못한 질문을 했다.

"당신은 어떤가요?"

"무슨 소리요?"

"이 일을 끝까지 할 건가요? 어떤 경우에는 포기할 수도 있나요?"

똑똑한 사람들은 이게 문제다. 언제나 하나를 이야기해 주면 그다음을 궁금해한다.

"상황에 따라서……."

타유가 말을 얼버무렸다.

"포기할 수도 있다는 말이군요."

상목혜가 조금 실망한 표정으로 말했다.

"내 살수행이 십 할이라고 이야기할 수는 없소. 내게도 최선은 내 안위요. 살수에게 명예 따위가 있겠소? 내가 죽을 지경이면 살행을 포기할 거요. 뭐, 아직까지 그럴 가능성은 없어 보이니 크게 걱정 마시오."

다시 그 말이 상목혜를 안심시킨다. 눈앞의 살수가 반드시 자신의 청부를 완성시켜 주리라는 알 수 없는 믿음이 생기는 것이다.

"그만 주무시오."

타유는 좀 더 상목혜와 이야기를 나눴다가는 청부의 대가를 오늘 달라고 할 것 같은 마음에 얼른 대화를 끊었다. 상목혜는 아쉬움이 남는 듯했지만 이내 고개를 끄덕이고는 준비해 온 모포로 몸을 감싸고 잠을 청했다.

그날 타유는 쉽게 잠에 들지 못했다. 잠을 청하려 해도 줄곧 눈길이 잠든 상목혜에게로 향했다. 살수의 가슴답지 않게 심장이 뛰는 소리가 귀에까지 들렸으며 알 수 없는 긴장감이 그의 전신을 훑었다. 그래서 그는 미처 해가 뜨기도 전에 아침을 맞으려 사당을 나서고 말았던 것이다.

*   *   *

호금장에 불이 꺼졌다. 이 거대한 장원은 사시사철 밤낮을 가리지 않고 불야성을 이루던 곳이다. 그런데 닷새 전부터 호금장은 더 이상 불을 밝히지 않았다. 대신 장원의 몇몇 곳에서만 희미한 불빛이 새어 나오고 있을 뿐이었다.

그중 한 곳, 화려한 장식으로 치장된 커다란 방에 십여 명의 사람이 심각한 표정으로 모여 있었다. 호금장주 호불과 그의 아들 호중자, 그리고 호금장의 수뇌 몇몇이었다.

"결국 오지 않는 것일까?"

호불이 초조한 기색으로 입을 열었다.

"아직까지 돌아오지 않는 것을 보면 배신한 것이 분명합니다. 다른 대책을 강구하심이……."

호금장의 일총관 호광이 말했다.

"이총관이 그리 가벼운 사람이었던가!"

호불이 탄식을 흘린다.

"애초에 천성이 이득을 좇는 사람이었습니다. 세상에서 자신의 목숨만큼 이득이 나가는 물건은 없지요. 송자섭이 그걸 모를 리 없습니다."

일총관 호광이 분기를 흘리며 말했다. 그는 장주 호불의 아우로 호금장에서 장주에 못지않은 권력을 지닌 자다.

"그러나 나와 함께한 시간이 수십 년이고, 난 아직 죽지 않았는데 그가 정말 호금장을 포기했을까?"

이미 여러 날 전부터 강호로 고수를 초빙하기 위해 나간 호금장의 이총관 송자섭이 장원으로 돌아오지 않고 몸을 피했다는 소문이 호금장 내에 자자했다.

"그를 기다리는 것은 허망한 일입니다. 이제라도 성주에게 군사를 내어달라고 하십시오."

호불의 아들 호중자다. 서른을 넘어 이젠 제법 호금장의 일에 관여하려 하지만 여전히 호금장의 수뇌에게는 어설픈 소장주였다.

"그의 힘을 한 번 빌면 우린 지금처럼 그를 부릴 수 없다."

호불이 단호하게 말했다.

"그럼 이대로 살수에게 당해야 한단 말입니까?"

"당해? 누가 누구에겐 당한단 말이냐?"

호불이 노성을 토해낸다. 그러자 호중자가 금세 의기소침해 변명을 늘어놓는다.

"전 그저 상황이 급박하니 성주의 힘을 빌리는 것이 좋을 듯하여……."

"중자야. 잘 듣거라. 지금 이 난국을 우리 스스로 이겨내지 못하고 남의 힘을 빌린다면 지금까지 우릴 두려워하던 자들이 다음부터는 우릴 업신여기게 될 것이다. 그럼 그들은 승냥이 떼처럼 달려들어 우리 호금장의 재물을 탐하겠지. 무림이나 상계나 혹은 관부라도 한 번 약세를 보이면 다시 힘을 회복하는 것이 거의 불가능하다. 당장 눈앞의 어려움을 견디지 못하고 패망의 길을 가겠느냐? 아니다. 어떻게든 우리 힘으로 이겨내야 한다. 아우!'

호불이 일총관 호광을 불렀다. 사사로이는 호불의 아우가 되는 호광이다.

"옛, 문주!"

"장원에 남은 무사의 숫자가 얼마나 되지?"

"도합 스물입니다."

"겨우 스물?"

호불이 눈살을 찌푸린다. 호불이 재물을 풀어 장원에 불러들인 무사가 평시에도 일백을 넘었다. 그런데 이제 겨우 스물만 남아 있는 것이다.

"스물이라고는 하나 일당백의 고수들이니 충분히 살수의 검을 막을 수는 있을 겁니다. 문제는 언제까지 이렇게 견뎌내느냐입니다. 이대로 가다가는 천하의 상로가 끊기고, 사람들과의 인연도 멀어져 설혹 흉수를 제압한다 해도 가문의 성세를 회복하는 것이 어려울 수도 있습니다."

"음… 어쩐다……."

호불이 곤혹스런 표정을 지었다. 그러자 그때 염소수염을 한 초로의 사내가 앞으로 나서며 말했다.

"제가 한 말씀 올리겠습니다."

"그래. 사총관에게 좋은 생각이라도 있는가?"

호금장에는 모두 다섯의 총관이 있다. 그중 삼총관 이탁은 타유의 손에 죽었고, 이총관 송자섭은 강호로 나간 후 소식이 끊겼다. 이제 남아 있는 총관은 셋, 일총관 호광과 사총관 홍구복, 오총관 막갈이 그들이었다.

그중 사총관 홍구복은 평소에도 지모가 뛰어나 위급한 순간에 특별한 계책을 내놓아 사람들을 감탄시키는 경우가 많았다. 그가 이런 순간에 입을 열었다는 것은 필시 그에게 적당한 계책이 있다는 의미였다. 그러니 호불로서는 반색하지 않을 수 없는 일이다.

"지금까지 일어난 일을 보면 흉수의 숫자는 결코 많지 않습니다. 많아야 다섯을 넘지 못할 겁니다."

"어째서 그리 생각하는가?"

일총관 호광이 물었다.

"사람이 많았다면 비록 그들이 귀신의 발을 가졌다 해도 촘촘한 본 장의 경계에 걸려들었을 겁니다. 그런데 그들은 살행을 하면서도 한 번도 본 장 무사들의 눈에 뜨이지 않았으니 결코 숫자가 많지 않을 것입니다."

"음, 일리가 있군. 그래서?"

호불이 말을 재촉했다.

"숫자가 적다면 결국 놈들을 함정으로 끌어들여 상대하는 것이 상책입니다. 그들을 장원 깊이 유인하여 퇴로를 차단한 후 상대하면 반드시 잡을 수 있을 것입니다. 지금까지는 놈들이 들어오는 것을 막고 식솔들을 지키려고만 했지 그들을 유

인해 잡을 생각은 하지 않았잖습니까?'

그러자 지금까지 꿀 먹은 벙어리로 있던 오총관 막갈이 묻는다.

"그들을 어찌 유인한단 말이오?"

막갈의 질문에 홍구복이 살짝 난감한 표정을 지으며 되물었다.

"오총관, 그들이 원하는 것이 무엇이겠소?"

"글쎄. 나도 그걸 잘 모르겠소. 무턱대고 사람들을 죽이고 있으니……."

"어렵게 생각할 문제가 아니오. 이건 아주 간단한 문제요. 그들이 원하는 것은 우리 호금장이 멸망하는 거요. 그래서 사람들에게 공포심을 심어줘 장원을 떠나게 만들고 있는 거요. 하지만 그것도 역시 하나의 과정, 결국 그들의 최종목적은… 송구하지만 장주님이 되실 겁니다."

홍구복이 말을 하고는 호불에게 고개를 숙여 보인다. 그러자 호불이 손을 저으며 말했다.

"꺼려할 필요없네. 사실은 사실대로 봐야지. 그래야 문제가 풀려. 그래서?"

"그들이 본 장원을 사람 없는 곳으로 만들려는 목적은 성공했다고 할 수 있습니다. 이제 장주님을 향해 움직일 것입니다. 그러니 그들이 장주님께 올 수 있는 길을 열어주면……."

"하하, 나를 미끼로 쓰자는 말이군."

호불이 너털웃음을 터뜨렸다.

"죄송합니다."

홍구복이 얼른 머리를 조아린다.

"아냐. 듣고 보니 아주 적절한 방책이야. 애초에 그리했으면 좋았을걸 하는 후회가 들 정도로. 그렇다면… 이게 좋겠군. 아예 내가 장원 밖으로 나가는 거야."

"장주! 그건 너무 위험합니다."

일총관 호광이 놀라 소리쳤다.

"아우, 호랑이 굴에 들어가지 않으면 결코 범 사냥을 할 수 없는 법일세."

"그러나… 이자들은 보통 살수들이 아닙니다."

"물론 그렇지. 그러니 나도 특별한 수단을 강구해야지."

"특별한 수단이라시면……?"

"난 떠나지 않아. 대신… 다른 사람이 나의 옷을 입고 나의 마차를 타게 될 것이네."

"아! 그런 방법이 있었군요."

호광이 고개를 끄덕인다. 그러자 계책을 낸 홍구복이 얼른 말을 거든다.

"좋은 계책 같습니다. 필시 저들은 멀리서 장원을 감시하고 있을 것입니다. 그러니 마차에 탄 사람이 장주신지 아닌지 정확히 알 수는 없을 것입니다."

"그렇겠지? 그런데 문제가 하나 더 있네."

호불이 말했다.

"무엇입니까?"

"누가 날 대신할까 하는 점이야. 알다시피 놈들의 술책이 무섭네. 죽고 사는 확률이 오 할 정도일 거야. 자, 누가 날 대신해 살수들을 상대할 것인가?"

호불이 장내를 죽 둘러보며 물었다. 그러나 누구도 앞으로 나서 호불을 대신해 살수들을 유인하겠다고 말하지 못했다. 그러자 호불의 낯빛이 차츰 굳어지기 시작했다. 심복이라고 생각했던 자들조차 몸을 사리고 있다. 자신을 위해 목숨을 걸 사람이 없다는 것은 우두머리로서는 비참한 일이다. 그래서 믿을 것은 결국 혈육뿐이라던가. 결국 호광이 앞으로 나섰다.

"형님을 대신하는 일을 다른 사람에게 맡길 수는 없지요. 제가 가겠습니다."

"아우가?"

"혈족이 나서지 않으면 누가 나서겠습니까."

"음……. 조심해야 하네."

"사냥을 하러 나가는 것이지, 사냥을 당하러 나가는 것은 아닙니다."

"좋아. 소문을 내게. 내가 살수를 피해 난주를 떠나 장안으로 간다고. 본 장의 모든 무사를 데려가게. 물론 그중 오 할은 미리 마차에 숨겨두고."

"그러면 장원은 누가 지킵니까?"

호중자가 놀란 표정으로 물었다.

"우리 스스로가 지켜야지."

호불이 냉정하게 말했다. 그러자 호중자의 얼굴에 두려운 빛이 서렸다.

"그러다 살수들이 속지 않으면⋯⋯."

"밀실에 들어가 있으면 천군만마가 와도 목숨을 보전할 수 있으니 그 걱정은 말아라. 밀실에서라면 수년을 버틸 수 있다."

"그, 그렇군요."

그제야 호중자의 얼굴에 웃음이 깃든다. 그런 호중자를 못마땅한 시선으로 보던 호불이 장내를 둘러보며 명한다.

"이 계책대로 일을 진행한다. 일이 성사되어 본 장의 위기가 지나가면 오늘 내 곁에 남았던 사람들은 특별한 지위에 오르게 될 것이다. 그러니 모두 최선을 다하도록!"

"알겠습니다. 장주!"

의기소침하던 장내에 한순간 활기가 넘쳤다. 사냥감이 사냥꾼이 되었으니 기세가 등등할 수밖에 없었다. 장내의 사람들이 분주하게 움직이기 시작했다.

"소문 들었어요?"

문득 변복을 하고 저자에 나갔던 상목혜가 객방으로 들어오며 급히 물었다.

"무슨 소문 말이오?"

타유가 고개를 돌려 상기된 표정의 상목혜에게 되물었다.

"호불이 난주를 떠난대요."

순간 타유의 눈이 가늘어졌다.

"어디서 들었소?"

"난주 성내에 소문이 파다해요. 살수를 피해 장안으로 간다고……. 그래서 이젠 호금장도 내리막이라는 손가락질들을 하고 있어요. 그동안 그들의 악행을 견디며 살아온 사람이 많으니까요."

상목혜는 이미 복수가 이뤄진 것처럼 들떠 있었다. 그러자 타유가 고개를 저으며 말했다.

"속임수요."

타유의 단정적인 말투에 상목혜가 잠시 말을 잊었다가 따지듯이 물었다.

"속임수라뇨? 무슨 속임수라는 거죠?"

"세상의 모든 도망자 중에서 자신의 도주처를 미리 알리고 도주하는 사람은 없소."

"그, 그렇기는 하지만……. 그들이 낸 소문이 아닐 수도 있잖아요?"

"내가 호금장주라면, 그리고 도주할 생각이라면 이미 난주를 떠났을 거요."

"그럼 그들이 일부러 헛소문을 냈다는 건가요? 왜요?"

"함정이지. 내가 도주하는 마차를 공격하게 하려는 거요. 호금장의 가업은 모두 난주에 있소. 호불이 이 모든 것을 버리고 난주를 떠날 리 없소. 최악의 경우라면 난주성주에게 청을 넣어 관군을 동원했을 거요. 그런데 그것도 포기하고 도주라?

절대 그럴 리 없소. 아직 관군을 동원하지 않은 것으로 보면 믿는 구석이 있다는 말이오. 이건 함정이오."

"하면 어쩌죠?"

상목혜가 금세 시무룩해져서 물었다. 그녀로서는 호금장의 모든 가업이 무너지고 그가 쫓기듯 난주를 벗어나는 것을 상상하고 있다가 그 모든 것이 호불의 계책이라는 말에 의기소침해질 수밖에 없었다.

"일이 좀 더 쉬울 수도, 혹은 어려울 수도 있소."

모호한 말에 상목혜가 타유를 바라봤다.

"만약 호불이 모든 전력을 함정을 파는 데 썼다면 호금장은 텅텅 비어 있을 테니 일이 좀 더 쉬울 수 있소. 반면에 호불이 나름대로 호구책이 있어서 이 일을 계획한 것이라면 생각보다 일이 어려워질 수도 있겠지. 우리가 모르는 뭔가가 그에게 남아 있다는 거니까."

"어쩌죠?"

상목혜가 어린아이처럼 묻는다.

"이미 일은 기호지세요. 여기서 시간을 끈다면 결국 호금장의 재물이 호불의 주변을 철옹성으로 만들 거요. 관군까지 동원한다면 일이 성사되는 것은 거의 불가능하오. 그러니 아니 갈 수 없소. 그를 대신한 자가 탄 마차가 난주를 벗어나면 그를 찾아가겠소."

"위험하지 않을까요?"

상목혜가 무심결에 걱정을 내뱉었다. 그러자 타유가 상목혜를 보며 말한다.

"애초에 위험을 알고 시작한 일이 아니오? 세상에 위험하지 않은 살행은 없소. 그러니 다른 때와 다를 바가 없다는 거지. 그대는 먼저 사당에 가 있으시오."

"저 혼자요?"

상목혜가 두려운 빛을 보인다. 본래 그녀는 가문이 멸문하고 난 이후 죽음도 두려워하지 않는 강단을 지니게 되었으나 이상하게도 타유와 함께 동행하면서 다시 어린 여인으로 돌아가 있었다.

"할 일이 많소."

일을 할 때만큼은 냉정한 타유다. 상목혜가 그제야 자신의 현실을 깨닫고는 침을 삼키며 물었다.

"뭘 해야 하죠?"

"말했듯이 사당 뒤쪽의 강에 배를 준비해 두시오. 만약을 위해 배에는 며칠 분의 식량도 함께 실어두시오. 그리고 사당에 유황을 준비해 두시오. 난주 시전에 나가면 어렵지 않게 구할 수 있을 거요."

"유황을 왜……?"

"이렇게 된 이상 흔적을 없애는 것이 중요하오. 사당에서 호불을 벤 후 그의 시신과 함께 사당을 태워 버릴 거요. 그러면 그가 죽었는지 살았는지조차 영원히 비밀이 되겠지. 혹자는 그가 살수를 피해 은거했다고도 생각할 거요. 자연히 우리를 추적하는 자들도 쉽게 피할 수 있을 거요."

살행 이후의 일까지 세심히 준비하는 타유다. 그런 타유의
모습에 상목혜는 마음이 든든함을 느낀다.

"알겠어요. 그리 준비할게요."

상목혜가 순순히 고개를 끄덕였다.

이틀 후 호금장에서 한 대의 마차가 떠났다. 십여 명의 호위
무사를 거느리고 호금장을 떠나는 마차를 난주성의 사람들은
멸시를 담은 눈으로 전송했다. 그러나 사람들의 시선이야 어
떻든 마차는 금세 난주성을 벗어나 남쪽으로 향했다.

타유는 장원을 떠나는 마차를 확인한 후 상목혜와 헤어졌
다. 걱정이 되기는 했지만 본래 상목혜는 총명한 여인이니 자
신이 당부한 일을 어렵지 않게 할 수 있을 것이다.

상목혜를 사당으로 떠나보낸 타유는 오후 내내 객방에 머물
며 오늘 밤 호금장에서 해야 할 일들을 준비했다. 살행에 필요
한 무기들을 다시 한 번 챙겼고, 그동안 조사해 놓은 호금장 내
건물들의 위치를 몇 번이고 되새겼다. 어쩌면 그들도 자신이
마차를 따라가지 않고 호금장으로 올 것이란 걸 예상하고 있
을 수도 있었다. 그러나 오늘 호금장에 가지 않으면 이 청부가
끝나지 않을 터, 타유는 오늘 밤 반드시 이번 청부를 완결할 생
각이었다.

"그러면 그녀도 떠나려나?"

문득 앞서 사당으로 간 상목혜가 떠올랐다. 일이 끝나면 그
녀는 타유를 떠날 것이다. 애초에 그녀의 몸을 취하기로 했으

나 이제 와서는 그 일도 관심이 없었다. 어느새 상목혜는 그가 함부로 대할 수 없는 여인이 되어 있었다.

"어리석은 일이야."

타유가 고개를 저었다. 살수의 마음에 정이 들어서면 능력의 오 할을 포기하는 것이나 마찬가지다. 그러나 어쩔 수 없는 일 아닌가. 사라진 천살문주 홍암이 말하길 타유가 강호제일의 살수가 될 수 없는 이유 중 하나는 그의 심성이 유정하기 때문이라고 했었다. 이제 생각해 보면 천살문주가 마음은 독해도 사람 볼 줄은 아는 인물이었다.

"그런들 타고난 성정을 바꿀 수도 없지."

차앙!

스스로의 마음을 다잡듯 타유가 검을 빼 들었다. 시퍼런 검광이 눈앞에서 아른거린다. 가야 할 시간이다. 타유가 자리에서 일어났다. 그러고는 검을 다시 검집에 넣고 객방을 나섰다.

타유의 몸이 새처럼 하늘을 날았다. 손가락 끝에 나무 하나, 기와 한 장이라도 걸리면 그 작은 힘으로 이삼 장 허공을 가로지르는 타유였다. 천살문 신법이 당대에 타유의 몸을 통해 완성되었다고 홍암이 감탄했던 바로 그 신법 귀영팔보다.

스스슥!

타유가 어느새 호금장이 내려다보이는 맞은편 주인 모를 장원의 지붕에 올라섰다. 그러고는 어둠에 쌓인 호금장을 살폈다. 빛이 모두 사라진 거대한 장원, 다섯 채의 전각과 십여 채의 초가들이 들어선 호금장은 평소와는 확연히 다른 모습이다.

"호불 네가 그 안에 있다는 걸 알고 있다."

타유가 어둠에 쌓인 호금장을 노려보며 중얼거렸다. 한순간 그의 신형이 단번에 허공으로 떠오르더니, 폭 오 장여의 길을 날아 넘어 호금장으로 사라졌다.

호불은 초조한 눈으로 벽에 걸린 동종을 바라보고 있었다. 그의 곁에는 호금장의 총관 셋과 그의 아들 호중자, 그리고 세상에 드러내지 않았던 그의 충실한 심복이자 호금장 제일의 고수 다섯이 있었다. 본래 이들 심복의 숫자는 열인데 그중 다섯은 장원을 떠난 마차에 딸려 보내고 나머지 다섯은 자신의 곁에 남겨둔 호불이었다.

이들 열 명의 고수야말로 호불이 마지막으로 준비한 한 수라고 할 수 있었다. 이들 열 명이 나서면 웬만한 무림 중견문파와도 능히 자웅을 결할 수 있다고 자신하는 호불이었다.

세상에 호금장은 황금충들이 모인 상가로 알려져 있지만 재물이란 것은 얻을 때나 지킬 때나 힘이 필요한 법이다. 오늘날 호금장이 천하의 거부가 된 것은 바로 은밀한 곳에서 호불을 지키고 있는 바로 이러한 고수들의 힘 때문이라고도 할 수 있었다.

그들이 어둠 속에서 피를 뿌려댈 때마다 호금장의 부는 불어났다. 그리고 그들은 자신들의 손으로 이룩한 호금장을 오늘 또 자신들의 손으로 지켜낼 것이다. 그들 자신과 호불을 위해.

둥!

문득 벽에 걸린 동종이 무거운 소리를 냈다. 보통의 경우 동종은 맑은 소리를 내 그 소리가 십 리를 간다고 하지만 호불의 눈앞에 걸려 있는 동종은 짧고 둔탁한 소리를 낼 뿐이었다.

그러나 그 소리가 장내의 사람들을 격동시켰다. 그들의 눈에 생기가 돌더니 이내 그 생기가 살기로 변한다.

"역시 머리가 좋은 놈이군."

호불이 중얼거렸다.

"마지막에 생각을 바꾸길 잘한 것 같습니다."

총관 홍구복이 말했다.

"내 이럴 줄 알았지."

호불이 득의한 표정을 짓는다.

"역시 장주님의 선견지명은 따를 길이 없습니다."

홍구복이 때 아닌 아부를 떤다. 애초에 홍구복이 내놓은 계책은 가짜 호불을 마차에 태워 난주성 밖으로 내보낸 후 살수들을 유인해 일거에 흉수들을 제거하는 것이었다.

그런데 그 계책을 막 실행에 옮기려던 순간 호불이 다른 선택을 했다. 그간 살수의 움직임을 보건대 홍구복이 내놓은 계책을 간파할 가능성이 있다고 판단한 것이다. 그리하여 호불은 거짓 마차를 따라 나설 예정이던 호금장의 고수 중 절반을 장원에 은밀히 머물게 했다. 난주성을 벗어난 마차가 아니라 호불이 머물고 있는 바로 이곳에 함정을 파놓은 것이다.

동종이 울렸다는 것은 흉수들이 평소 호불이 머물던 대청에 들었다는 의미, 그들은 아마도 어렵지 않게 호불과 호금장의 고수들이 머물고 있는 이 안가로 올 수 있을 것이다. 미세한 흔적들을 남겼으니 눈 밝은 살수들이 그 흔적을 놓칠 리 없다.

"그물은 튼튼하겠지?"

문득 호불이 오총관 막갈에게 묻는다. 그러자 막갈이 자신 있게 대답했다.

"걱정 마십시오. 깊은 산속 대호를 사냥하는 그물입니다. 충분히 놈을 제압할 수 있을 것입니다."

그러고 보니 그들이 머물고 있는 안가의 입구 천장에 튼실한 줄로 엮은 그물이 걸려 있다. 호불은 살수들을 그냥 죽일 생각이 없었다. 지금까지 호금장이 당한 것을 생각하면 편히 죽여주는 것은 호불의 성미에 맞지 않았다. 사로잡아 지독한 고통을 맛보여줄 생각인 호불이었다.

소리없이 걸음을 옮기던 타유가 고개를 갸웃했다. 뭔가 이상하다. 아무리 사람들이 떠난 장원이라도 이렇게 조용할 수가 없다. 설혹 그 마차에 정말 호불이 타고 있었다고 해도 온전히 장원을 방치할 호불이 아니다. 그런데 인기척이 없다. 다른 때와 달리 서너 개라도 있던 불 밝힌 방도 없다. 그야말로 지금의 호금장은 폐가나 다름없었다.

호금장의 장원은 만금을 들여 지은 것이다. 아무리 호불의 손에 재물이 많다고 해도 이런 장원을 쉽게 버릴 수는 없다. 더군다나 보통 사람의 눈에는 띄지 않지만 살수라면 놓칠 수 없는 흔적들이 한 방향을 가리키고 있다.

'일부러 남긴 흔적이다.'

타유는 확신했다. 만약 그 흔적들이 조금 더 미세하거나 혹은 아예 모든 사람이 알아볼 수 있는 것이라면 의심하지 않았을 것이다. 그런데 지금 그의 눈에 보이는 흔적들은 보통 사람은 발견할 수 없지만 무공을 수련한 고수라면 놓칠 수 없는 흔적이다. 이런 흔적은 절대 자연스럽게 만들어지지 않는다. 오랜 살수의 경험이 타유에게 경고를 하고 있다.

"호불, 제법 하는군. 그러나 그대는 장사치고 난 살수야. 목숨을 걸고 싸우는 데는 내가 낫지."

잠시 긴장했던 타유가 여유를 되찾으며 말했다. 그러고는 멈췄던 걸음을 다시 걷기 시작했다.

흔적은 한참을 이어지다 반은 땅속으로 반은 세상 밖으로 나와 있는 기이한 건물 앞에서 사라졌다.

"저 안에 있다는 말인데……."

타유가 굳게 잠긴 문을 보며 중얼거렸다. 한눈에 보아도 보통 건물이 아니다. 안으로 침입하려면 두 개의 창과 문을 이용해야 했지만 문이 닫혀 있으니 결국 들어갈 수 있는 방법은 하나, 창을 뚫는 것이다. 그러나 그건 하수나 하는 행동이다.

창을 뚫고 들어가면 미리 준비하고 있던 호불의 함정에 반드시 걸려들 것이다. 다른 방책이 필요했다.

"곰을 잡으려면 불을 놓아야지."

타유가 문득 주변을 돌아보다 건물 옆으로 우거진 소나무를 보며 중얼거렸다. 그리고는 급히 소나무 아래로 가더니 마른 덤불을 한 아름 안아왔다. 그 덤불을 땅속으로 들어가 있는 건물의 문 앞에 놓더니 망설이지 않고 부싯돌을 꺼내 불을 붙였다.

화르륵!

잘 마른 덤불이 한순간 거대한 불꽃을 만들어낸다. 그러자 나무로 만들어진 문에도 금세 불이 옮겨 붙었다.

"다른 곳에 출구가 있다면 모를까. 그 안에서 견디기는 힘들 거야. 연기마저 자욱하니 나에겐 좋은 일이지. 가끔은 이렇게 예상치 못한 이득을 보는 것이 또한 세상사라……."

타유가 훌쩍 몸을 날렸다. 그의 신형이 한순간에 사라졌다.

잠시 후 불이 붙어 있던 문이 밖으로 떨어져 나왔다. 이미 사방은 연기와 화염으로 가득했다. 더군다나 어둠이 내린 밤이니 시야는 채 일 장을 바라보기 힘들다.

"장주님, 이쪽으로……."

호금장에 남아 있는 사람 중 무공으로는 오총관 막갈이 제일이다. 머리가 둔한 것이 흠이지만 이런 혼란의 와중이라면 호불에게 가장 쓰임새가 많은 사람이 막갈이다.

"장원 전체가 타는가?"

연기 속에서 호불이 물었다.

"아닙니다. 이곳과 몇 군데만 불이 붙었습니다."

"음……. 그럼 모두 조심하게. 놈들이 있을 수 있어."

호불의 경고에 불속에서 뛰쳐나온 호금장의 고수들이 일제히 도검을 들어 올려 주위를 경계한다. 그러나 어디서도 살수들의 공격은 없었다. 기이한 일이다. 살수들이 이런 기회를 놓칠 리 없다. 불속에서 도망쳐 나오는 자들을 공격하는 것만큼 쉬운 일이 또 있을까. 그러나 아무도 살수의 공격을 받은 사람이 없었다.

그런데 그때였다. 갑자기 그들의 앞쪽에서 다시 거대한 불길이 일어났다. 안가와 마주서 있던 거대한 전각이 불타기 시작한 것이다.

"이, 이 망할 놈들이!"

호불의 입에서 노성이 흘러나왔다. 어떻게 지은 장원이던가. 수만금이 들어간 장원이다. 그런데 그것들이 타고 있었다. 흉수는 호불의 목숨에는 관심이 없는 듯했다. 아예 오늘 이 호금장을 모두 태워 없애는 것이 목적인 듯 호불 일행을 공격하는 대신 전각을 시작으로 장원 곳곳에 불을 놓고 있었다.

"막아!"

호불이 황급히 명을 내렸다. 그러자 홍구복이 얼른 말했다.

"장주, 이대로는 사람이 부족해 불길을 잡을 수 없습니다. 분통하지만 일단 지금은 화마와 살수를 피하는 것이 우선인 듯합니다. 이러다 기습을 당하면……."

"음!"

호불이 이를 악물었다. 그러나 그가 이 화마 속에서 할 수 있는 일은 없다. 홍구복의 말처럼 오히려 이 상태에서 살수들의 기습을 받게 되면 목숨이 위험할 수도 있었다.

"가세. 마차는?"

"장원 서문 쪽에 마련해 두었습니다. 난주성주의 거처가 멀지 않으니 일단 그리로 가시지요."

"결국 그래야 하나?"

"성주가 장주께 받은 은혜가 얼마입니까? 이번 한 번 그의 도움을 받는다고 해서 그가 감히 장주님을 업신여기지는 않을 것입니다."

"후후, 순진한 생각. 권력이란 참으로 묘해서 일단 약세를 보이면 과거는 그저 과거로 치부될 뿐이네. 그리고 인간은 은혜는 쉽게 잊고 수모는 오래 기억하는 법이라네. 그가 나의 도움을 받기는 했지만 가끔 수모도 당했거든."

"설마 그렇다 한들……."

"그래도 어쩔 수 없지. 그리고 일단 이 위기를 넘기면 내게도 여전히 믿을 구석이 있어. 연경의 태사가 나를 잊을 리 없으니 성주도 드러내 놓고 나를 괄시하지는 못하겠지."

"그렇습니다. 그러니 어서……."

불길은 이미 장원 전체로 번져 더 이상 앞뒤 분간이 되지 않는다.

호금장의 수뇌들도 덮쳐드는 화마에 두려움을 느끼고 있

었다.

"가세."

"장주님을 모셔라!"

곁에 있던 일총관 호광이 뒤를 돌아보며 소리쳤다. 그러자 살수를 상대하기 위해 남았던 호금장주의 심복무사 다섯이 앞으로 나서며 호불을 호위해 길을 열기 시작했다.

화려하던 호금장이 잿더미로 변해가고 있었다. 호불은 비통한 심정으로 쓰러져 가는 전각들을 돌아보며 걸음을 옮겼다. 그렇게 이각여 동안 화마 속을 이동하자 호불의 몸과 얼굴이 온통 그을음에 그슬렸다. 초라하기 이를 데 없는 모습이다. 그런데 호불 앞에 나타난 서문 역시 화염에 휩싸여 있었다. 워낙 덩치가 큰 문이라 통과하는 것도 쉬워 보이지는 않았다.

"모셔라."

타오르는 불길에 걸음을 멈췄던 호위무사들을 향해 호광이 호통을 쳤다. 그러자 호위무사 중 한 명이 물에 젖은 천을 가져와 호불에게 바쳤다. 호불이 망설이지 않고 젖은 천으로 몸을 감쌌다.

"이쪽으로!"

젖은 천을 건넸던 무사가 앞으로 나섰다. 그의 손에 들린 검이 불붙은 문을 좌우로 빠르게 내려친다. 그러자 잠시 불길이 더 승해지는가 싶더니 불붙은 문설주가 검에 잘려 나가쓰러지면서 길이 열렸다. 그 속으로 호불을 호위한 무사들이 뛰어들었다.

쿵!

"욱!"

호불을 호위하던 무사 하나가 무너져 내리는 나무 기둥에 어깨를 스쳐 맞으며 비명을 토해냈다. 순간 불길이 한층 더 거세게 일어났다. 연이어 두서너 개의 나무토막이 불길과 함께 호불을 덮쳤다. 순간 앞서 가던 무사 하나가 재빨리 호불의 어깨를 감싸며 옆으로 끌었다.

쿵!

불길에 휘감긴 나무토막이 아슬아슬하게 호불의 옆을 스치며 땅에 떨어졌다.

"고맙네."

평소라면 있을 수 없는 일이지만 한순간 저승 문 앞에 갔다가 살아 돌아온 호불이 호위무사에게 자신도 모르게 고맙다는 말을 했다.

"이쪽으로!"

이미 전신이 불에 그슬려 그 얼굴을 알아볼 수 없는 호위무사가 호불의 말에 힘을 얻었는지 강건한 목소리로 호불을 인도했다. 그런 호위무사가 믿음직스러워진 호불이 그를 따라 재빨리 서문을 벗어났다. 그러자 과연 서문 밖에 한 대의 마차가 호불을 기다리고 있었다.

"어서 오십시오. 장주!"

마차를 챙겨 호불을 기다리고 있던 자가 마부석에서 내려서며 호불에게 고개를 숙인다.

"음, 어서 가세."

"다른 분들은……?"

"뒤따라오겠지. 어서 가세."

호불의 재촉에 수하가 마차에 올랐다. 그때 불속에서 호중자가 뛰어나왔다.

"아버님!"

"오, 중자야. 무사했구나. 어서 마차에 타거라."

호불이 반가운 표정으로 말했다. 그러자 호중자가 옷에 묻은 그을음을 털며 마차에 올랐다. 호중자가 마차에 오르자 호불이 죽음의 위기에서 자신을 구한 호위무사를 보며 말했다.

"자넨 함께 가세. 다른 사람들은 총관들이 나오면 그들을 데리고 성주의 거처로 오너라."

"옛, 장주!"

호위무사들이 일제히 대답한다. 화마에 상해 몰골은 비참해도 호위무사들의 기개는 여전히 살아 있다. 그런 호위무사들을 믿음직스럽게 바라본 후 호불이 마차에 몸을 실으며 명했다. 그러자 호불에게 동행의 명을 받은 무사가 훌쩍 마부석으로 날아올라 마차를 몰 무사의 옆에 앉았다.

"가자. 서둘러라. 어차피 도움을 청할 것, 서둘러 관군을 몰아온다."

"예, 장주!"

마부석의 수하가 대답을 한 후 말에 채찍을 가했다. 그러자 두 마리의 말이 동시 울음을 터뜨리며 앞으로 달려 나갔다. 그 순간 다시 화염 속에서 일총관 호광 등이 뛰어 나왔다.

"장주님은?"

호광이 호불의 모습이 보이지 않자 급히 물었다.

"이미 성주의 거처로 떠나셨습니다. 서둘러 뒤따르라 하셨습니다."

"음……. 너무 서두르시는군. 함께 가는 것이 좋을 텐데……."

호광이 불안한 표정으로 말했다.

"가시죠."

사총관 홍구복도 불안한 표정으로 호광을 재촉한다. 홍구복의 재촉에 호광이 준비해 두었던 말에 올라 바람처럼 말을 몰기 시작했다.

그는 자신에게 일어난 일을 이해할 수가 없었다. 왜 이자가 자신의 혈도를 짚은 것일까. 그러나 시간이 지나면서 생각하니 이상하긴 하다. 분명 호금장에 남아 있던 무사들은 오랫동안 한솥밥을 먹어 그 얼굴을 알고 있는데 이자의 얼굴은 낯설다.

물론 은밀히 장주를 호위하는 고수들이기에 따로 거처를 마련해 생활하고 있기는 하다. 그렇다고 해도 그들의 얼굴을 여러 해 보았으니 낯이 익어야 했다. 그런데 이자는 모르는 얼굴이다.

비록 검은 그을음으로 얼굴이 덮여 있고, 칠흑같이 어두운 한밤중이라 해도 호금장의 무사라면 못 알아볼 리 없다. 그제야 마부석에 앉아 말을 몰다 혈도가 제압된 호금장의 무사는 이자가 처음 보는 얼굴임을 확신했다.

그러나 이미 혈도를 잡은 무사는 그에게 말고삐를 넘겨줄 뿐 달리 마차 안의 장주에게 지금의 일을 알릴 방도가 없었다.

"함께 가서 죽을 것인가? 아니면 이곳에 내려줄까?"

마차를 몰면서 흉수가 나직하게 물었다. 그러나 아혈이 제압된 호금장의 무사가 대답할 방법은 없다. 그러자 흉수가 스스로 호금장 무사의 대답을 대신했다.

"물론 이쯤에서 내리는 것이 좋겠지. 그러리라 생각하고 하는 일이니 날 원망치 마시오."

툭!

흉수가 혈도를 제압당한 호금장 무사의 몸을 밀었다.

쿵!

호금장의 무사가 맥없이 마차에서 떨어졌다. 그러자 마차 안에서 불안한 목소리가 들린다.

"무슨 일인가?"

"별일 아닙니다. 돌부리에 채였습니다."

"알겠네. 조심해 몰게."

장주의 재촉이 이어진다.

"알겠습니다."

"빨리 가세."

"예. 장주! 이럇!"

마부석에 앉은 흥수가 매섭게 채찍을 휘두른다. 그러자 말들이 엉덩이를 벌에 쏘인 것처럼 무섭게 질주하기 시작했다.

마차가 멈췄다. 성미 급한 호중자가 급히 문을 열었다. 그러자 한 손이 불쑥 그의 목을 움켜쥐었다.

"컥!"

호중자가 반발할 시간도 없이 다른 손이 호중자의 혈도를 짚었다. 그러자 호중자가 짚단 쓰러지듯 그 자리에 허물어져 내렸다.

"무슨 일이냐?"

호중자의 뒤쪽, 어두운 마차 속에 앉아 있던 호불이 갑작스레 호중자가 쓰러지자 놀란 표정으로 소리쳤다. 그 순간 한 자루 검이 그의 목에 와 닿았다.

호불 역시 절정이라고는 할 수 없지만 제법 뛰어난 무공을 수련한 인물인데 검은 그가 어찌할 사이도 없이 그의 목을 살짝 찔렀다. 검끝에 피가 맺힌다. 그렇다고 죽을 정도의 상처는 아니다. 하나 죽음에 대한 공포를 극에 달하게 만드는 검이다.

"누, 누구냐?"

호불이 두려운 눈으로 검의 주인을 보며 물었다. 그러자 어둠 속에서 검의 주인, 타유가 나직하게 말했다.

"당신을 만나고 싶어 하는 사람이 있어. 그러니 조용히 가

자고!"

한순간 검이 뒤로 물러나며 대신 쇠처럼 단단한 손이 들어온다. 그러고는 호중자와 마찬가지로 호불 역시 순식간에 혈도를 제압당해 마차 안에 쓰러졌다.

호불까지 제압한 타유가 문가에 너부러진 호중자를 들어 마차 안으로 던지며 중얼거렸다.

"너무 쉽군."

*　　　*　　　*

여인은 하루 종일 잣나무 숲을 서성였다. 그녀는 산길로 이어지는 관도에서 눈을 떼지 않았다. 그가 온다면 밤 깊은 시간이 될 것이란 걸 알면서도 저녁이 되자 초조해지기 시작했던 여인이었다.

"무사해야 할 텐데……."

여인이 어둠에 싸인 길을 보며 중얼거렸다. 그런데 그녀는 자신이 하는 말이 이상하다는 것을 깨닫지 못하고 있었다. 그가 기다리는 것은 가문의 원수들이다. 그들에게 복수하기 위해 그녀는 자신의 몸을 대가로 내놓았다. 살수에게 몸을 허락한 후에는 스스로 목숨을 끊을 생각이었다.

그런데, 그녀는 자신도 모르게 살수가 호불 부자를 데려오는 일보다 그 살수의 안위를 걱정하고 있었다. 그러면서도 그녀의 이성은 그 변화를 눈치채지 못하고 있었다. 단지 그녀의 본능만이 살수에 대한 근심과 걱정으로 불안해할 뿐이었다.

밤이 깊었다. 그나마 초승달이 떠 있어 사위를 어렴풋이 분간할 수는 있지만 그래도 깊은 산속에 여인 홀로 있기에는 두려운 밤이다. 그러나 상목혜는 밤이 주는 공포보다 타유의 안위가 더 걱정이었기에 별반 두려움을 느끼지 못하고 있었다.

일 나간 정인을 기다리는 것처럼 상목혜가 두 손을 가슴에 모으고 수십 번 잣나무 숲 사이로 난 길을 오르내렸다. 그러던 어느 순간 아주 멀리서 말발굽 소리가 들리는가 싶더니 이내 밤새들이 놀라 날아오르기 시작했다.

"왔나?"

상목혜가 얼른 관도 근처로 뛰어 내려갔다. 너무 급하게 움직이는 통에 그녀의 몸이 한 차례 흔들거린다. 그러다가 애써 잣나무 가지를 부여잡고 중심을 회복한 상목혜가 관도 중앙으로 달려 나갔다. 그러자 멀리서 한 대의 마차가 바람처럼 달려오는 것이 보였다.

"무사하구나!"

상목혜의 입에서 안도의 목소리가 흘러나온다. 흐릿한 달빛에 얼굴은 알아볼 수 없고 형체만 아스라이 보이지만 상목혜는 마차를 몰고 오는 사람이 타유라는 것을 한눈에 알아봤다. 이제 그녀는 얼굴을 보지 않아도 그를 알아보고 느낄 수 있었다.

마차는 질풍처럼 달려 단박에 상목혜 앞에 다다랐다. 두 마리 말이 앞발을 높이 들며 다급한 울음을 터뜨린다. 그러자 타유가 훌쩍 말에 뛰어내려 상목혜 앞에 섰다.

"이곳까지 나와 있었소?"

"너무 늦어서……."

청부한 자와 청부를 받은 자가 아니라 부부 사이와 같은 대화요, 모습이다. 그러나 다른 사람은 몰라도 두 사람은 자신들의 모습이 어떠한지를 아직 눈치채지 못하고 있었다.

"어떻게 되었어요?"

뒤늦게 상목혜가 일의 성패를 물었다. 그러자 타유가 걸음을 옮겨 마차 문을 열었다. 마차 안에 너부러진 두 사람이 보인다. 호불과 호중자 부자다.

"성공했군요."

상목혜의 목소리가 높아졌다.

"다행히 이자들이 스스로 굴속으로 들어가 있어 쉽게 데려올 수 있었소. 이들을 사당으로 옮기고 마차를 보내야겠소. 추격이 있을 수도 있으니 흔적을 남기면 안 되오. 먼저 사당으로 가시오."

"알겠어요."

상목혜가 고개를 끄덕였다. 그러자 타유가 마차 안으로 손을 넣어 호불과 호중자 부자를 도살장에 끌려온 짐승을 끌어내듯 끌어내 어깨에 걸쳐 멨다. 그러고는 마차 문을 닫고 말들의 엉덩이를 내려쳤다.

"가고 싶은 곳으로 가거라!"

타유의 말을 알아들었을까. 두 마리 말이 빈 마차를 끌고 관도를 내달리기 시작했다. 그렇게 마차를 떠나보낸 타유가 조심스럽게 바닥을 두 발로 훔치기 시작했다.

타유의 발길에 어지러운 흔적이 사라지고 마차가 마치 그곳에 서지 않고 그대로 관도를 질주한 듯한 흔적만 남았다. 물론 완벽할 수는 없으나 밤길에 추격을 하는 자라면 속지 않을 수 없을 만큼 교묘했다.

그렇게 흔적을 정리한 타유가 두 부자를 멘 채 잣나무 숲길을 따라 산길을 오르기 시작했다.

쿵!

타유가 호불과 호중자를 사당 바닥에 던졌다. 그 고통에 두 부자의 얼굴이 일그러졌으나 아혈이 제압되어 비명도 지를 수 없었다.

"말을 들어보겠소?"

타유가 상목혜에게 물었다. 그러자 상목혜가 잠시 망설였다. 이들을 잡아오라고 했을 때는 이들에게 자신의 원한을 모두 풀어내고 싶었지만 막상 이렇게 사냥당한 짐승처럼 쓰러져 있으니 그들을 상대하는 일조차 불쾌하게 느껴지기도 했다. 그러나 타유가 여기까지 그들을 끌고 온 일을 헛일로 만들 수는 없다. 상목혜가 고개를 끄덕였다. 그러자 타유가 호불의 아혈을 풀었다.

"네놈들은 누구냐?"

아혈이 풀리자 호불이 이를 갈며 소리쳤다. 사당 안에는 불이 없었으므로 그는 아직 상목혜를 알아보지 못하고 있었다. 한순간 상목혜가 준비해 두었던 화섭자에 불을 붙였다. 그러자 상목혜의 얼굴이 호불의 눈에 들어왔다.

"너, 너는……!"

호불이 귀신을 본 것처럼 놀라며 소리쳤다.

"내가 죽은 줄 알았겠지?"

"네가 어떻게……?"

"천지신명이 너희 부자에게 복수할 기회를 주더군."

"그럼 이 모든 일을 네가……? 하지만 어떻게? 네놈은 누구냐?"

호불이 아는 한 상목혜가 이 일을 직접 했을 리는 없다. 강단 있는 여인임은 분명하지만 그녀는 무공을 수련하지 않은 사람이다. 그러니 결국 이 일은 눈앞의 사내가 했을 것이다.

"상 소저의 청부를 받았소. 살수는 본래 정체를 밝히지 않는 법이니 이름은 말해줄 수 없소."

타유가 덤덤하게 대답했다. 그러자 호불이 재빨리 소리쳤다.

"청부업자라면 잘되었다. 이 계집이 얼마를 주기로 했는지 모르겠지만 내가 청부액의 세 배를 주겠다. 그러니 어서 우릴 풀어주고 이 계집을 잡아라."

호불이 노련한 장사치답게 소리쳤다.

"세 배? 글쎄……."

"좋아. 열 배를 주지. 어떠냐?"

"흐흐, 그건 불가능한 일이야. 왜냐하면 상 소저가 약속한 청부금은 만금의 돈으로도 살 수 없는 것이거든. 그러니 어찌 재물로 이 청부를 바꿀 수 있겠느냐?"

"도대체 뭘 주겠다고 했기에……. 그것이 무엇이 되었든 내 그 몇 배의 대가를 치러주마. 그러니……."

"아아, 그만 입을 닫아. 쓸데없는 소리에 시간을 끌 수 없으니. 내가 비록 살수이기는 하나 청부업에도 상도가 있는 법이야. 물론 당신은 상도니 도리니 하는 것에는 관심이 없는 황금충이긴 하지만 난 당신과 다르다고. 그러니 볼일이 있으면 상 소저랑 이야기를 해."

타유가 매정하게 고개를 돌린다. 그러자 호불의 시선이 자연스레 상목혜에게로 향했다. 자신의 생사여탈은 오직 상목혜에게 달렸음을 깨달은 것이다.

"상, 상 소저……. 이보게. 내 미안하네."

호불이 차마 상목혜의 얼굴을 보지 못하고 말했다.

"미안하면 대가를 치러야지요."

상목혜의 목소리가 만년한설처럼 차갑다. 이 지경이 되고서도 자신의 금력으로 상황을 바꿔보려 하는 호불의 심사에 더욱 분기가 오른 상목혜였다.

"내, 무슨 일이든 하겠네. 그러니 제발 목숨만 살려주게."

호불이 땀을 흘리며 사정했다. 한밤이라 기온이 찬데도 그의 몸은 땀으로 젖어 있었다. 죽음의 공포가 처음에는 몸을 식혔지만 이젠 뜨거운 땀을 쏟아내고 있었던 것이다.

"상계에 거물이시니 계산은 정확하시겠지요?

"무, 물론. 내 자네 가문에 행한 잘못을 만금으로 갚겠네."

살길이 열리는 듯하여 호불의 얼굴에 생기가 돈다. 그러나 그의 말을 들은 상목혜가 고개를 저었다.

"아니지요. 호 장주가 어디 저희 상가장에 재물을 빚졌나요. 오직 빚이라고는 사람의 목숨이지요. 식솔들의 목숨, 아버지의 목숨……. 그러니 전 만금보다는 그 목숨의 빚을 받으면 그뿐입니다."

"이, 이보게. 제발!"

호불이 오늘 반드시 상목혜가 자신들 두 부자를 죽일 생각인 것을 알고는 겁에 질려 애타게 상목혜를 불렀다. 그런 호불을 보며 상목혜는 죽은 아비를 떠올렸다.

그의 부친 상섭유는 죽을 때 단 한 번도 고개를 숙이지 않았다. 그에 비하면 이자는 얼마나 하찮은 인물인가. 이런 자에게 가문이 절단 나고 아버지가 죽었다는 생각에 상목혜의 마음이 비참해졌다. 그 비참함을 잊고자 상목혜가 황급히 타유를 보며 말했다.

"거두어주세요."

"알겠소."

타유가 검을 뽑았다. 허름한 사당의 지붕을 통해 들어오는 달빛에 타유의 검이 번들거린다. 죽음이 눈앞에 이르자 호불의 전신이 부들부들 떨렸다. 천하를 호령하던 호금장주의 모습은 간 곳이 없고, 죽음을 앞에 둔 가련한 인간만이 남아 있을 뿐이었다. 그의 아들 호중자는 호불보다 더한 공포에 질려 눈을 감은 채 오줌을 지리고 있었다.

"고통은 없을 거다. 내가 검을 제법 쓰니."

타유가 검을 높이 들었다. 그러자 호불이 더 이상 가망이 없다는 것을 알고 눈을 질끔 감았다. 순간 타유의 검이 움직였다.

그런데 그때였다.

갑자기 사당의 벽을 뚫고 한줄기 빛이 상목혜를 향해 파고들었다.

"누구냐?"

호불의 목을 향해 떨어지던 타유의 검이 황급히 방향을 틀어 상목혜를 찔러오는 빛줄기를 쳐 냈다.

깡!

날카로운 소성과 함께 한 자루 비도가 타유의 검에 맞아 벽에 박혔다. 그리고 다음 순간 한줄기 목소리가 들려왔다.

"호 장주! 그대의 목숨, 내가 사리다. 얼마나 주겠소."

순간 호불의 눈빛이 번뜩인다. 한줄기 살길이 열린 것이다.

"얼마든지 부르는 대로 주겠소!"

"좋아. 거래는 성사됐소. 나중에 다른 말 마시오!"

카랑카랑한 목소리와 함께 불청객 둘이 사당 안으로 들어섰다. 둘 모두 초로의 모습을 하고 있었는데 그들을 본 호불의 안색에 희색이 돌아왔다.

"이총관!"

"장주 늦었습니다."

사당에 모습을 드러낸 자는 호금장의 이총관 송자섭이다. 그는 호금장이 타유의 살행으로 혼란에 빠지자 외부의 고수를 초빙하러 강호에 나갔다가 연락이 끊겼던 인물이다. 그런데 그런 그가 절체절명의 순간에 나타나 호불 부자의 목숨을 구한 것이다.

"아, 자네가 왔군. 자네가 왔어. 내 자네가 올 줄 믿고 있었네."

"호금장은 제 집인데 어찌 돌아오지 않을 수 있겠습니까?"

"아암, 그렇지. 우리가 함께 호금장을 만들었는데 자네가 호금장을 떠날 리 없지. 그런데… 뉘신가?"

호불이 송자섭과 함께 사당에 들어온 자를 보며 물었다. 훤칠한 키에 쇠막대기가 서 있는 것 같은 단단함, 날카로운 눈에는 범접할 수 없는 위엄이 흐른다.

타유도 그의 기세에 밀려 상목혜를 등 뒤로 끌어들이며 거리를 벌리고 있었다.

"혹 대인은 강호의 숨은 고인이시지요. 혹 대인이시라면 오늘의 이 난국을 충분히 해결해 주실 수 있을 것입니다."

송자섭의 자신있는 말투에 호불이 자신감을 회복했는지 기세가 살은 목소리로 말했다.

"잘 부탁드리겠소."

순간 흑 대인이라 소개된 노인이 눈살을 찌푸렸다. 그러자 송자섭이 얼른 입을 열었다.

"장주, 흑 대인께서 굳이 신분을 밝히시지 않으셨지만 당금 강호의 일백대 고수 안에 들어가시는 고인이십니다. 예를……."

순간 호불이 얼른 송자섭의 말을 알아듣고는 노고수에게 혈도가 제압되어 겨우 움직이는 머리를 조아렸다.

"제가 귀인을 몰라 뵙고 실수를 하였습니다. 부디 넓은 아량으로 이해해 주시기 바랍니다."

"됐소. 괘념치 마시오. 그런데 좀 전에 한 약조는 지킬 수 있겠소?'

"약조라면……? 아! 물론입니다."

"정말 내가 원하는 것은 무엇이든 하시겠소?'

흑 대인이란 자의 말이 날카롭기 그지없다. 그러자 호불이 조금 꺼리는 듯하면서도 대답했다.

"물론입니다. 목숨을 구해주신다면 무슨 일이든……."

"좋소. 그 말을 믿어보겠소. 그럼 이제 난 자네와 이야기를 해야 할 것 같군."

노고수가 시선을 타유에게로 향했다. 순간 타유는 이자가 보통 고수가 아니라는 것을 단박에 깨달았다. 그러나 그렇다고 기가 죽을 타유가 아니다. 그는 선승 묵철을 상대한 살수다.

"진정 이 일에 관여하시겠소?'

타유가 물었다. 그러자 노고수가 고개를 끄덕였다.

"호금장이라면 무척 큰 고객이지."

"살수요?"

"살수는 아니지만 만금이 생긴다면야 못할 일도 없지."

"자신은 있소?"

타유가 물었다. 그러자 노고수가 의외라는 듯 타유를 살피
다가 물었다.

"자넨 누군가? 어느 곳에서 온 살수지?"

"당신은 어디서 왔소?"

"말해줄 수 없네."

"그러면 서로 시간 낭비 하지 맙시다. 서로 자신의 진실한
신분을 드러낼 처지가 아닌 듯하니."

"하하하! 정말 마음에 드는 친구군. 내 강호에 나와 자네와
같은 사람을 보지 못했는데. 좋아. 마음에 드니 살길을 열어주
지. 지금 즉시 그 여인을 데리고 이곳을 떠나게. 그럼 자네 목
숨을 주지."

그런데 그때 문득 호불이 소리쳤다.

"아니 됩니다. 반드시 그 연놈을 잡아주십시오."

"음, 꼭 그래야겠소?"

"그래주신다면 호금장의 절반이라도 내어드리겠습니다."

순간 노고수의 표정이 살짝 변했다.

"호금장의 절반이라. 정말이오?"

"무, 물론입니다."

호불이 다시 생각하니 너무 큰 대가를 약속했다는 생각이
들었지만 이제 와서 도로 물릴 수도 없기에 고개를 끄덕였
다.

"아, 자네는 참 운이 없군. 하필이면 귀신도 부린다는 재물
을 적으로 두었으니 말이야."

노인이 타유를 보며 말했다. 그러자 타유가 정색을 하며 말
했다.

"운이 없는 쪽이 누가 될지는 모르지 않겠소?"

"흥, 네가 살수치고는 제법 대단한 무공을 지니고 있다는 것
은 알겠다. 나의 비도를 막아냈으니. 그러나 감히 나 흑우저의
상대가 될 수 있다고는 생각지 말아라."

"흑우저라. 당신 이름은 알았군. 그것으로 이미 내가 한 수
이득을 보았으니 승부가 어찌 날지는 모르는 거요."

"한낱 살수 따위가 감히 나와 말거리를 하다니 참으로 세상
이 말세로구나."

"말세가 아니라 당신에겐 마지막이 될 거요."

타유가 상대의 신경을 더욱 긁어댄다.

"놈!"

한순간 노인 흑우저의 손이 타유를 향해 뻗어 나왔다.

웅!

그의 손에서 일진광풍이 일더니 거무스름한 장력이 타유의
가슴을 때렸다. 그러자 타유가 옆으로 미끄러지듯 이동하며
상목혜의 허리를 감싸 안고 그대로 등으로 벽을 밀었다.

콰쾅!

빗나간 흑우저의 장력이 만들어낸 굉음이 낡은 사당을 뒤흔든다. 그 충격에 천정에서 석가래 두어 개가 무너져 내렸다. 그러자 안에 있던 사람들이 일제히 사당 밖으로 뛰어나왔다. 호불과 호중자는 여전히 혈도가 제압당한 상태라 호금장 이총관 송자섭의 품에 안겨 밖으로 탈출했다.

"혈도를 좀 풀어주게."

사당 밖으로 나온 호불이 송자섭에게 청했다. 그러자 송자섭이 호불의 혈도에 손을 댔다.

"악!"

송자섭의 손이 혈도에 닿는 순간 호불이 날카로운 비명을 질러댔다. 그러자 흑우저가 급히 소리쳤다.

"억지로 풀려 하지 마시게. 독문의 점혈법을 썼다면 위험할 수 있어. 내 놈을 제압한 후 장주의 혈도를 풀어내겠네."

"알겠습니다. 대인!"

송자섭이 얼른 호불에게서 떨어졌다. 그러면서 호불을 보며 말했다.

"장주, 불편하시더라도 잠시 기다리지요."

"으음……. 어쩔 수 없군. 이총관도 흑 대인을 도와 놈을 잡게."

그러자 송자섭이 고개를 숙여 호불의 귀에 대고 나직하게 말했다.

"그런 말씀 마십시오. 흑 대인은 자존심이 무척 강한 사람입

니다. 제가 그의 싸움에 관여했다가는 살수가 아니라 우리를
도륙할지도 모릅니다."

"아, 알겠네."

호불이 얼른 대답했다. 그도 강호의 무인들이 자신의 싸움
에 타인이 관여하는 것을 극히 싫어한다는 것은 알고 있었다.
그사이 흑우저와 타유가 제대로 맞붙고 있었다.

쿵!

흑우저는 적수공권으로 타유를 상대했다. 그러나 그의 손에
도검이 들리지 않았다고 해서 위험하지 않은 것은 아니었다.
흑우저의 공력은 타유가 예상했던 것보다 훨씬 고강해서 그의
공력에 격중된 나무와 돌들이 맥없이 부서져 나갔다.

타유 역시 검을 들고는 있었으나 가끔 흑우저의 장력을 비
껴내는 데 사용할 뿐 대부분의 경우는 귀영팔보를 시전해 흑
우저의 공격을 피해내고 있었다.

"하하, 쥐새끼처럼 잘도 도망을 다니는구나!"

흑우저가 타유의 심기를 격동시키려는 듯 비웃음을 흘렸다.
그러나 타유는 살수다. 상대의 도발에 마음이 흔들릴 그가 아
니다. 대신 타유가 흑우저를 향해 번개처럼 왼손을 휘둘렀다.
그러자 그의 소매 깃에서 바늘보다 조금 굵은 암기들이 쏟아
져 나와 흑우저의 전신을 파고들었다.

흑우저가 암기의 공세를 가볍게 보지 못하고 어지럽게 손을
내저었다. 그러나 그의 검은 무복 소매에 타유의 암기들이 매

섭게 꽂혔다.

퍼퍼퍽!

타유는 자신의 암기가 흑우저의 소매에 꽂히는 소리를 들으며 거의 땅을 기다시피 신형을 낮추고는 빠르게 흑우저의 하체를 노리고 달려들었다.

팟!

날카로운 파공음이 일어나며 타유의 검이 흑우저의 두 발목을 잘라갔다.

"음!"

흑우저가 암기의 공격에 이어지는 타유의 공세에 조금 당황한 듯 나직한 음성을 흘리며 훌쩍 신형을 날렸다. 순간 타유의 검이 아슬아슬하게 흑우저의 가죽신을 베고 지나갔다.

선혈이 터져 나오지는 않았다. 그러나 길게 베인 가죽신 안쪽으로 흑우저의 맨살이 드러난다. 어쩌면 얇은 검상을 입었을 수도 있었다. 그런데 그것이 전부가 아니었다. 타유가 흑우저의 하체를 베고 지나며 몸을 두어 바퀴 뒹굴면서 연이어 흑우저를 향해 암기를 쏟아냈던 것이다.

파팟!

빗줄기가 천리를 거스르고 땅에서 하늘로 솟구쳐 오르듯 암기들이 아래에서 흑우저를 향해 날아올랐다. 그러자 흑우저가 크게 당황하며 두 손을 어지럽게 흔들었다. 순간 그의 두 손에서 흘러나온 검은색 기운들이 발아래로 밀려 내려가며 강기의 막을 형성한다.

따다당!

흑우저가 만들어 놓은 강기의 막을 타유의 암기들이 뚫지 못하고 사방으로 튕겨져 나왔다. 이번에는 타유도 내심 크게 놀랐다. 강호에 장력을 만들어내는 고수는 많아도 이렇게 진기를 손에 모아 강기의 막을 만드는 고수는 흔치 않다.

'정말 고수구나!'

타유의 가슴이 서늘해졌다. 비록 선승 묵철에 비할 바 아니지만 흑우저도 절정의 경지를 바라보는 고수임에는 분명했다. 최선을 다해도 승패를 가늠할 수 없다. 타유가 이를 악물었다. 그러고는 암기를 막아내고 땅으로 내려서는 흑우저를 향해 다시 돌진했다.

"놈!"

연이은 수세에 내심 기분이 상해 있던 흑우저가 야수처럼 돌진하는 타유를 향해 노성을 발했다. 그러고는 그를 향해 두 손을 들어 올렸다. 그러자 그의 손가락이 검게 변하며 마치 쇠 꼬챙이를 세운 것처럼 변했다. 타유가 무서운 흉기로 변한 흑우저의 손가락을 잘라 버릴 듯 검을 휘둘렀다.

팟!

매서운 검기가 흑우저의 손가락을 잘랐다. 그런데 그 순간 흑우저가 기이한 방향으로 손가락을 틀었다. 그러자 그의 두 손 사이에 타유의 검이 거짓말처럼 끼어들었다.

탁!

흑우저가 손뼉을 치듯 타유의 검날을 두 손으로 눌렀다. 그러고는 얼굴이 벌게지도록 진기를 끌어올렸다.

"헛!"

타유가 기겁성을 토해냈다. 어쩌면 흑우저는 그가 상상하는 것 이상의 고수일 수도 있다는 생각이 들었다. 이렇게 맨손으로 검날을 잡아채는 고수가 또 있을까.

그러나 당황도 잠시 살수의 본능이 타유의 정신을 일깨운다. 그의 살수행의 상대 중 언제 강하지 않았던 자가 있었던가. 천살문주 홍암이 그에게 시킨 살수행의 대상 대부분은 무공에 있어서만큼은 타유보다 강한 자들이었다. 하물며 선승 묵철의 암격까지 맡기지 않았던가. 그래서 타유는 자신보다 강한 무공을 지닌 자들에 대한 두려움은 없었다.

팟!

검이 막히자 타유가 발을 들어 올려 흑우적의 하체를 찼다.

"흥!"

검이 없는 타유를 두려워할 것이 없다고 생각했는지 흑우저가 코웃음을 흘리며 왼쪽 발을 들어 타유의 발길질을 막았다. 그런데 다음 순간 흑우저가 전혀 예상치 못한 일이 일었다.

픽!

날카로운 파열음과 함께 흑우저의 왼쪽 허벅지가 순식간에 피로 물들었다. 타유의 발끝에서 살기를 흘려내는 칼날이 번뜩였다. 흑우저가 한순간 잊고 있었던 사실을 깨달았다. 상대는 살수다. 온몸에 사람을 죽일 수 있는 흉기를 감추고 다니는 자다. 타유의 발끝에서 번들거리는 날카로운 칼날 역시 그러한 기병 중 하나일 것이다.

혹우저가 황급히 뒤로 물러났다. 그러자 타유가 거침없이 그를 향해 달려들었다. 타유의 검이 혹우저의 가슴을 찔렀다.

"놈!"

한쪽 다리에 부상을 입은 몸으로도 혹우저가 강렬하게 팔을 휘둘러 소매를 날렸다. 그러자 진기에 의해 부풀어 오른 그의 소매가 교묘하게 타유의 검을 감싸 방향을 틀었다. 순간 타유가 그 힘에 이끌려 가는 듯하다가 허공에서 제비를 돌며 다시 한 번 발길질을 해댔다. 그러자 그의 발에서 번뜩이는 칼날이 혹우저의 어깨에 떨어져 내렸다.

"두 번은 안 속는다!"

혹우저가 왼손으로 타유의 정강이를 가격했다. 그러자 타유가 감히 혹우저를 공격하지 못하고 재빨리 다리를 거둬들였다. 그러면서도 다시 두 개의 암기를 던져냈다.

빠르게 날아간 암기가 깊은 부상을 입은 혹우저의 허벅지를 노렸다. 혹우저가 황급히 암기를 피하려 했으니 이미 감각이 사라지기 시작한 다리는 그의 마음대로 움직이지 않았다.

퍼퍽!

두 개의 암기가 혹우저의 허벅지를 파고든다.

"이놈!"

혹우저의 입에서 노성이 토해진다. 상처 입은 맹수가 포효하는 듯하다. 사람들이 그 노성에 놀라 몸을 떨었다. 한순간 흑우저의 양손에 번쩍이는 비도가 들렸다. 본래 흑우저는 수공(手功)의 달인이기도 하지만 기실 그의 비기(秘技)는 비도술이었다.

흑우저의 손에 비도가 들리자 타유도 감히 그를 공격하지 못하고 뒤로 물러났다. 그러자 흑우저가 비도를 치켜들며 소리쳤다.

"네가 나의 생사비도(生死飛刀)를 막아낸다면 널 살려 보내주마!"

외침과 함께 두 개의 비도가 허공에 떠올랐다. 마치 살아 있는 생물처럼 흑우저의 두 손을 떠난 비도가 느릿하게 움직이는가 싶더니 한순간 번개 같은 속도로 타유의 급소를 파고들었다.

타유가 한 차례 신형을 흔들었다. 그러자 그의 신형이 미끄러지듯 왼쪽으로 이동하며 흑우저의 비도를 흘려보냈다. 흑우저의 자신감에 비하면 너무 싱거운 결과다. 그러나 타유는 흑우저의 비도를 피해냈다 싶은 순간 머리카락이 올올히 일어섰다. 그의 등 뒤에서 소름끼치는 살기가 느껴진 것이다.

타유가 뒤도 돌아보지 않고 몸을 틀며 바닥에 엎드렸다.

팟!

그의 등을 두 개의 비도가 스치듯 훔치고 달아났다. 애초에 타유가 피해낸 비도가 타유의 등 뒤에서 회전해 재차 타유를 공격했던 것이다. 실로 놀라운 비도술이다. 그리고 그제야 타유는 눈에 보이지 않는 가는 줄이 비도에 매여 흑우저의 손과 이어져 있음을 눈치챘다. 흑우저는 그 줄로 허공에서 마음대로 비도를 조종하고 있었던 것이다.

타유가 좀 더 흑우저에게서 멀어졌다. 그러나 흑우저는 그런 타유를 그대로 놓아두지 않았다. 흑우저가 빠르게 타유를 향해 다가들며 다시 비도를 날렸다.

비도가 나는 뱀처럼 꿈틀거리며 타유를 향해 날아들었다. 흑우저의 비도는 너무도 빠르고 변화무쌍해서 타유로서는 도저히 피할 방책이 없다고 느껴졌다. 천살문의 비기인 귀영팔보조차도 흑우저의 비도를 피해낼 수는 없을 것 같았다. 순간 타유가 비도를 피하는 대신 그 비도를 향해 달려들었다.

"앗!"

멀리서 두 사람의 생사투를 지켜보고 있던 상목혜는 타유가 흑우저의 비도를 향해 달려들자 비명을 내질렀다. 누가 봐도 타유의 행동은 무모해 보였다. 살아 숨 쉬는 듯한 흑우저의 비도에 자신의 목숨을 내던지는 모양새였다.

팟!

사람들의 예상은 틀리지 않았다. 흑우저의 비도가 타우의 몸에 꽂혔다. 아니, 꽂혔다고 느끼는 순간 비도들이 타유의 몸을 스쳐 베며 뒤쪽으로 쭉 뻗어 나왔다. 타유의 몸에서 피분수가 솟았다.

흑우저가 득의한 표정으로 재빨리 손을 말아 쥐며 당겼다. 그의 손목에 감겨 있는 투명한 줄을 이용해 타유의 등 뒤로 날아간 비도를 끌어들여 타유의 목숨을 완전히 끊어 놓을 생각이었다. 그런데 그 모든 일이 흑우저가 원하는 대로 이뤄진 것은 그때까지였다.

"웃!"

갑자기 흑우저의 입에서 당황한 음성이 흘러나왔다. 움직여야 하는 비도가 자신의 말을 듣지 않았다. 그뿐이 아니었다. 비도를 움직이는 줄이 팽팽하게 당겨지면서 마치 커다란 바위에 묶인 것처럼 답답하게 느껴졌다.

"늙은이 손장난은 여기까지야!"

한순간 흑수저를 향해 피투성이의 타유가 날아들었다. 그의 오른손에는 검이, 왼손에는 검집이 들려 있었는데 그제야 흑우저는 비도를 조종하는 줄이 타유의 왼손에 들린 검집에 휘어 감겨 있는 것을 발견했다. 타유가 비도와 흑우저를 연결하는 줄을 검집으로 얽어내어 흑우저가 비도를 조종할 수 없게 만들었던 것이다.

흑우저가 비도를 제어할 수 없자 어쩔 수 없이 뒤로 물러나려 몸을 날렸다. 그러나 그 또한 그의 실수였다. 한순간 타유가 검집을 든 왼손을 잡아당기자 뒤로 날아가려던 흑우저의 신형이 움찔거리며 앞으로 끌려나왔다. 미처 자신의 손에 감겨 있는 줄을 풀어내지 못했기에 타유의 손짓에 중심을 잃은 것이다.

그리고 노련한 살수 타유는 흑우저가 중심을 잃은 그 순간의 허점을 놓치지 않았다.

타유의 검이 그의 손을 떠났다. 그러고는 무서운 속도로 흑우저의 심장을 찔렀다.

"헛!"

흑우저가 다급성을 토해내며 급히 몸을 틀었다.

팟!

비록 심장을 비껴 나갔지만 타유의 검이 흑우저의 가슴을 길게 베어냈다. 그러자 흑우저의 몸에서 피분수가 솟구쳤다. 결코 가볍지 않은 부상이다.

"죽어라, 늙은이!"

흑우저의 비도에 베어져 피범벅이 된 타유가 살기가 번들거리는 눈으로 흑우저를 노려보다 재빨리 암기를 뿌렸다. 순간 흑우저가 대경하며 두 손을 풍차처럼 휘둘렀다.

파파팡!

흑우저의 소매 깃에 타유의 암기가 꽂혀든다. 그러나 모든 암기를 막아낼 수는 없어 흑우저의 몸에 두 개의 암기가 박혔다.

"윽!"

흑우저가 비틀거리며 뒤로 물러났다. 타유가 재빨리 땅에 꽂혀 있던 검을 잡아 들고 흑우저의 목을 치려는 순간 갑자기 그의 등 뒤에서 노성이 들려왔다.

"이놈! 멈춰라! 아니면 이 계집을 죽이겠다."

차가운 경고성에 타유가 흑우저의 목에 검을 들이댄 채 고개를 돌렸다. 그러자 멀리서 상목혜의 목에 검을 들이밀고 있는 호금장의 이총관 송자섭의 모습이 보였다.

"이놈, 어서 검을 버려라. 아니면 이 계집의 목숨을 끊겠다."

"전 괜찮아요. 청부를, 가문의 복수를 완결해 주세요!"

상목혜가 소리쳤다. 그러자 송자섭이 상목혜의 아혈을 짚었다. 그러고는 다시 타유를 협박했다.

"계집을 죽이겠느냐?"

송자섭의 검이 상목혜의 목에 가는 혈선을 만든다. 타유의 눈에 갈등의 빛이 어렸다. 그러나 다음 순간 타유가 무서운 속도로 검을 휘둘렀다.

퍽!

한순간에 흑우저의 오른팔이 잘려 나갔다.

"욱!"

팔이 잘려 나간 고통에 신음성을 토해내는 흑우저의 목에 다시 타유의 검이 드리워졌다.

"다시 한 번 그녀를 건드리면 너를 포함해 이곳에 있는 모든 자를 죽이겠다."

혈인이 되어 경고하는 타유의 모습이 야차와 같다. 그 강렬한 살기에 송자섭이 자신도 모르게 몸을 떨었다.

"이 계집을 데리고 떠나라. 우리도 물러가겠다. 너의 부상이 가볍지 않음을 알고 있다. 평소라면 모를까. 지금 나를 상대하려면 너 또한 목숨을 걸어야 할 것이다. 물론 그 전에 이 계집의 목숨은 끊어지겠지. 이쯤에서 물러난다면 양쪽의 목숨을 모두 살릴 수 있으니 서로에게 이득이 아니겠느냐?"

송자섭이 상가의 사람답게 능숙하게 거래를 제안한다. 타유가 큰 숨을 몰아쉬며 생각에 잠겼다. 이대로라면 역시 길보다흉이 많다. 어쩌면 지금쯤 추격자들이 근방에 도착했을 수도있다. 그런데 그러고 보니 이상하다.

어째서 흑우저와 송자섭 두 명만이 호불 부자를 구하러 나타난 것일까. 그들이 왔다면 당연히 다른 호금장의 고수들도왔어야 했다. 생각이 거기에 미치자 타유가 나직한 웃음을 흘렸다.

"하하, 간교하군."

"거래를 하지 않겠다는 것이냐?"

"아니. 거래는 하지. 하지만 조심해야겠어. 따르던 주인을물려는 늑대를 완전히 믿을 수는 없지."

"무슨 소리냐?"

송자섭이 소리쳤다.

"지금 생각해 보면 이상한 일이야. 어떻게 당신들 두 사람이날 추격할 수 있었을까. 호금장주와 함께 있지도 않았는데. 뒤늦게 장원에 도착했다면 나의 흔적을 이렇게 쉽게 찾을 수 없었을 거야. 그건 곧 당신들은 이미 오래전 호금장에 도착해 장내의 상황을 살피고 있었던 것이지. 호금장주도 모르게 말이야. 그러고는 내가 호금장의 무사를 가장해 마차를 탈취한 후이리로 올 때까지 줄곧 내 뒤를 밟았을 것이고, 더불어 가장 위급한 순간에 나타나 호금장주와 거래를 한 거지. 그래야 비싼대가를 받아낼 수 있을 테니까. 영악한 자야."

타유의 말에 송자섭이 변명을 하지 못하고 얼굴을 붉힌다. 호불은 호불대로 송자섭을 원망의 눈초리로 노려봤다. 그러자 송자섭이 호불의 시선을 외면하며 말했다.

"어디서 어설픈 이간계냐? 거래에 응할 것인지나 대답하라."

"좋아. 응하지. 그녀를 풀어줘라."

"흥, 그렇게는 안 된다. 흑 대인을 먼저 풀어줘라."

"글쎄. 당신을 믿을 수 없다니까?"

"그럼 어쩌자는 말이냐?"

"인질은 놓아두고 우리가 자리를 바꾸면 되겠군. 그게 인질이 안전한 방법이지."

타유의 말에 송자섭이 잠시 생각에 잠겼다가 고개를 끄덕였다.

"좋아. 그렇게 하자."

송자섭이 승낙하자 타유가 흑우저에게 검을 겨눈 채 다섯 걸음 앞으로 나왔다. 그러자 송자섭 역시 상목혜를 놓아두고 다섯 걸음 앞으로 걸어 나왔다. 일단 인질에게서 떨어진 두 사람이 서로를 노려보다 누가 먼저랄 것도 없이 바람처럼 신형을 날렸다.

타유가 무서운 속도로 날아들어 상목혜의 허리를 감쌌다. 그리고는 천살문 특유의 신법을 발휘해 산 위로 치달아 오르기 시작했다. 그사이 송자섭도 흑우저를 살피고 있었다. 그때 갑자기 산 아래에서 함성이 일었다.

"위쪽이다! 위쪽에 사람이 있어!"

한순간 잣나무 숲이 대낮처럼 환해졌다. 어느새 호금장의 고수들이 관병을 이끌고 몰려오고 있었다.

타유는 상목혜를 품에 안고 바람처럼 산길을 달렸다. 그의 뒤쪽 멀리서 십여 명의 추격자가 어른거린다.

"꽉 잡으시오!"

타유가 상목혜를 안은 팔에 힘을 줬다. 그러자 상목혜가 자연스레 그의 목을 감싸 안았다.

"서랏!"

뒤에서 추격자들의 살기 어린 음성이 흘렀다. 타유가 좀 더 힘을 쏟기 시작했다. 그러자 긴장한 근육들이 더 많은 피를 토해냈다.

타유의 목을 감고 있는 상목혜의 팔에서도 타유의 피가 끈적이며 흘러내렸다. 그러나 상목혜는 그것이 피인지 땀인지를 구분할 수 없었다. 그녀는 눈을 감고 타유에게 자신의 운명을 맡기고 있을 뿐이었다.

한순간 타유의 눈앞으로 수십 장 높이의 낭떠러지가 나타났다. 봉우리 뒤쪽에 흐르는 강으로 내려가려면 낭떠러지 옆으로 난 산길을 타고 내려가야 한다. 그러나 길을 따라 도주한다면 반드시 추격자들에게 덜미를 잡히고 말 것이다. 이럴 때는 가는 길을 줄여야 한다. 강에만 닿으면 미리 준비해 둔 배가 두 사람을 기다리고 있으니 배에 오르면 추격자를 피할 수 있다.

망설임은 없었다. 살수에게 망설임은 곧 죽음이다. 가능성이 높은 쪽에 자신의 운명을 걸어야 한다.

"꽉 잡으시오!"

타유의 경고에 상목혜가 그의 목을 감싼 팔에 더욱 힘을 준다. 그 순간 타유가 온 힘을 모아 낭떠러지로 몸을 날렸다.

슈슈슈욱!

새처럼 날아오르는 두 사람을 향해 뒤쪽에서 비도들이 날아들었다. 그러나 두 사람의 신형은 이미 어두운 절벽 아래로 사라지고 있었다.

*   *   *

소나무 우거진 산이 보인다. 송악산이다. 천년고도 개경이 그 아래 똬리를 틀고 있다.

강천궁은 자신도 모르게 눈물을 흘렸다. 비루한 옷차림의 시종들도 눈물을 흘렸다. 그러나 왕의 시신을 실은 마차를 보는 백성들의 눈에는 살기가 흐른다. 무도한 왕은 왕이 아니다. 맹자가 말했던가.

강천궁이 고개를 돌렸다. 왕의 시신을 실은 마차가 초라하다. 멀리 왕의 시신을 마중 나온 백관이 보인다. 강천궁이 그들을 일별하고는 왕의 시신을 향해 큰절을 올렸다. 절은 아홉 번 이어졌다.

"이것으로 신하의 도리는 다했습니다. 다시 태어나시거든 부디 이번에는 성군이 되시길……."

강천궁이 마차 앞에서 서너 걸음 옆으로 비켜섰다. 그러자 함께 왕의 시신을 호종해 온 원의 장수 별실가가 물었다.

"떠나시려오?"

"그렇소."

강천궁이 차갑게 대답했다. 왕의 운구가 끝났으니 더 이상 그의 눈치를 볼 필요가 없다.

"어디로 가시려오?"

"알 것 없소."

"황제께서 그대에게 중책을 맡기라 하셨는데? 그대의 충정이 갸륵하다시며……. 부귀영화를 마다하시는 거요?"

"한낱 뜬구름일 뿐!"

"오랑캐의 녹은 먹지 않겠다?"

별실가 스스로 자신들을 오랑캐라 칭한다. 그러나 강천궁은 스스로 오랑캐라 말할 수 있는 별실가의 자신감이 부럽다. 고려의 장수 중 누가 이런 자신감을 가졌는가. 그에 생각이 미치자 문득 중원에서 헤어진 무사 청담이 떠오른다.

"편히 사시오."

더 이상 강천궁이 대답이 없자 별실가가 정중하게 포권을 하며 말했다. 그도 내심으로는 이 옹고집의 고려 선비를 존경하고 있었던 것이다. 그 진심이 통했을까. 강천궁 또한 마주 포권을 하며 말했다.

"편히 돌아가시오."

짧은 인사를 마치고 강천궁이 미련없이 신형을 돌렸다. 그러고는 누가 잡기라도 할 것처럼 서둘러 길을 떠나기 시작했다.

"저이 하나가 몸에 비단을 두른 수백의 관리보다 낫구나!"

별실가가 떠나는 강천궁과 다가오는 백관들을 번갈아 보며 탄식했다.

第三章　갈산(葛山)

수선경

검의 울음이 청명하다. 혈혼이 낭자해야 할 죽음도 깨끗하
다. 그래서 죽음에 대한 공포를 느껴야 할 자들이 그 공포심을
느끼지 못하고 불나방처럼 검을 향해 뛰어들었다.

굴곡진 산길, 아래위로 천애의 절벽이 자리 잡고 있어 장수
하나가 길을 막으면 능히 백 인의 적을 감당할 험로다. 그 험
로를 한 사내가 뚫고 있었다.

용의 머리처럼 일행의 앞으로 불쑥 나와 있는 사내의 검이
허공을 가를 때마다 적이 죽어 나가며 길이 열렸다. 길을 막고
있던 자들의 숫자가 일백여 명, 그중 이미 십여 명이 사내의 검
에 고혼이 되었다.

사람이 하나 죽을 때마다 길은 삼사 장씩 열렸다. 그 뒤로

검은 천을 덮은 마차들이 삼엄한 경계를 받으며 전진했다. 갈산에서 금석촌으로 향해 가는 철을 실은 마차들이다.

깡!

사내의 검에 적의 검이 부러지는 소리가 났다. 그러자 사람과 검이 한 번에 베어져 넘어갔다. 길이 다시 열린다. 이제 절벽의 험로는 오십여 장 정도 남아 있었다.

험로의 뒤쪽에 제법 커다란 공터가 있는데 그곳에서 도사리고 있는 적의 본진을 코앞에 둔 거리다. 그곳까지 도달하면 일행은 전면전을 벌여야 할 터였다.

"후후, 묘상 네가 남자는 잘 고른 듯하구나."

폭풍처럼 적을 베어 넘기는 사내를 보며 마차 앞에서 전진하던 노인이 농이 섞인 말투로 말했다.

"그게 무슨 말이에요?"

복묘상이 고양이 눈을 하고 노인을 바라봤다.

"그에게 마음을 준 것이 아니냐?"

"홍, 그는 저보다 열 살이나 많다고요."

"그게 무슨 대수냐? 본래 영웅은 삼처사첩을 거느리고 육십이 넘어서도 새장가를 가는 법이란다. 그런데 그는 이제 겨우 삼십대 초반이 아니냐? 나이 탓을 할 필요는 없지."

"우린 그런 사이가 아니에요."

"글쎄다. 다른 것은 몰라도 내 눈이 남녀 간의 정분은 쉽게 알아채지."

노인이 다시 의뭉스런 표정을 지으며 말했다.

"홍, 둘째 대석수님은 혼인도 하지 않았으면서 어떻게 그렇게 남녀 간의 일을 잘 아신다는 거죠?"

노인은 금석촌 삼대 대석수 중 둘째인 조자생이다. 금석촌은 촌장 복호인을 중심으로 강호의 대상가와 같은 모습을 얼추 갖추고 있었다. 촌락을 움직이는 것은 물론 촌장 복호인이지만 그에 못지않은 권력을 지닌 자가 셋이 있었으니 그들이 바로 세 명의 대석수다.

오랫동안 쇠를 만져온 자 중에서 금석촌 모두가 인정하는 사람을 촌장이 지목해 대석수의 지위를 주는데, 일단 대석수가 되면 금석촌의 대소사를 촌장과 함께 결정할 권한이 있을뿐더러 다음 대 촌장이 될 자격을 갖추는 것이다.

그렇기에 금석촌에서 대석수는 촌장에 버금가는 존경을 받는다. 조자생이 바로 그 대석수 중 한 명으로 오늘 갈산에서 금석촌으로 처음 옮기는 철의 운송을 맡고 있었다.

예상대로 만리풍 모가장은 길을 막았다. 갈산에서 금석촌으로 마차를 끌고 가자면 반드시 지나가야 하는 길, 천애의 절벽을 깎아 만든 길 위에 만리풍 모가장이 동원한 백여 명의 무사가 길을 막고 있었던 것이다.

처음 적이 나타나 길을 막았을 때 길을 뚫기 위해 나섰던 사람들은 금석촌의 무사들이었다. 금석촌은 철을 거래하는 장사치들이 모여 있는 촌락이지만 그 뿌리가 무가라 금석촌에도 적지 않은 무사들이 있었다. 강호에 제대로 알려지지 않았지만 금석촌의 무사들은 웬만한 강호의 고수들도 한 수 양보해야 할 만큼 고강한 무공을 지니고 있었다.

금석촌의 무사들은 나서자마자 단숨에 이삼십여 장의 길을 뚫었다. 그러자 놀란 모가장의 수뇌들이 고수들을 앞세우기 시작했다. 고수들이 나서자 금석촌 무사들이 길을 뚫는 속도가 느려지더니 급기야는 한 치도 전진하기 어려운 상태가 되었다. 그때 나선 것이 청담이었다.

복묘상은 그런 청담을 만류했지만 청담은 목숨값을 갚겠다며 검 한 자루를 들고 적을 향해 뛰어들었다. 그러자 그 한 사람이 지금까지 금석촌 무사들이 길을 내던 속도보다 서너 배는 빠르게 길을 만들어내기 시작했다.

그의 무공에 금석촌의 사람들은 물론이고 멀리서 싸움을 지켜보고 있던 모가장의 수뇌들도 놀라는 듯 보였다. 그들은 자신들이 이 싸움의 주인공이라는 것을 잊은 듯 청담의 간결하면서도 강렬한 검법에 취해 팔짱을 끼고 싸움 구경을 하고 있었다. 그러나 개중에 깨어 있는 사람도 있게 마련이다.

"모두 물러나라."

갑자기 모가장의 후방 멀리 공터에서 싸움 구경을 하던 자들 중 한 명이 큰 소리로 외쳤다. 그러자 청담과 혈투를 벌이고 있던 모가장의 무사들이 일제히 뒤로 물러났다. 그들이 물러난 곳에 이십여 구의 시신이 어지럽게 너부러져 있다.

모가장의 무사들이 물러나자 그 자리를 금석촌의 마차들이 차지했다. 대석수 조자생은 신중하게 마차들을 전진시켰다. 본래 이런 싸움터에서는 일보 일보가 살얼음을 걷는 것 같아야 한다. 특히 상계의 싸움은 암수와 귀계가 난무해서 한순간의 방심에 몰락의 나락으로 떨어지는 경우가 허다했다.

노련한 조자생은 그런 싸움터의 생리를 잘 알고 있었으므로 지루할 정도로 느리게 마차를 전진시켰다.

그러나 조자생의 걱정과는 달리 모가장은 자신들이 진을 치고 있는 공터에 금석촌의 마차가 도달할 때까지 어떤 기습이나 암습도 가하지 않았다. 그들은 아마도 스스로 싸움터를 너른 공터로 선택한 것이 분명했다.

어찌 생각하면 현명한 판단일 수도 있었다. 절벽 사이의 험로는 금석촌의 행보를 막기에 더할 수 없이 유리한 길이지만 또한 금석촌의 마차를 탈취하는 것도 어려운 길이었다. 그런 길에서 청담 같은 고수의 출현은 득보다 실이 많을 수밖에 없었다.

"서라!"

공터에 들어서자 조자생이 다섯 대의 마차를 멈춰 세웠다. 마차에는 갈산에서 생산해 산 입구에서 제련한 질 좋은 철이 실려 있었다. 갈산의 철은 금석촌의 수뇌들이 생각했던 것보다도 훨씬 질이 좋아서 약간의 제련을 통해서도 단단한 묵철을 얻을 수 있었다.

"어서 오시오. 조 노사께서 오셨구려."

조자생이 일행을 멈춰 세우자 모가장 쪽에서 한 노인이 앞으로 나서며 조자생에게 아는 척을 했다.

"뉘시오?"

앞으로 나선 모가장의 고수를 조자생은 모르는 눈치였다. 그러자 노인이 음산한 미소를 지으며 대답했다.

"난 구여분이라 하오."

"구여분!"

조자생이 탄식하듯 중얼거렸다. 만리풍 모가장에는 장주 모흔을 젊은 시절부터 보필한 네 명의 고수가 있다. 그들은 모두 그 무공이 절정의 경지에 오른 고수로 알려졌는데, 그 이름이 각각 양광, 구여분, 온충, 종여득이라 하여 강호에서는 모가장 사풍객이라고 불리는 자들이었다.

그중 눈앞의 노인 구여분은 다른 세 사람과 달리 강호에 얼굴을 드러낸 적이 거의 없는 자였다. 그럼에도 불구하고 그는 네 명의 사풍객 중 강호인들이 가장 꺼려하는 자였는데, 그건 그가 모가장이 행한 은밀한 살행의 거의 모든 일을 책임지고 있다고 알려졌기 때문이었다.

"내 이름을 아시오?"

구여분이 천연덕스럽게 묻는다. 조자생같이 노련한 자가 어찌 그 이름을 모를까.

"모가장 사풍객, 그중 살풍 구 노사의 이름을 어찌 모르겠소?"

"후후, 영광이오. 그 유명한 조 노사가 내 이름을 알고 있다니."

예를 갖추는 말이 아니었다. 다분히 조롱기가 섞인 말이다.

강호에서 조자생의 명성은 구여분을 따를 수 없다. 비록 금석촌이 제법 사천지방에서 명성을 얻고 있다고는 하지만 천하를 상대로 표행하는 모가장에 비할 바가 아니다. 그런 모가장 사풍객 구여분의 명성이 조자생을 몇 배 능가하는 것은 당연한 일이었다.

"모가장과 구 노사의 명성에 비하면 금석촌과 나의 이름은 달빛 아래 반딧불과 같다고 할 수 있소. 그런데 그토록 명성이 자자하신 분이 어찌 산골 작은 촌락의 마차를 가로막는 것이오?"

"산골 작은 촌락이라……. 맞지. 금석촌은 감히 본 장에 비할 바가 아니지. 그런데 그대의 말처럼 반딧불 같은 금석촌이 어찌 감히 모가장에 맞서는 것이오?"

구여분의 말투가 변했다. 그의 표정과 말투에서 위압감이 흘러나온다. 그러자 자연스럽게 그의 눈에 살기가 흘렀다. 그 살기에 조자생의 표정이 어두워졌다. 모가장의 독수가 무서운 것은 천하가 다 아는 일이다. 그 모가장에서 살풍 구여분을 내세웠다는 것 자체가 오늘 이곳에서 크게 살계를 열겠다는 의미였다.

"저자의 거렁뱅이도 자기 것을 지키키 위해 싸우는 것은 세상의 이치 아니겠소?"

조자생이 구여분의 살기를 두려워하면서도 대범하게 대답했다. 그러자 구여분이 차가운 미소를 짓는다.

"그러나 목숨을 잃고 나서야 손에 쥔 황금이 무슨 소용 있겠소. 조 노사, 우리 어려운 말은 그만합시다. 이제 그만 갈산에서 물러나시오. 갈산에서 물러난다면 오늘 그 마차에 실은 철들은 금석촌에 양보를 하겠소."

구여분이 큰 인심을 쓰듯 말했다. 그러면서 그가 슬쩍 뒤를 돌아보며 눈짓을 했다. 그러자 그의 뒤쪽에서 십여 명의 사람이 제각기 병기를 잡아갔다. 그런데 그 면면이 결코 범상치가 않아서 한눈에 보아도 무림에서 일류고수 소리를 듣는 자들이 분명했다.

"당신들이 왜 갈산에 그리 욕심을 내는지 모르겠소. 모가장은 이미 모든 것을 갖지 않았소?"

조자생이 물었다. 그러자 구여분이 음산한 미소를 지으며 말했다.

"그런 금석촌은 왜 그토록 갈산을 지키려 하시오. 갈산이 아니더라도 금석촌의 능력이라면 좋은 철광산을 많이 찾아낼 수 있지 않소?"

"갈산의 철은 세상 어디에서도 구할 수 없는 것이오. 쇳물을 먹고사는 사람에겐 금은보화보다 더 중한 것이오."

조자생이 대답했다. 그러자 구여분이 고개를 끄덕인다.

"맞소. 세상의 어떤 철광석과도 비교할 수 없는 질 좋은 것이지. 우리 모가장도 그래서 욕심을 내는 것이오."

이래서는 서로 거래가 되지 않는다.

"길을 열지 않겠다면 우리가 열겠소."

조자생이 다부지게 말했다. 그러자 구여분이 얼굴을 찌푸렸다.

"설마 저 애송이를 믿고 하는 말이오?"

구여분의 손이 청담을 가리킨다. 청담의 나이가 삼십대 초반이지만 구여분의 눈에는 어리게 보이는 모양이었다.

"그의 검을 감당할 수 있겠소?"

조자생은 이미 모가장이 청담의 무공에 밀려 절벽의 험로에서 물러난 것을 목도했으므로 청담의 검에 대해서만큼은 모가장을 몰아세울 수 있다고 생각했다.

"물론 그의 검이 대단하기는 하지. 젊은 나이에 어디서 그런 검을 익혔는지는 모르겠지만⋯⋯. 그러나 우린 만리풍 모가장이오. 그만한 고수를 찾는 것은 어렵지 않지. 여기 열 분만 하더라도 능히 그를 감당할 수 있을 거요."

구여분이 그의 뒤에 도열해 있던 열 명의 고수를 가리켰다. 그들 중 여덟은 남자고 둘은 여인이었는데 남녀에 관계없이 모두 삼엄한 기도를 흘리는 자들이었다.

"강호의 친구를 초빙한 것은 모가장만이 아니오."

조자생이 말을 하며 슬쩍 뒤를 돌아본다. 그러자 그의 뒤쪽에서 이남일녀가 앞으로 나섰다. 구여분이 앞으로 나선 삼 인을 날카로운 눈으로 살폈다. 그러다가 그중 여인의 얼굴을 살피더니 낭패한 표정을 지어 보였다. 그러나 그도 잠시 이내 얼굴색을 회복한 구여분이 여인을 향해 정중하게 포권을 해 보였다.

"이곳에서 사태를 뵙게 될 줄은 몰랐군요."

그러자 초로의 여인이 물었다.

"날 아시오?"

상황으로 보건대 구여분은 여인을 알고 있지만 여인은 구여분을 모르는 듯했다.

"제 눈이 틀리지 않다면 아미의 묘심 사태가 아니신지……?"

"틀리지 않소. 날 알고 있다니 의외구려."

아미의 묘심 사태는 아미파 십대고수 중 일인으로 강호의 고수들 사이에선 그 명성이 자자한 인물이었다. 그러나 그녀 역시 강호에 모습을 드러내길 꺼려 그 얼굴을 아는 자는 드물었다. 그런데 구여분이 한눈에 자신을 알아보자 묘심 사태도 놀란 모양이었다.

"사태께서 깊은 산중에 은거해 계신다 해도 이미 무명이 강호에 가득하니 어찌 몰라 뵐 수 있겠습니까. 그런데… 오늘 이곳에서 뵈을 줄은……. 이 일에 본 장이 간여하고 있다는 것을 알고 오신 것입니까?"

"모르고야 이 위험한 길에 동행을 했겠소?"

묘심 사태가 차갑게 대답했다.

"그 말씀은 오늘 본 장의 행사를 방해하시겠다는 말씀이신지……?"

지금까지 묘심 사태에 극진한 공경의 모습을 보였던 구여분이 낯빛을 굳히며 물었다. 그러자 묘심 사태 역시 서늘한 표정으로 말했다.

"본래 갈산이 금석촌의 것임은 강호에 모르는 사람이 없소. 그런데 모가장이 욕심을 내어 남의 것을 탐하려 하니 강호인 들의 평이 그리 좋지 않소이다. 그러니 이쯤에서 길을 열어주 시는 것이 어떻겠소?"

"음……. 강호의 명성으로 보자면 의당 사태의 말씀을 들어 야겠으나 저 역시 장주의 명을 받아 온 사람이라 그리할 수는 없겠군요. 그런데… 사태께서 이 일에 관여하신 것은 개인의 일이십니까, 아니면 아미의 일인지요?"

구여분으로서는 아미파 전체가 금석촌을 비호하는 것인지 확인하는 것이 중요했다. 만약 그렇다면 이번 행사는 모가장 의 존폐가 걸린 일이 될 수도 있었다. 아미파를 적으로 삼는다 면 모가장의 모든 것을 걸어야 한다. 비록 아미파가 과거에 비 해 그 세가 많이 약해졌다 해도 수백 년 전통을 이어온 강호의 거파다. 이런 명문정파는 본래 그 뿌리가 깊어 쇠약한 듯하면 서도 무서운 저력을 발휘해 예상외의 승리를 거두는 일이 허 다했다.

"이 일과 아미는 관련이 없소. 단지 내가 금석촌의 촌장님과 인연이 있어 이렇게 돕게 된 것이오."

"그렇군요."

구여분이 다행이라는 듯이 고개를 끄덕였다. 그러나 그렇다 고 해도 아미의 묘심 사태는 상대하기 까다로운 인물이다. 그 런데 그때 문득 묘심 사태 곁에 서 있던 중년인이 입을 열었 다.

"그대의 눈에는 사태는 보이고 이 늙은이는 보이지 않는 모양이군."

갑작스레 끼어든 사내를 구여분이 말없이 살폈다. 그러다가 고개를 갸웃하며 물었다.

"내가 사람 보는 눈이 어두워 당신을 알아볼 수 없구려. 미안하지만 그대의 이름은 그대의 입으로 말해주면 안되겠소?"

사뭇 상대를 무시하는 말투다. 자신의 머릿속에 기억되어 있지 않다면 그리 대단치 않은 인물이라 확신하는 듯했다. 그도 그럴 것이 사람들은 모르지만 구여분은 강호의 고수들에 대해선 누구보다 아는 것이 많은 사람이었다.

그가 모가장이 벌이는 암중혈사를 모두 주도한 것은 그만큼 무림에 대한 식견이 뛰어나기 때문이기도 했다. 구여분의 물음에 초로의 사내가 빙그레 미소를 짓더니 장난스레 입을 열었다.

"내 듣기로 모가장 살객 구 노사의 눈은 천안이요, 귀는 만리청이라 하더니, 이제 보니 그도 아닌 것 같군. 그대는 공묘천이란 이름을 들어봤나?"

사내의 물음은 구여분의 대답으로 확인할 필요도 없었다. 구여분은 공묘천이라는 이름이 사내의 입에서 나오는 순간 이미 그 표정으로 사내의 물음에 대한 대답을 하고 있었던 것이다.

공묘천이라는 이름을 들은 구여분의 표정에는 경악과 분노, 그리고 놀람이 뒤섞여 나타나고 있었다.

"당신이… 괴도 공묘천?"

"맞아, 내가 바로 공묘천이야."

"정말 대담하군. 감히 본 장의 고수들 앞에 모습을 드러내다니."

"모가장이 뭐 대수라고."

공묘천이라 이름을 밝힌 중년 사내가 퉁명스레 말했다. 그럼에도 구여분은 공묘천의 말에 쉽게 반발하지 못했다. 그도 그럴 것이 정말 공묘천의 입장에서 보자면 모가장이 그리 대단치 않은 표국일 수도 있기 때문이었다.

공묘천은 대도(大盜)다. 천하에 훔치지 못할 물건이 없다는 도둑. 그런데 그는 평범한 도둑이 아니었다. 그가 훔치는 물건 중에는 재물뿐 아니라 사람의 목숨도 들어 있기 때문이었다.

대도에 사람의 목숨까지 취하는 자라면 당연히 강호의 공적이 되어야 한다. 그러나 공묘천은 강호공적이 아니었다. 오히려 그는 강호인들에게 은근한 존경을 받기까지 했는데 그건 그가 사사로이 이득을 챙기고자 타인의 물건과 목숨을 훔친 적이 없기 때문이었다.

원이 천하를 정복한 이후 강호에도 무도(無道)한 기운이 물씬 퍼졌다. 인의를 앞세우던 협사들은 자취를 감추었고, 오직 강호의 권세와 재물을 위해 검을 쓰는 소인배들이 강호를 휩쓸었다. 그것이 벌써 백여 년 이어지고 있었다.

명문정파라 자처하던 자들도 탐욕에 물들어갔고, 그렇지 않은 자들은 시류에서 밀려나 쇠락했다. 그런데 그 와중에 공묘천은 신묘한 도술(盜術)과 기이한 무공으로 악인을 베어 억울한 자의 원한을 풀어주고, 탐욕스런 황금충들의 재물을 훔쳐 가난한 자들에게 나누어줬다. 그러니 무도(無道)의 시대에 어찌 그가 존경을 받지 않을 수 있을 것인가.

그런 공묘천에게 재물을 털린 곳 중에는 만리풍 모가장도 있었다. 그래서 구여분은 공묘천이 스스로 자신들 앞에 나타난 것이 대담한 일이라고 했고, 공묘천의 입장에서는 그가 손을 댄 가문 중 모가장보다 훨씬 큰 세력이나 무서운 고수들도 많았기에 모가장 앞에 나타나는 것이 그리 대단치 않다고 말했던 것이다. 각자의 입장에서 보자면 모두 맞는 말을 한 것이다.

"장주께서 말씀하시길 일부러 재물을 풀어 적선하기도 하는데 그대의 손에 들어간 재물이 주린 자들의 배를 채웠다면 그도 의미있는 일이라 하여 그대의 죄를 묻지 않겠다고 하셨소. 장주께서 그 정도로 그대의 사정을 보아주었다면 그대도 염치가 있어야 하지 않겠소? 어찌 모가장의 일에 관여하려는 것이오?"

"후후후, 고양이 쥐 생각해 주는군. 내가 모가장에서 가져온 재물은 모가장이 사천 이현의 사람들이 홍수로 피해를 입었을 때 고리를 놓아 모은 재물이다. 그런데 그 홍수로 인한 피해라는 것이 사실 모가장이 그 전해에 이현 사람들에게 오천 냥을 받고 만든 제방이 무너져 생긴 것이거든? 그러니 애초에 모가장은 수만 냥의 배상을 해줘야 옳은 것이지. 그럼에도 모가장은 홍수로 집과 논밭을 잃은 사람들에게 고리로 급전을 빌려주고 그를 갚지 못한 사람들의 농토를 빼앗기까지 했으니 어찌 내가 가만히 있겠는가. 그때 내가 가져온 모가장의 재물은 기실 본래 이현의 사람들 것이었던 거지. 그래서 이현의 사람들에게 돌려준 것뿐이야. 그게 무슨 죄가 된다는 것이냐? 그게 죄가 된다면 어찌 강호의 형제들이 모두 내가 한 일을 칭찬하겠느냐 말이야. 아니 그런가?"

공묘천이 되묻자 구여분의 얼굴이 붉어졌다. 공묘천의 말이 틀리지 않다는 것은 누구보다도 구여분 자신이 잘 알고 있었다. 그러니 달리 반박을 할 말도 없었다. 그러나 그럴수록 약이 오르고 분기가 오르는 구여분이다.

"그래서 결국 끝까지 우리의 일을 방해하겠다는 말이오?"

구여분이 차갑게 물었다.

"음, 오늘의 정황을 보니 굳이 내가 나서지 않아도 능히 금석촌의 형제들이 마차가 갈 길을 낼 것 같기는 하지만 만약 내가 나서야 할 일이 생긴다면 마다치는 않겠다."

공묘천이 대답했다.

"실수하는 거요. 이번만은 장주께서 그냥 넘어가지 않으실 거요. 아니… 오늘 이 자리에서 그대의 목숨이 부지되기도 힘들 거요."

"흐흐흐, 설마 사천사마(四川四魔)와 같은 자들을 믿고 하는 말이냐?"

공묘천이 나직한 실소를 흘리며 물었다. 순간 구여분의 뒤쪽에서 날카로운 족제비 인상을 한 자가 앞으로 걸어 나오며 호통을 쳤다.

"공묘천 네가 감히 우리 사천사마를 멸시하는 것이냐?"

사천사마는 사천을 중심으로 활동하는 자들로 그 손속과 심성이 잔혹해 강호에서는 누구든 만나기를 꺼려하는 인물들이다. 그들의 출신은 철저히 장막에 가려져 있어 이름만 세상에 알려져 있을 뿐 그들이 어느 문파출신인지 혹은 누구에게 무공을 배웠는지 아는 사람은 강호에 없었다.

앞으로 나선 자는 인견이라는 자로 사천사마의 대형 노릇을 하는 자였다. 그 옆으로 늘어선 자들은 각기 구저, 보행, 공어라는 이름을 가지고 있었는데 그것이 그들의 본명인지 아니면 스스로 지어 세상에 드러낸 거짓 이름인지조차도 그들만이 아는 사실이었다.

"내가 어떻게 사천의 그 유명한 네 마리 개를 멸시할 수 있겠는가? 잘못하면 크게 물릴 게 분명한데. 하하하!"

공묘천이 잔뜩 비웃음을 담은 표정으로 말했다. 그러자 사천사마의 표정이 일변했다. 그리고 그중 둘째인 구저가 누가 말릴 사이도 없이 앞으로 날아 나오며 소리쳤다.

"이놈, 도둑놈 주제에 못하는 소리가 없구나. 오늘 네놈의 두 다리를 잘라 다시는 강호에서 도적질을 하지 못하게 만들어주겠다."

"좋아. 나도 오늘 너희 사천사마의 다리를 끊어 다시는 멍멍

이 짓거리를 하고 돌아다니지 못하게 만들어주겠다."

공묘천이 바람처럼 구저를 향해 달려 나갔다.

싸움은 그렇게 불현듯 시작됐다. 공묘천과 사천사마는 모두가 금석촌과 모가장에서 초빙한 고수들로 오늘 일의 당사자들이 아니었지만 감정을 건드린 말싸움으로 금석촌과 모가장 고수들을 제쳐 놓고 손님들끼리 손속을 나누게 만들었던 것이다.

두 사람이 격돌하자 양쪽의 사람들이 자연스레 뒤로 물러났다. 사람들이 멍석을 깔아주자 두 사람이 마음껏 자신의 실력을 뽐내기 시작했다.

우웅웅!

구저의 몸 주위에서 무거운 광풍이 일어나기 시작했다. 구저는 본래 권법에 능한 자로 알려져 있지만 사실 그는 쌍절곤의 고수였다. 쇠사슬로 연결된 두 개의 쇠봉 무게가 오십 근에 달하는 그의 쌍절곤에 머리가 으스러져 죽은 자의 숫자가 일백이 넘었다.

그러나 무시하듯 말했지만 구저는 공묘천을 내심 두려워하고 있었다. 강호의 소문이란 것이 거짓이 많다지만 고수의 이름이 널리 알려진 데에는 그만한 이유가 있기 때문이란 것을 잘 알고 있는 구저다. 그러니 괴도 공묘천의 명성을 감히 경시할 수 없었던 구저가 처음부터 자신의 애병을 꺼내 든 것은 당연한 일이라고 할 수 있었다.

반면 폭풍을 일으키는 구저의 쌍절곤을 상대하는 공묘천은 처음처럼 적수공권이었다. 그는 자신을 향해 다가드는 구저의 쌍절곤을 유심히 바라보며 약간 자세를 낮추는 것으로 싸움 준비를 마쳤다.

"죽어랏!"

한순간 허공을 돌던 구저의 쌍절곤이 공묘천의 머리를 향해 떨어져 내렸다. 본 무게가 수십 근에 달하는 쌍절곤이 구저의 공력과 속도가 더해지자 그 위력은 수백 근으로 늘어났다.

"훙!"

쌍절곤이 자신의 머리를 박살 내려 하는 순간 공묘천의 입에서 나직한 비웃음이 흘러나오더니 그의 신형이 허깨비처럼 사라졌다.

웅!

구저의 쌍절곤이 애꿎은 허공을 갈랐다. 구저가 놀란 눈으로 재빨리 공묘천의 행방을 찾았다. 그런데 공묘천은 어느새 다람쥐처럼 땅을 기어 구저의 등 뒤로 이동해 있었다.

공묘천의 그 유명한 환영보가 펼쳐진 것이다. 공묘천의 환영보는 그의 무공이 절대지경에 이른 것이 아님에도 강호의 뭇 고수들을 능히 감당할 수 있게 해준 일대절기다. 그 절기가 펼쳐지자 그는 그림자도 남지지 않고 신형을 움직였고, 그건 곧 사천사마 구저의 위기로 닥쳐들었다.

"너 같은 멍청이는 내 상대가 아니다."

팡!

어느새 공묘천이 구저의 허벅지에 일장을 때려대고 있었다. 구저가 화들짝 놀라 무거운 몸을 허공으로 띄워 올렸다. 이백 근에 육박하는 구저의 몸이 종이처럼 가볍게 허공을 날았다. 그러나 공묘천의 움직임은 그보다 더 신묘했다.

"턱!"

어느새 다가온 공묘천이 구저의 오른쪽 발목을 낚아챘다.

"엇!"

구저의 입에서 당혹성이 흘러나왔다. 그 순간 공묘천이 구저의 발목을 잡은 손을 빙글 돌렸다. 그러자 그 작은 움직임에 구저의 몸이 핑그르르 허공을 돌더니 이내 삼 장 밖으로 날아가 땅에 떨어졌다.

"쿵!"

이백 근의 몸이 떨어지자 땅이 커다란 비명을 토해냈다. 구저도 땅에 내다꽂힌 충격을 이겨내지 못하고 신음을 토했다.

"으윽!"

사지 중 어느 한 곳은 부러진 것이 분명했다. 그런 구저를 향해 공묘천이 독수리처럼 날아들었다. 그의 양손이 어깨 위로 올라갔다. 열 개의 손가락이 마치 표창처럼 날카롭게 번뜩였다. 특별한 조공을 익히고 있는 것이 분명했다.

"이놈 멈춰라!"

공묘천이 구저의 목숨 줄을 끊으려는 것을 보고는 사천사마의 나머지 삼 인이 동시에 소리치며 공묘천을 향해 날아들었다. 그러나 공묘천은 구저를 공격하는 손길을 멈추지 않았다.

삭!

공묘천의 날카로운 손가락들이 꿈틀거리는 구저의 몸을 할퀴었다.

"악!"

구저의 입에서 날카로운 비명이 터져 나왔다. 순간 공묘천의 등 뒤로 날아든 사천사마 삼 인이 일제히 공묘천을 향해 도검을 뻗어냈다.

"죽어랏!"

구저의 몸에서 터져 나오는 피분수를 보며 노기가 뻗쳐오른 세 명의 사천사마가 분노에 떨며 소리쳤다. 도, 검, 창의 세 병기가 동시에 공묘천을 찔렀다. 그런데 그 순간 날카로운 병기들에 의해 온몸이 난도질되었어야 할 공묘천의 신형이 거짓말처럼 그 자리에서 사라졌다.

"엇!"

"웃!"

사천사마 삼 인은 병기가 공묘천을 놓치고 오히려 땅바닥에 나뒹굴고 있는 구저의 몸을 찌르는 모양새가 되자 급히 병기를 거둬들였다. 그러자 그들의 뒤쪽에서 공묘천의 비웃음이 들렸다.

"조심하거라. 잘못하면 네놈들의 손으로 형제의 목숨을 끊겠다. 흐흐흐. 이놈들! 네놈들이 사천을 횡횡하며 무도한 짓거리를 벌이고 있다는 소문을 듣고 언제 한번 손을 봐줘야겠다고 생각했다. 그런데 오늘 마침 그 기회가 찾아와 이 어르신이 부드럽게 충고를 했으니 이쯤 알고 물러가 조용히 살아라. 보아하니 그 실력으로는 이곳에서 살아남기 어렵겠다."

공묘천이 손을 툭툭 털며 말했다. 그의 손가락이 스치고 지나간 구저의 몸은 온통 피투성이였지만 공묘천의 손은 씻은 듯 깨끗했다. 그의 수공이 얼마나 대단한 것인지 여실히 드러나는 순간이었다.

"네, 네놈이……!"

사천사마의 수장 인견이 수치심을 참지 못하고 이를 갈았다. 그러자 공묘천이 지금까지와는 다른 표정으로 차갑게 말했다.

"그 무식한 돼지. 죽지는 않을 것이다. 지금 물러나 치료하면 그의 목숨을 살릴 수 있겠지. 그러나 주제를 모르고 다시 나선다면 그의 목숨은 물론 너희 세 놈의 목줄도 따주겠다. 나 공묘천은 오직 한 번의 경고만을 할 뿐이니 잘 생각해서 결정해라."

공묘천의 경고에 인견이 감히 대적하지 못하고 얼굴에 노기만 가득 드러내다 이내 입술을 깨물며 다른 사천사마에게 말했다.

"둘째를 챙기게."

인견의 말이 있자 다른 자들이 서둘러 구저를 들고 모가장의 무사들 사이로 사라졌다. 그들이 완전히 사라지자 인견이 공묘천을 보며 말했다.

"공가야, 네 무공이 소문보다 대단하다는 것을 인정하마. 그러나 우리 사천사마는 결코 은원을 잊지 않는다. 언젠가 반드시 널 찾아가 이 원한을 갚겠다."

"오는 것을 막지는 않아. 하지만 한 가지 알아둬야 할 것이 있다. 난 결코 적을 두 번은 살려두지 않아. 다시 올 때는 목숨을 두고 가야 할 거다."

공묘천의 경고에 인견이 자신도 모르게 두려운 빛을 보이다가 이내 다른 자들을 쫓아 모가장 무인들 속으로 사라지고 말았다. 사천사마가 사라지자 공묘천이 살풍 구여분을 보며 말했다.

"오늘 모가장에서 초대한 분들의 실력이 이 정도라면 그만 길을 열어주는 것이 어떻겠는가? 괜히 피를 보는 것은 서로를 위해 좋지 않을 것 같군. 향후의 일은 모가장주가 금석촌을 방문해 논의하는 것도 괜찮겠지."

부족함을 알고 물러가라는 의미다. 공묘천의 말에 구여분이 비릿한 미소를 흘린다. 이 괴팍한 도둑의 말이 고약하기는 해도 그의 실력만큼은 무시할 수 없다. 더군다나 아미의 묘심 사태도 결코 무시할 수 없다.

그러나 그렇다고 여기서 길을 열어주었다가는 갈산을 영원히 포기해야 할 수도 있었다. 한 번 약세를 보이면 좋은 거래를 성사시키기 어려운 것이 세상의 이치였다. 그리고 아직까지는 구여분에게 믿을 만한 구석이 있었다.

"오늘 모가장이 초대한 사람은 사천사마뿐이 아니오."

"그렇겠지. 그런데 그들이 사천사마를 능가하는가?"

"아마도 비교하는 것을 불쾌해하시는 분도 계실 거요."

"음, 좋아. 그럼 한번 만나볼까?"

공묘천이 호기심이 동한 표정으로 처음부터 구여분의 뒤쪽에 늘어서 있던 자들을 바라봤다. 그러자 그중 한 명이 앞으로 나서며 입을 열었다.

"공가의 기세가 하늘을 찌르는군. 한낱 도둑 주제에 말이야."

"뉘쇼? 처음 보는 얼굴인데……?"

공묘천이 퉁명스레 물었다. 앞으로 나선 자는 중간 키에 평범하게 생긴 사람으로 길 가다가 하루에도 몇 번은 스치고 지나갈 만큼 흔히 볼 수 있는 얼굴이었다. 공묘천은 본래 발이 닳도록 강호를 종횡하는 사람이라 천하의 이름난 고수는 대부분 그 얼굴을 알고 있었다. 그런데 눈앞에 나선 자의 얼굴은 본 기억이 없다.

"세상에는 날 기억하는 사람이 그리 많지 않지."

"본 사람이 없는 것이 아니라 기억하는 사람이 많지 않다면 역용을 했군."

공묘천이 단박에 사내가 얼굴을 감추고 있다는 것을 알아챘다.

"후후, 역시 도둑답게 눈이 밝군."

"이런이런, 대낮에 역용까지 하고 나타났다면 결코 뒤가 깨끗한 자는 아니군."

공묘천이 비웃듯 말하자 사내가 한줄기 미소와 함께 입을 열었다.

"내가 역용을 한 것은 날 위해서가 아니라 다른 사람을 위해서지. 왜냐하면 내 진면목을 본 사람치고 세상에서 숨을 쉬고 있는 사람은 열 손가락에 꼽을 수 있으니까."

순간 공묘천의 표정이 변했다. 상대의 말에서 그의 정체를 알아챈 듯 보였다.

"설마… 일견사?"

"과연 괴도 공묘천이군. 하나의 꼬투리로 내 정체를 단숨에 파악해 내다니."

"정말 일견사인가?"

공묘천이 놀란 표정으로 확인하듯 물었다.

"그렇다. 내가 바로 일견사 여화적이다. 공묘천 그대는 날 상대할 담력이 있는가?"

일견사 여화적은 강호에서 공묘천만큼이나 유명한 인물이다. 그는 정사 중간의 인물로 그 성정이 워낙 괴팍해서 자신의 진면목을 본 사람은 반드시 죽여 자신의 얼굴을 감추고 살아온 자였다. 그런 면에서 보자면 공묘천과 비슷한 면이 있는 자라고 할 수 있었다. 강호에 명성은 높지만 그 얼굴을 알리지 않는 자들, 그들이 바로 공묘천과 일견사 여화적인 것이다.

"역시 모가장이 대단하긴 하군. 설마 일견사를 불러올 줄이야."

공묘천이 나직하게 중얼거렸다. 그러자 여화적이 득의한 표정으로 물었다.

"물러나겠는가?"

"흐흐, 그럴 수는 없지. 일견사 여화적의 혈명이 아무리 대단해도 나 공묘천을 도망치게 할 수는 없어."

"그럼 한 수 겨뤄볼까?"

망설이지 않고 일견사 여화적이 검을 들고 앞으로 나섰다. 그의 행동으로 보건대 그는 무척 성미가 급한 인물인 듯싶었다.

장내의 사람들이 두 사람의 대결을 흥미롭게 지켜보기 시작했다. 둘 모두 강호에 명성이 자자한 사람들이지만 쉽게 그 모습을 볼 수 없는 사람들이라 이런 대결을 사천의 오지에서 구경하게 된 것은 장내의 무인들에게 큰 행운이라고 할 수도 있었다.

일견사 여화적이 다가오자 공묘천이 두 손을 가슴 어림으로 가져와 손가락을 세웠다. 그의 손가락이 고양이 발톱처럼 날카롭게 변하는 듯 보였다.

여화적은 망설임이 없었다. 그는 공묘천과의 거리가 삼 장 안쪽으로 가까워지자 훌쩍 몸을 날렸다. 그러고는 허공에서 자연스럽게 한 바퀴 회전을 하며 그 힘을 검에 실어 공묘천을 베었다.

팟!

여화적의 검이 만들어내는 파공음이 살을 벨 듯 날카롭다. 그러나 여화적의 검이 비록 빛처럼 빨랐지만 공묘천의 다리

역시 그에 못지않게 빨랐다. 여화적의 검이 미처 공묘천의 몸에 이르기 전에 공묘천의 신형이 여화적의 눈앞에서 사라졌다.

"흥!"

공묘천이 자신의 검을 피해내자 여화적이 콧소리를 한 번 내더니 번개처럼 검을 들어 허공을 찔렀다. 그러자 어느새 여화적의 머리 위로 이동해 그의 정수리를 향해 수도(手刀)를 찔러 넣던 공묘천이 다급히 손을 거둬들이며 오른쪽으로 몸을 비틀었다.

팟!

여화적의 검이 미세하나마 공묘천의 옷자락을 자르고 지나갔다. 공묘천이 그 기세에 놀란 듯 황급히 뒤로 물러났다. 공묘천과 여화적의 거리가 순식간에 오 장으로 벌어졌다.

"역시 도둑놈들은 도망을 잘 가!"

여화적이 공묘천의 심기를 건드리는 소리를 하며 몸을 날렸다. 그의 신형이 바람처럼 공묘천을 육박해 들더니 그의 검에서 번개처럼 시퍼런 검기가 뻗어 나갔다.

"아!"

사람들의 나직한 탄성이 흘렀다. 금석촌의 무사들이나 모가장의 무사들이 비록 도검을 배우고 무공을 수련한다고는 해도 이들은 어디까지나 상계의 사람들이다.

그런 그들에게 이렇게 가볍게 검기를 만들어내는 무공은 상상키 어려운 경지였다. 그런데 여화적은 아무렇지도 않게 검기를 뿌려대며 공묘천을 공격하고 있었다. 사람들의 입에서 탄성이 흘러나오는 것은 자명한 일이었다.

그러나 공묘천은 여화적의 무공에 크게 놀란 듯 보이지 않았다. 그는 이미 여화적의 무공 수위를 예상하고 있었던 듯싶었다.

검기가 자신이 심장을 뚫고 들어옴에도 공묘천은 크게 당황치 않고 가볍게 몸을 옆으로 비틀었다. 그러자 여화적의 검기가 다시 공묘천의 옷자락을 베고 지나갔다. 한 치만 안쪽으로 들어왔어도 살이 베일 뻔한 위급한 순간이었지만 공묘천은 침착했다.

한순간 여화적의 검을 비껴낸 공묘천의 손이 벼락같이 흔들렸다. 그러자 그의 소매깃 안쪽에서 검은 물체가 튀어나오더니 마치 살아 있는 생물처럼 여화적을 향해 날아갔다.

"암기 따위!"

여화적이 비웃음을 흘리며 재빨리 검을 휘둘러 공묘천이 던져낸 암기를 막아갔다. 그런데 그 순간 기이한 일이 벌어졌다. 공묘천이 던져낸 암기가 정말 생명을 지닌 동물처럼 여화적의 검을 피해 곡선을 그리며 움직인 것이다.

"헛!"

도도한 여화적의 입에서도 다급한 목소리가 흘러나왔다. 여화적이 허리를 크게 뒤로 젖혔다. 그러자 미세한 파열음과 함께 여화적의 가슴 앞자락이 공묘천의 검기에 잘려 펄럭였다. 그런데 그것이 전부가 아니었다. 여화적의 옷 앞자락을 자르고 지나간 암기가 허공에서 작게 회전하더니 이번에는 수직으로 움직이며 여화적의 몸을 꿰뚫을 듯한 기세로 떨어져 내렸던 것이다.

"에잇!"

여화적의 입에서 귀찮은 듯한 음성이 흘러나왔다. 몸이 뒤로 젖혀진 자세 그대로 여화적이 검으로 반월을 그리며 공묘천의 암기를 쳤다. 워낙 짧게 끊어 친 검이라 이번만큼은 공묘천의 암기도 여화적의 검을 피하지 못했다.

"깡!"

공묘천의 암기가 여화적의 검에 튕겨져 허공으로 비산했다. 그런데 그렇게 주인을 잃고 맥없이 날아가 버릴 것 같던 공묘천의 암기가 갑자기 허공에서 다시 힘을 냈다.

슈우욱!

공묘천의 암기가 허공에서 둥글게 원을 그렸다. 암기를 따라 미세한 검은 줄이 그려지는 듯도 보였다. 한 차례 원을 그린 암기가 땅으로 내리꽂히는 듯하다가 땅에서 한 자 높이에 이르자 갑자기 두 다리를 노리고 달려들었다.

"음!"

이쯤 되자 여화적의 입에서도 나직한 침음성이 흘러나왔다. 공묘천의 암기는 단단하기 이를 데 없어 여화적의 검에도 부서지지 않을 뿐더러 허공에서 자유자재로 움직여 아무리 튕겨내도 다시 돌아오기 때문이었다.

더군다나 이번처럼 땅에 붙어오는 암기는 검으로 막아내기도 힘이 든다. 그렇다고 아무 대책 없이 공묘천의 암기를 맞을 수는 없는 일, 여화적이 훌쩍 뛰어올라 지면과의 공간을 넓히는 동시에 검으로 다가드는 암기를 내려쳤다.

삭!

그런데 공묘천의 암기가 살아 있는 동물처럼 다시 여화적의 검을 피해내더니 이내 그를 지나쳐 뒤로 흘러나갔다. 여화적이 암기를 피했다고 한숨 돌리는데 갑자기 공묘천의 암기가 크게 원을 그리며 여화적을 휘감았다. 그리고 다음 순간 여화적의 입에서 당혹한 목소리가 흘러나왔다.

"이런!"

그러자 공묘천이 득의한 표정으로 소리쳤다.

"강호에선 항상 눈에 보이지 않은 것을 조심해야 하는 법이지."

"얕은 술책을!"

"능력이 있으면 벗어나 보든지!"

공묘천이 다시 약을 올린다. 그사이 암기는 여화적의 몸을 몇 번 휘감아 돌았고 그제야 사람들은 일이 어떻게 된 것인지를 알 수 있었다.

여화적의 두 다리가 묶였다. 기실 공묘천의 암기에는 눈에 잘 보이지 않는 가는 줄이 매달려 있었다. 공묘천은 그 줄을 이용해 암기를 허공에서 자유자재로 조종했던 것인데 지금 그 줄로 여화적의 두 다리를 서너 차례 휘어 감았던 것이다.

여화적이 검을 들어 투명한 줄을 끊으려 했지만 그때마다 공묘천이 교묘하게 줄을 조절해 여화적의 검을 피했을 뿐 아니라, 이미 두 다리의 자유를 잃은 여화적이기에 제대로 중심을 잡고 줄을 끊을 수도 없었다.

"먼 곳의 물건을 도둑질할 때 쓰는 물건인데 오늘 일견사 여화적을 잡는 데 쓰는구나. 아마도 이놈이 훔친 물건 중에 가장 값진 물건일 것이다."

어느새 공묘천의 손에 또 하나의 암기가 들렸다. 사람들은 그제야 공묘천의 암기를 자세히 볼 수 있었다. 암기는 여섯 개의 다리를 가지고 있어 마치 살아 있는 거미 모양을 하고 있었는데, 그 다리 끝에 낚싯바늘처럼 날카로운 비늘이 달려 있어 사람이든 물건이든 한 번 암기에 꽂히면 도저히 쉽게 벗어날 수 없는 기병이었다.

아마 공묘천은 이 암기를 손이 닿기 어려운 위치에 있는 물건을 훔칠 때 사용하는 듯했다. 물론 또 오늘처럼 강호의 고수를 상대할 때에는 위협적인 암기로 쓰기도 하는 물건일 터였다.

"어디 일견사 여화적의 진면목을 좀 볼까?"

공묘천이 득의한 표정으로 들고 있던 또 하나의 암기를 여화적의 얼굴을 향해 던졌다. 아마도 여화적이 역용에 사용한 면구를 암기를 이용해 벗겨내려는 모양이었다. 공묘천의 의도대로 된다면 여화적은 진면목이 사람들 앞에 드러날뿐더러 암기로 인해 얼굴에 큰 상처를 입게 될 것이 분명했다.

"놈!"

여화적이 노성을 토했다. 그러나 두 다리가 묶인 그가 공묘천의 암기를 피하기는 어려워 보였다.

쐐액!

어느새 공묘천의 손을 떠난 암기가 여화적의 얼굴에 닥쳐들었다. 그런데 그때였다. 갑자기 한 자루 도가 불쑥 튀어나와 암기를 매단 줄을 단번에 휘어 감았다.

핑!

암기가 줄을 따라 도에 휘어 감기고 그 덕에 줄 하나를 두고 도의 주인과 공묘천의 줄다리기가 시작됐다.

"도둑놈 주제에 제법 힘이 세구나!"

도의 주인이 소리쳤다.

"네놈은 누구냐?"

공묘천이 진기를 끌어올려 붉어진 얼굴로 소리쳤다.

"난 천양수라고 한다. 들어보았느냐?"

도의 주인이 도도한 표정으로 소리쳤다. 그러자 공묘천의 얼굴에 놀란 빛이 돌았다.

"설마 천가 형제까지 왔단 말이냐?"

"도둑 따위를 상대하기는 과분한 분들이시지."

천양수가 소리쳤다.

"천가형제의 무공이 강호일절이라고 하던데. 오냐. 오늘 어디 그 소문이 진실인지 확인해 보겠다."

공묘천이 얼굴을 굳히며 소리쳤다. 그러고는 재차 진기를 북돋아 천양수와의 힘겨루기를 시작했다.

"좋지 않군. 누구요?"

곁에 다가와 서 있던 복묘상에게 청담이 물었다. 그러자 복묘상이 의아한 표정으로 청담에게 되물었다.

"천씨 형제를 몰라요?"

"천씨 형제뿐 아니라 이곳에 온 고수라는 자들 중 내가 아는 자는 없소."

"아, 맞아. 대협은 해동에서 오셨으니 모르겠네요. 하지만 지금 공 노사가 상대한 일견사 여화적이나 혹은 저 천양수는 강호에서 아주 유명한 인물들이에요. 저런 자들이 오늘 이곳에 나타날 것이라고는 생각지 못했어요. 사천사마 정도는 예상을 했지만……. 그러고 보면 모가장의 저력은 우리가 예상했던 것 이상인 것 같아요."

"양강의 무공을 익힌 것 같은데……."

청담의 관심은 오직 공묘천과 힘겨루기를 하고 있는 천양수에게 있는 듯 보였다. 그러자 복묘상이 대답했다.

"맞아요. 천씨 형제는 양강지공으로 유명해요. 풍문에 의하면 그들의 양강지공은 날고기를 손으로 구워먹을 수 있는 경지라고 하더군요. 뭐, 정말인지는 모르겠지만……. 지금 공 노사께서 상대하고 있는 자는 그중 아우인 천양수예요."

"그 정도라면 그들의 양강지공이 극에 이르렀다고 할 수 있겠구려. 공 노사가 위험하군."

"공 노사가 질 것 같나요?"

"애초에 공 노사의 장점은 빠른 보법과 쾌속한 수공, 그리고 예측 불가한 암기였소. 그런데 지금 그 세 가지를 모두 쓸 수가 없으니 어찌 천씨 형제를 상대하겠소. 더군다나… 이젠 그의 형도 나설 모양이오."

청담의 말에 복묘상이 시선을 돌려보니 과연 모가장의 고수들 사이에서 또 다른 한 명이 앞으로 나서고 있었다. 그런데 그 모습이 지금 공묘천과 힘겨루기를 하고 있는 천양수와 비슷했다.

붉은 얼굴에 검은 무복, 단단해 보이는 몸에 머리카락도 조금 붉은 기운을 띤 듯 보이는 자였다.

"맞아요. 저자가 아마도 천양봉일 거예요. 아, 그의 모습을 보니 과연 소문이 사실이었군요. 저자가 진기를 끌어올리면 화인(火人)을 보는 듯하다고 하더니……."

그리고 보니 천양봉의 몸이 점점 붉게 달아오르고 있었다. 싸움에 간여할 것이 분명했다. 그가 싸움에 관여한다면 공묘천 혼자로는 도저히 감당할 수 없을 터였다.

청담이 검을 부여잡았다. 이대로 공묘천을 홀로 놓아둘 수는 없었다. 그런데 금석촌의 일행 중에는 청담보다 손이 빠른 자가 있었다.

"한 사람을 셋이 상대를 하다니 이는 너무 불공평하지 않소? 더군다나 당신들은 이미 강호에서 그 명성이 쟁쟁한 사람들인데 염치가 없구려."

청양봉 등을 꾸짖으며 한 사내가 훌쩍 신형을 날려 구양봉

앞에 내려섰다. 그의 손에는 한 자루 장도가 들려 있었는데 명인의 손에 탄생한 듯 그 도신이 예사롭지가 않았다.

청담에 앞서 천양봉을 상대하고 나선 사람은 송백환이라는 사람으로 나이가 이제 마흔을 갓 넘었지만 강호에선 일도팔섬이라는 별호로 유명한 도객이었다.

그의 도법은 도법이라기보다는 검법에 가깝다고 알려졌는데 그건 그의 도법이 무척 화려하기 때문이었다. 그의 별호가 일도팔섬이라 불리는 것은 그의 도가 한 번 시전되면 여덟 줄기의 도광을 일으킨다고 해서 붙여진 것이다. 그러니 그 별호만으로도 도법의 화려함을 능히 짐작할 수 있었다.

천양봉은 송백환을 한눈에 알아봤다.

"흥, 송가 애송이, 이곳에서 또 보는구나. 네가 감히 우리 형제의 일을 방해하려 하는 것이냐?"

"두 분 형제께선 항상 무도한 편에 서시니 어찌 제가 두 분과 마주치지 않기를 바라겠습니까?"

"강호의 도의가 어디 있는가? 힘 있는 자가 곧 정(正)이라!"

천양봉이 소리쳤다. 그러면서 그가 번개처럼 검을 뻗어 상대를 공격했다. 그러자 송백환이 재빨리 도를 사선으로 들어 올려 천양봉의 검을 막았다.

깡!

도검이 격돌하면서 화려한 불꽃이 일어났다. 두 사람이 각기 동시에 두어 걸음 뒤로 물러났다. 일 합의 격돌에서 서로의 무위가 엇비슷한 동수임이 드러난 것이다.

"송가, 네놈의 도법은 언제 보아도 제법이구나."

"천 노사의 검법도 명불허전이오."

서로가 서로의 무공을 칭찬하면서도 눈과 두 발, 그리고 도 검을 든 손을 바쁘게 움직이는 두 사람이다. 눈 깜짝할 사이에 두 사람이 십여 초를 겨루었다. 그러나 둘 중 누구도 싸움의 우세를 점하지 못했다.

천양봉과 송백환, 공묘천과 천양수의 싸움이 팽팽한 균형을 이루자 다시 한 명의 고수가 모가장 쪽에서 날아 나왔다. 새롭 게 장내에 등장한 사람은 한 명의 여인이었는데 백발이 성성 한 것이 육십은 훨씬 넘어 보였다.

그녀는 불문곡직하고 천양수와 대결을 벌이고 있는 공묘천 을 향해 달려들었다. 그러나 그녀 역시 다시 금석촌 쪽에서 달 려 나간 묘심 사태에 의해 길이 막혔다.

"늙은 중년이 염불은 하지 않고 강호의 일에 간섭을 하니 아 미의 쇠락에는 다 이유가 있었구나."

노파가 표독스런 음성을 내뱉으며 묘심 사태를 찔러갔다. 그러자 묘심 사태가 가볍게 보법을 밟아 노파의 검을 피하더 니 검을 들어 노파의 검을 슬쩍 밀어젖혔다. 그런데 그 가벼운 움직임에 노파의 신형이 사오 장이나 뒤로 밀려났다.

"역시 아미 중년들의 소양검은 신묘한 구석이 있구나! 그러 나 난 아미의 소양검을 두려워하지 않는다."

뒤로 밀려났던 노파가 다시 묘심 사태에게 달려들며 소리쳤 다. 연후 두 사람이 어지럽게 엉켜들며 사방에 검광을 뿌려대기 시작했다.

"이제 보니 저 노파는 독심파파 엄조예로군요. 그녀가 모가장과 모종의 인연이 있다더니 과연 이곳에 왔군요."

"검법이 예사롭지 않구려."

복묘상의 말에 청담이 대답했다.

"무서운 노파예요. 검도 검이지만 감추고 있는 암수가 많기로 유명하지요."

"강호에서 독심보다 무서운 무기는 없는 법이오."

"맞아요. 그런데 오늘 일이 걱정이에요. 우린 충분히 대비했다고 생각했는데 모가장의 준비도 만만치가 않군요. 저런 고수들을 불러 모을 줄은…… 앗!"

복묘상이 근심 어린 말을 늘어놓으려는데 갑자기 청담이 신형을 날렸다. 복묘상이 놀란 음성을 흘려냈을 때 이미 청담의 신형은 십여 장 앞으로 날아가 어느새 공력을 회복한 후 공묘천의 등을 노리고 검을 찔러 오고 있는 일견사 여화적의 머리 위로 떨어져 내리고 있었다.

"이놈이!"

앞선 싸움에서 공묘천의 암기에 당해 굴욕을 맛보았던 여화적은 공묘천이 천양수와 대결하는 빈틈을 노려 암습을 가하려다가 갑작스레 청담이 나타나자 노성을 토해내며 검로를 바꿔 청담을 상대했다.

캉!

청담의 검과 여화적의 검이 불꽃을 튀기며 격돌했다. 연이어 한마디 신음성이 흘러나왔다.

"욱!"

입가에 피를 토하며 뒤로 물러난 자는 여화적이다.

"네… 놈?"

여화적이 믿을 수 없다는 듯 청담을 바라봤다. 장내의 고수들은 모두 청담이 절벽의 외길을 뚫는 모습을 목도했다. 그래서 그의 무공이 결코 가볍지 않다는 사실은 모두가 알고 있었다. 여화적 또한 청담이 나이에 비해 고강한 무공을 지니고 있음을 모르지 않는다.

그러나 앞서 청담이 상대한 자들은 모가장의 일반무사들이었다. 그들이라면 여화적 같은 고수 혼자서라도 수십을 상대할 수 있다. 더군다나 청담이 모가장의 무사들을 상대한 곳은 절벽의 외길, 한 번에 그가 상대한 적은 기껏해야 서너 명 정도다. 그러니 사실 절벽 길에서 보여준 청담의 무공은 대단한 것이기는 해도 강호의 일류고수들인 여화적 같은 사람에게 위협을 줄 정도는 아니라는 것이 사람들의 생각이었다.

그런데 여화적이 직접 상대한 청담의 무공은 그가 예상했던 것을 훨씬 뛰어넘고 있었다. 비록 그가 공묘천에 의해 부상을 당한 상태이고, 또 청담이 기습을 가했다고는 해도 일 합의 격돌에서 손을 통해 전해진 청담의 공력은 산처럼 무거웠다.

"네놈은 누구냐?"

여화적이 그 자리에서 두어 걸음 더 뒤로 물러나며 물었다.

청담은 대답 대신 여유를 두지 않고 여화적을 향해 날아들었다.

쐐액!

청담의 검이 매서운 파공음을 남기며 허공을 가른다. 여화적이 급히 검을 들어 청담의 검을 막았다. 그런데 청담의 검이 막 여화적의 검과 격돌하려는 순간 갑자기 청담의 검신에서 푸른빛이 흘러나오는가 싶더니 여화적의 검을 살짝 비켜 나가며 크게 앞으로 기울어졌다.

퍽!

"욱!"

둔탁한 신음성이 흘러나왔다. 청담의 검은 어느새 여화적의 어깨를 꿰뚫고 있었다. 청담의 검에 찔린 여화적이 살 맞은 고기처럼 부들부들 몸을 떨었다.

"이놈!"

여화적이 잔뜩 노기를 담은 눈으로 청담을 노려봤다. 그러면서 성한 어깨 쪽의 팔을 휘둘러 청담의 머리를 가격했다.

웅!

수백 근의 무게를 머금은 여화적의 주먹이 청담의 머리를 박살 내려는 순간 재차 청담의 검이 움직였다.

팟!

청담의 검이 자신을 공격하는 여화적의 팔을 베고 지나갔다. 순간 여화적은 자신의 어깨에서 힘이 쪽 빠지는 느낌을 받았다. 그러면서도 여전히 그의 팔은 청담의 머리를 내려쳤다.

그러나 닿은 것은 그의 주먹이 아니었다. 그의 주먹은 여전히 허공에 있었고 그의 팔뚝만이 청담의 눈앞을 스치고 지나쳤을 뿐이다.

"……!"

여화적은 자신에게 일어난 일을 미처 알아채지 못했다.

툭!

여화적이 정신을 차린 것은 팔꿈치부터 잘린 그의 팔이 자신의 발아래에 떨어져 내린 그때였다.

"악!"

여화적이 자신의 팔을 보고 귀신을 본 것처럼 놀라 소리를 질렀다. 잘린 팔뚝과 검에 찔린 어깨에서 끊임없이 피가 솟구친다.

"으아악!"

일견사 여화적이 그가 아닌 것처럼 비명을 지르며 도주하기 시작했다. 지금까지 강호에서 그는 모든 사람에게 두려움을 주는 존재였다. 그런데 오늘 그가 처음으로 적에게 등을 돌리고 도주를 하고 있었다.

"여 대협!"

모가장의 구여분이 급히 여화적을 불렀지만 여화적은 그의 말을 듣지 못했는지 정신없이 숲으로 사라졌다. 그러자 구여분이 모가장의 무사 한 명을 보며 말했다.

"약을 가지고 따라가 보거라."

"옛!"

구여분의 명을 받은 모가장의 무사가 급히 여화적의 뒤를 따랐다. 수하를 보내 여화적을 뒤쫓게 한 구여분이 서늘한 시선으로 청담을 응시했다.

"너와 같은 자가 금석촌에 있다는 소문은 듣지 못했는데……."

"세상의 모든 일을 알고 있다고 생각하는 것은 인간의 오만이지."

청담이 천천히 검을 들어 구여분을 겨누었다. 그 순간에도 공묘천과 천양수, 송백환과 천양봉, 독심파파 엄조혜와 묘심사태의 싸움은 계속 이어지고 있었다.

"일이 이렇게 된 이상 피를 보지 않고는 오늘의 일을 끝낼 수 없겠구나! 모두 나서라. 씨를 말린다."

구여분이 살기를 일으키며 말했다. 그의 말에 모가장의 무사들이 일제히 나서 금석촌 무사들을 공격하기 시작했다. 장내가 순식간에 도검의 광채로 가득 찼다. 연이어 피가 터져 나오고, 맥없이 죽는 사람이 생겨나기 시작했다. 양쪽을 모두 합치면 백수십 명이 넘는 숫자다. 그들이 산속에서 벌이는 싸움은 흔히 볼 수 없는 장관이었다.

그러나 구경하는 사람은 몰라도 전장의 한복판에서 생사를 걸고 싸우는 사람들에게는 눈 깜빡할 사이에 이승과 저승이 나뉘는 생사의 결전이다. 모두가 젖 먹던 힘까지 끌어내 적을 상대했다.

그러나 전세는 금세 한쪽으로 기울어졌다. 애초부터 숫자에서는 모가장을 당할 수 없는 금석촌이었다.

일백에 이르는 모가장의 무사들을 겨우 수십 명의 금석촌 무사가 상대하는 것은 불가능한 일이었다.

순식간에 금석촌 무사들이 그들이 통과한 절벽의 험로 쪽으로 몰렸다. 청담 등 일부 고수들에 의해 진영이 완전히 무너지는 것은 막을 수 있었지만 이대로 가다가는 필시 패배를 면치 못할 상황이었다.

상황이 급박해서인지 금석촌의 사람들은 그들이 공터까지 끌고 온 다섯 대의 마차도 챙기지 못하고 놓아둔 채 뒤로 물러나고 있었다. 당연히 다섯 대의 마차는 어느새 모가장의 진영에 들어갔다.

그런데 그렇게 아무도 신경 쓰지 않던 사이 모가장의 무리 속에 놓인 마차가 싸움의 승패를 갈랐다. 전세가 완전히 모가장 쪽으로 기울어졌다고 생각하는 순간 금석촌의 대석수 조자생이 소리 높여 외쳤다.

"지금이다. 모두 나서라!"

순간 모가장의 진영에 남겨두었던 마차의 검은 천막이 걷히면서 그 안에서 수십 명의 무사가 튀어나와 모가장 무사들의 후미를 공격하기 시작했다.

"악!"

"조심해. 기습이닷!"

모가장의 무사들 사이에서 다급한 음성이 터져 나왔다. 그러나 아무리 모가장의 수뇌들이 사태를 수습하려 해도 갑작스런 기습에 놀라 흐트러진 전열과 떨어진 무사들의 사기를 되돌릴 수는 없었다.

"와아아!"

금석촌의 무사들이 거친 함성을 질러댔다. 난전의 승패는 결국 기세에서 결정된다. 일단 기세를 탄 금석촌의 무사들은 일당백의 전사로 변했다.

그들은 뒤로 물러나는 모가장의 무사들을 가차없이 베어 넘겼다. 그 속에는 복묘상도 끼어 있었다.

복묘상의 검이 매섭게 적을 베었다. 그녀의 무공은 금석촌의 무사 중에서도 특출 나서 사내 서넛의 몫을 능히 감당하고 있었다. 그녀의 검에 베어 넘어간 모가장 무사 숫자가 근 칠팔 명에 달했다.

자연히 그녀가 금석촌 무사들의 선두에 나섰다. 그러나 결국 모난 돌은 정을 맞게 되어 있다.

"이 계집!"

한순간 복묘상을 향해 한 중년 사내가 도를 휘둘렀다. 순간 복묘상이 본능적으로 위험을 감지하고 급히 몸을 틀었다.

팟!

복묘상이 재빨리 몸을 피했지만 결국 사내의 도가 그녀의 등을 길게 베고 지나갔다.

"아!"

복묘상이 주춤거리며 뒤로 물러났다. 그러자 사내가 득의한 표정으로 외쳤다.

"갈산은 포기해도 금석촌장 딸년의 목을 베어가면 그로써 족하지."

사내가 살기를 드러내며 복묘상의 가슴을 향해 검을 꽂았다. 등에 큰 부상을 입은 복묘상이 애써 검을 들어 올렸지만 사내의 검을 막을 수는 없을 것 같았다.

절체절명의 순간, 복묘상이 자신도 모르게 시선을 돌려 누군가를 찾았다. 그러자 거짓말처럼 그녀가 찾던 사람이 나타났다.

"멈춰라!"

막 복묘상의 가슴에 도를 찔러 넣으려는 사내의 등 뒤에 한 줄기 바람이 일어나더니 어느새 다가온 청담이 사내의 등에 검을 꽂았다.

"헉!"

사내가 대경하며 신형을 틀며 도를 휘둘렀다. 그러나 청담의 검은 교묘하게 사내의 도를 피해 들어오더니 단번에 사내의 옆구리를 찔렀다.

"악!"

사내가 자신도 모르게 비명을 질렀다. 그러고는 황급히 십여 장 뒤로 물러났다. 순간 구여분이 달려와 사내를 부축했다.

"둘째 공자, 괜찮으시오?"

"으음……. 아무래도 크게 당한 것 같습니다."

사내가 안색이 파래지며 말했다. 그러자 구여분이 망설이지 않고 소리쳤다.

"후퇴한다. 모두 물러나라!"

구여분의 명이 떨어지자 모가장의 고수들이 썰물 빠지듯 물러나기 시작했다.

"쫓지 마라!"

물러나는 모가장의 고수들을 추격하려는 금석촌의 무사들을 조자생이 막았다. 그사이 청담은 검상을 당해 쓰러지려는 복묘상을 안아 들었다. 그러자 복묘상이 눈을 가늘게 뜨며 물었다.

"죽지는 않겠죠?"

"깊기는 하지만 이 정도 상처로는 죽지 않소."

청담이 대답했다. 그러자 복묘상이 미소를 지으며 대답했다.

"좋아요. 그럼 시집은 갈 수 있겠네요."

뜬금없는 말에 청담이 복묘상을 내려다보았다. 그러자 복묘상이 얼른 말머리를 돌렸다.

"그나저나 당신은 큰일 났어요. 일견사 여화적의 팔을 자르고, 모가장의 둘째 공자를 중태에 빠뜨렸으니…… 호호!"

걱정을 하면서도 복묘상이 웃음을 터뜨렸다. 그리고 그 와중에도 청담의 허리를 힘주어 감싸 안는 복묘상이다. 청담은 그런 복묘상의 웃음에 마음이 시원해짐을 느꼈다. 자연히 그의 팔에도 힘이 들어갔다.

＊　　　＊　　　＊

강천궁이 지친 걸음으로 초가로 향했다. 세 채의 초가가 흙 담 안쪽에 옹기종기 서 있다. 저녁 무렵이었으므로 초가의 굴 뚝에서 연기가 피어올랐다.

강천궁의 마음이 한결 편해졌다. 근 삼 년 만에 돌아온 집이 다. 초가에는 그의 늙은 부모와 혼인을 치르고 보름 만에 헤어 진 그의 아내가 기다리고 있을 것이다.

"이제 다신 세상에 나가지 않으리라."

강천궁이 지나온 길을 돌아보며 중얼거렸다. 그런데 그때 문득 그의 귀에 생경한 소리가 들렸다.

"아앙!"

아이의 울음소리다. 그가 집을 떠날 때는 아이가 없던 초가 다. 강천궁이 눈을 크게 떴다. 아이의 울음소리가 좀 더 커졌 다. 순간 강천궁의 얼굴에 아주 오랜만에 웃음이 지어졌다.

"나도 아비가 된 것인가?"

第四章
혈로를 것다

수선경

쪼롱쪼롱!

산새 소리가 물결을 일으킨다. 잔잔했던 호수의 물결이 산새 소리를 따라 멀리 퍼져 나갔다. 아니, 물새 소리인가?

햇살이 화살처럼 대지에 꽂힌다. 그러나 그 햇살의 화살은 어떤 생명도 죽이지 않는다. 오히려 세상의 모든 생명을 어루만지고 그들의 생기를 북돋아 그들에게 삶의 기쁨을 느끼게 해준다.

그 햇살 속으로 살수 타유가 나섰다. 몸의 무게가 왼쪽으로 쏠린 것은 그의 몸을 지탱하고 있는 지팡이가 왼쪽 겨드랑이로부터 시작되기 때문이었다.

"음……!"

타유가 잠시 비틀거렸다. 너무 오랜만에 보는 햇살이다. 그 햇살이 그의 머리를 아득하게 만들었다.

"괜찮아요?"

뒤에서 상목혜의 근심 어린 목소리가 들린다. 타유가 고개를 끄덕이며 뒤를 돌아보았다. 그들이 근 석 달이 넘게 함께 생활했던 동굴 앞에 상목혜도 서 있다.

'아!'

이번에는 다른 이유로 타유가 속으로 탄성을 흘렸다. 그리고 다시 한 번 아득함을 느낀다. 아름다운 여인이다. 외면의 아름다움만이 아니었다. 학식도 풍부하고 의술에도 조예가 깊다. 타유가 살아난 것의 오 할은 그녀의 의술 덕분이었다.

물론 타유의 몸이 사경을 헤매게 된 것은 그녀 때문이니 서로에게 목숨의 빚은 없다. 그러나 맺고 싶은 인연이란 어떤 이유를 대서라도 서로에게 가까이 다가가고 싶어 한다. 그래서 둘은 서로를 각자의 생명의 은인이라 생각하고 있었다.

호금장의 장주 호불을 끌고 갔던 산속에서의 격전은 타유에게 가볍지 않은 상처를 입혔다. 괴고수 흑우저를 상대로 이득을 챙긴 이후 상목혜를 안고 도주하다 날아내린 절벽에서 그는 추격자들이 던진 비도로부터 상목혜를 지키기 위해 스스로 세 대의 비도를 맞았다. 그중에는 치명적인 급소에 꽂힌 비도도 있었다.

더군다나 수십 장 절벽을 날아내려 강에 빠진 이후에는 그 몸으로 추격자들을 따돌리기 위해 억지로 헤엄쳐 준비해 둔 배에 올랐으므로 그의 상처는 더욱 깊어졌다.

그래서 타유는 장장 백 일 동안 걷지 못했다. 우연히 발견한 이 호숫가의 동굴에서 타유는 백 일 동안 누워 있었다. 그런 타유를 상목혜는 정성으로 보살폈다. 타유의 몸은 움직이기는 커녕 살아나기도 어려운 지경이었지만 잡초처럼 강인한 타유의 생명력과 하늘도 감동시킬 상목혜의 지극한 정성 때문인지 기적처럼 이렇게 다시 햇살 아래 두 발로 설 수 있게 되었던 것이다.

"아주 좋구려."

타유가 뒤늦게 대답했다. 그러자 상목혜의 얼굴에 꽃처럼 화사한 미소가 번진다.

"함께 걷겠소?"

타유가 손을 내밀며 물었다. 그러자 상목혜가 조심스레 다가와 타유의 손을 잡았다. 그리고 두 사람은 천천히 호숫가를 따라 펼쳐진 숲으로 들어갔다.

"아름다운 곳이에요."

타유는 상목혜의 부드러운 손의 감촉을 즐기고 있었다.

"당신이 더 아름답소."

타유가 말했다. 그러자 상목혜가 낮게 웃음을 흘렸다.

"호호, 살수도 그런 말을 할 줄 아나요?"

"살수도 사람이지."

타유의 말에 상목혜가 고개를 끄덕인다. 과거 그녀는 아버지인 상섭유의 영향으로 공맹의 도가 머리에 각인되어 있었으므로 사람의 신분에 대한 차별이 제법 뚜렷한 여인이었다. 그러니 살수인 타유에 대한 선입견 역시 없을 수 없었다. 그러나 타유와 함께 호금장을 상대하며 그녀는 타유에게서 과거 상가장을 드나들던 학인들이 갖지 못한 그 무엇인가를 발견했다.

존경할 수밖에 없는 강인한 생명력, 공맹을 몰라도 오히려 상가장이 멸문할 때 고개를 돌린 학인들에 비할 수 없는 신뢰감, 그리고 달콤한 말이 아닌 몸으로 보여주는 애정……. 그 모든 것은 그녀가 상가장에서 경험하지 못한 것들이었다.

거칠지만 그 속에 살수만의 도가 있고, 투박하지만 진심이 담긴 말을 건네는 타유에게 상목혜는 자신도 모르는 사이에 깊이 빠져들었던 것이다.

"저곳이 약산(藥山)이에요."

"날 살린 곳이군."

타유가 시선을 돌려 상목혜가 가리킨 곳을 바라봤다. 검은빛이 도는 산이 그의 눈에 들어온다.

만신창이가 된 타유의 몸을 살린 약재들은 모두 상목혜가 가리킨 약산에서 나왔다. 물론 타유는 말로만 들었지 실제로 보기는 오늘이 처음이다. 그러나 한눈에 보기에도 검은빛이 도는 산은 예사롭지가 않았다.

상목혜는 약산에서 약초를 캐어 타유를 치유하기도 하고 또 가끔씩 호수와 이어진 강을 따라 내려가 작은 산촌마을에 들러 양식과 약초를 바꿔오기도 했다. 과거의 상목혜라면 상상할 수 없는 일이었지만, 지금은 그 모든 것을 아주 능숙하게 해내고 있는 그녀였다.

"다음에 올라가요."

"그럽시다. 오늘은 무리겠구려."

"지팡이를 버린 후에 올라가요."

"후후, 지팡이를 버리는 일이 가능할까?"

"당연히요."

상목혜가 힘주어 말한다. 그런 상목혜에게 타유가 놀리듯 물었다.

"당신은 내가 무슨 일이든 다 해낼 수 있는 사람인 줄 아는 모양이구려. 이렇게 병신이 되었는데도 말이오."

"당신은 다른 사람과 달라요."

상목혜가 힘주어 말했다.

"뭐가 다르지?"

"당신은… 아주 강한 사람이에요."

상목혜의 확신은 맞았다. 처음 햇살 속으로 걸어 나온 이후 타유의 몸은 빠르게 회복되어 갔다. 물론 그 이유 중 하나는 타유가 어려서 겪은 살법 수련이었다.

살법의 수련이란 사람으로서 견딜 수 없는 상황을 견뎌내게 하는 수련이다. 그리고 몸을 수련하기도 하지만 그것보다는 마음을 수련하는 것이 더 큰 비중을 차지하는 것이 살수의 수련이었다.

그 수련을 이겨낸 경험은 타유가 몸을 회복하는 데 큰 도움을 주었다. 근육과 힘줄이 찢어지는 고통 속에서도 타유는 몸을 움직였다. 그리하자 타유는 처음 걸음을 걸은 후 보름 정도가 지났을 때 지팡이를 버렸다.

그리고 상목혜와의 약속대로 약산 오르기를 시도했다. 그러나 타유가 처음 오른 높이는 겨우 삼십여 장에 지나지 않았다. 그러나 모든 일은 시작이 어려운 법이다.

일단 약산을 오르기 시작한 이후 타유는 매일 약산을 찾았다. 물론 언제나처럼 상목혜가 그의 뒤를 따랐다. 그렇게 다시 한 달여가 지나자 타유는 드디어 약산의 정상에 도전할 만큼 몸이 회복되었다. 그리고 그즈음 타유가 다시 손에 검을 들기 시작했다.

"헉헉!"

타유의 귀에 뒤를 따르는 상목혜의 거친 숨소리가 들린다. 이젠 타유의 체력이 상목혜를 넘어서고 있었다.

"힘드오?"

타유가 고개를 돌려 상목혜에게 손을 내밀며 물었다. 그러자 상목혜가 타유의 손을 잡고 솟아 오른 바위로 올라서며 말했다.

"쉬었다가 가요."

"그럽시다."

타유가 고개를 끄덕였다. 그러고는 평평하고 너른 바위 위로 올라가 엉덩이를 붙이고 앉았다. 상목혜가 그의 곁에 앉자 타유가 대나무 통에 담아 온 물을 상목혜에게 건넸다. 상목혜가 목이 마른지 물통을 열어 몇 모금 물을 마셨다. 그러고는 물통을 타유에게 다시 넘겨주었다.

타유도 물통을 받아 들고 한 모금 물을 마신 후 마개를 닫았다. 살법을 수련할 때부터 물 없이 수일간 견디는 방법을 수련한 터라 타유가 물을 마시는 양은 항상 적은 편이었다.

"정말 경치가 좋지요?"

상목혜가 두 팔로 무릎을 안으며 물었다. 그런 그녀의 모습이 아이 같아 타유가 살며시 미소를 짓는다.

"내가 본 곳 중 가장 좋은 경치요. 아니, 아니군. 고려 땅의 그 풍악산은 정말 대단했지."

"고려도 갔었어요?"

상목혜가 놀란 눈으로 물었다.

"어? 말하지 않았었나? 사실 당신을 만났을 때 난 막 고려에서 돌아오는 길이었다오."

"아, 그러고 보니 처음 만났을 때 들은 거 같기도 하네요. 그런데 고려엔 무슨 일로……."

상목혜가 무심코 묻다가 이내 입을 다물었다. 살수가 원행을 하는 이유야 당연하지 않은가. 누군가를 죽이기 위해 고려에 갔을 것이란 걸 뒤늦게 깨달은 것이다. 상목혜가 어색해하자 타유가 오히려 큰 목소리로 대답했다.

"뭐, 살수가 그곳까지 갈 때야 당연히 사람을 죽이기 위해서

였소. 그런데 그곳에서 내 인생이 크게 변했지."

"어떻게요?"

상목혜가 다시 호기심을 드러낸다.

"그곳에서 괴상한 중을 만났기 때문이오."

"스님이요?"

"맞소. 사실 난 고려에 한 명의 고승을 죽이러 갔었소. 물론 나 혼자 간 것은 아니었지. 천살문주를 포함해 천살문 최고의 살수 열이 함께 갔소. 그런데 그곳에서 난 천살문주에게 배신을 당했소. 난 홀로 그 노송에게 던져졌고 문주와 다른 살수들은 사라져 버렸지. 뭐… 결과야 뻔한 것이고."

타유가 천살문주와 자신 사이에 있었던 일을 입에 올리는 것은 오늘이 처음이었다.

"그 스님을 죽이지 못했군요."

"후후, 당연한 일이오. 아마 천하에서 그를 죽일 수 있는 사람은 없을 거요. 애초에 불가능한 살행이었던 거지."

"그런데 왜 그런 일을……?"

"나도 이유를 잘 모르겠소. 내가 천살문주를 찾으려 한 것도 바로 그 이유를 알기 위해서였소."

타유의 말에 상목혜가 조금 우울한 표정으로 말했다.

"우린 모두 누군가에게 복수를 해야 하는 사람들이군요."

"기분 좋은 일은 아니지."

타유가 고개를 저었다. 그러자 상목혜가 뭔가를 곰곰이 생각하다가 고개를 흔들며 밝은 목소리로 물었다.

"그런데 그 스님에게선 어떻게 살아오셨어요? 그 스님이 그렇게 대단한 고수라면 당연히……."

"그 중은 참 괴이한 자였소. 묵철이라는 법명을 썼는데 그를 아는 이들은 그를 신선 모시듯 했지. 날 대하는 그의 태도도 특이했소. 내가 자신을 죽이려 했음에도 그는 마치 집 나간 아들이 돌아온 듯한 태도로 날 대했소. 자신을 죽이려던 사람의 무공도 살펴보아 주고. 덕분에 난 새로운 무공의 세계를 보았소. 그래서 본래 불법을 닦은 고승들은 다 그런가 하고 생각했었는데 결국 내게 일을 맡기더구려."

"스님이 청부를 해요?"

상목혜가 놀란 표정으로 물었다. 살수에게 맡길 일이란 결국 사람을 죽이는 일이다. 그런데 불법을 추구하는 스님이 그런 일을 했다고 하니 놀라지 않을 수 없었다.

"청부는 아니고……. 자기 말로는 부탁이라고 했지. 뭐 날 놓아주는 대가이니 단순한 부탁은 아니었소. 하지만 그렇다고 사람을 죽이는 일은 아니었소. 물론 그 일로 제법 많은 사람이 죽기는 했지만 그건 그들이 내가 지키려는 사람을 죽이려 했기 때문이지."

"아, 사람을 지키는 일이었군요."

"맞소. 사람을 지키는 일이었소. 고려의 왕이 원 황제의 미움을 받아 게양으로 귀양을 오게 되었는데 그를 지키는 일이었소. 뭐, 그런 자가 왕일까 싶은 파락호였는데 그래도 충신 몇이 함께 따라왔지. 오면서 수많은 살수가 그자를 노렸는데 나와 고려의 무사 한 사람이 그들을 막아냈소. 청담이라는 친군데……. 흐흐, 내 생전 처음으로 제대로 사귄 친구였소."

"그 청담이란 무사요?"

상목혜의 물음에 타유가 기분 좋은 얼굴로 고개를 끄덕였다. 한편으로는 아무것도 내세울 것이 없었던 자신에게도 청담과 같은 무사가 친구로 있다는 것을 말할 수 있어서 우쭐해 보이기도 했다. 그 모습이 우스워서 상목혜가 나직하게 미소를 짓는다. 그러자 금세 겸연쩍어진 타유가 재빨리 말을 이었다.

"청담 그 친구도 사실 그 중의 제자 아닌 제자였는데……. 서로의 관계가 참 이상한 사이였지. 아무튼 우린 그 왕이란 자를 악양까지 데리고 왔는데 그만 그곳에서 왕이 죽어버렸소. 뭐, 나와 청담 그 친구의 실력이 부족해서가 아니라 조심하지 않아서인데……. 귤을 먹고 죽었단 말이오. 그게 귤에 독이 있었는지는 확실치 않지만 사연이 있는 것은 분명하지. 우리가 그것까지 막아줄 수는 없었소."

"기이한 일이군요. 안됐어요. 먼 이국에서……."

그래도 상목혜는 죽은 왕이 불쌍한 모양이었다. 그러자 타유가 고개를 저으며 말했다.

"개중 일부 맹목적인 충신들이야 그를 불쌍히 여길지 모르지만 고려의 백성들은 춤을 추며 좋아할 거요. 말이 왕이지 망나니나 다름없었으니까. 아무튼 그것으로 내가 그 묵철이라는 중과 맺은 약속은 끝이 났소. 약속이 끝이 났으니 고려로 갈 필요는 없고, 이젠 천살문의 문주와의 일을 매듭져야 했소. 그래서 난주로 온 것이오. 만약 천살문주를 찾을 생각이 아니었다면 청담 그 친구와 함께 금석촌에 남았을 거요."

"청담이란 사람은 고려로 돌아가지 않았나요?"

"뭐, 누굴 찾는다는 것 같던데……. 자세한 것은 모르오. 친구라도 나와 좀 다른 부류라 말을 쉽게 하기 어려운 사람이라오. 우리 둘은 함께 여행을 하며 사천까지 왔는데 그곳에서 그가 그만 병에 걸렸소. 해서 그를 금석촌이라는 곳에 남겨두고 나만 난주로 오게 된 것이오."

약산의 풍관에 대한 감탄으로 시작된 이야기는 타유가 먼 고려까지 다녀오게 된 전말을 모두 이야기하고 나서야 끝이 났다. 상목혜는 비록 타유의 살행이 고단한 일이기는 했으나 그 여행에 제법 흥미를 느끼는 모양이었다. 그도 그럴 것이 가문이 멸문하기 전에야 상목혜의 세상은 난주 상가장이 전부였다.

"재미있는 이야기였어요."

타유의 말이 끝나자 상목혜가 말했다. 그러자 타유가 부드럽게 물었다.

"여행을 하고 싶소?"

"그게 평생의 소원이었지요. 하지만 아버님이……. 아……."

상목혜가 나직하게 탄식을 흘렸다. 잠시 잊고 있던 가문의 혈원이 다시 생각났기 때문이었다. 거의 이뤄질 뻔했던 복수가 호금장의 이총관 송자섭과 흑우저라는 괴고수가 나타나는 바람에 실패한 것이 지금 생각해도 안타까운 일이었다. 그렇다고 이제 와서 다시 그 복수의 길을 나설 엄두가 쉽게 나지도 않았다. 그런 상목혜의 심사를 읽었을까. 타유가 무거운 음성으로 말했다.

"그 호가 부자 말이오."

"호불과 호중자요?"

"그렇소. 아마 그들이 살아는 있겠지만 처지가 무척 비참할 것이오."

타유가 백 리 밖에 있는 그들의 삶을 눈으로 본 듯 말했다.

"그들이 왜요?"

"음, 두 가지 이유 때문이오. 하나는 나 때문이고 다른 하나는 바로 호금장의 둘째 총관 때문이지. 송자섭이라는……."

타유가 두 가지 이유를 들었지만 상목혜는 그 두 가지 이유가 왜 호불 부자를 비참하게 만들 것이라는 건지 이해할 수 없었다. 상목혜가 의문 가득한 눈으로 타유를 바라봤다. 그러자 타유가 차분한 목소리로 말을 이었다.

"첫 번째 이유, 즉 나로 인한 것은 내가 그들을 점혈했던 점혈법에 그 이유가 있소. 나의 점혈법은 천살문의 독문 점혈법이오. 강호의 일반적인 점혈법과는 무척 다른 점혈법이라오. 보통의 점혈법은 혈도를 눌러 잠시 몸의 기능을 멈추게 하는 것이지만 천살문의 점혈법은 그 안에 살기를 품고 있다오. 사람을 죽이기 위해 만들어진 점혈법이란 말이오. 그래서 일단 점혈이 되면 혈도에 큰 손상을 남기게 되오. 물론 그런 효과를 보기 위해서는 시간이 꽤 필요하긴 한데 그들이 사당에 잡혀 있던 시간이 길고 그 점혈을 풀 인물이 그곳에는 없었소. 그러니 그들이 장원으로 돌아가 어찌해서 혈도를 푼다 해도 몸이 크게 상하게 될 거란 말이오. 아마도… 사지 중 한두 곳은 못 쓰게 되었을 것이오. 운이 나쁘면 사지 모두 그럴 것이고…….”

“아……. 정말 무서운 수법이네요.”

상목혜가 비록 원수에게 벌어진 일이지만 두려운 듯 말했다. 그러자 타유가 고개를 끄덕인다.

“맞소. 무척 무서운 수법이오. 천살문주가 아주 오랫동안 참구해서 만든 점혈법으로 아마도 강호에서 가장 무서운 점혈법일 거요. 문주는 참… 독한 사람이었지.”

타유가 문득 천살문주 홍암을 떠올렸다. 속을 알 수 없는 사람, 사람을 감언이설로 속일 때는 인자한 할아비와 같다가도 살수를 전개할 때는 피 한 방울 돌지 않는 냉혈한이 천살문주 홍암이었다.

“두 번째 이유는 왜요?”

상목혜가 송자섭에 대해 물었다.

“송자섭은 호불 부자를 배신했소.”

“배신이요?”

“그날의 일을 잘 생각해 보면 그는 분명 호불 부자를 배신했소. 그날 그가 흑우저라는 고수를 데리고 나타났을 때 그는 다른 호금장의 고수들을 데려오지 않았소. 그건 곧 그가 호금장의 고수들과 따로 떨어져서 움직였다는 것인데 왜 그랬겠소? 더군다나 흑우저 같은 고수를 데려왔다면 당연히 호불에게 먼저 데려갔어야 했소. 그런데 그는 오히려 호불 앞에 나타나지 않고 기회를 엿보다가 호불이 가장 큰 위험에 처했을 때 흑우저를 데리고 나타났소. 그러고는 흑우저를 통해 호불과 거래를 했지. 위기에서 호불을 구해주는 대가로 호불의 재산을 내어주기로 말이오. 그러나 사실 재물만을 원한 것이 송자섭과 흑우저의 본심은 아닐 것이오. 그들은 다른 것을 원하고 있을 거요."

"무엇을요?"

"호금장 자체를 원했을 거요."

"서, 설마……."

상목혜가 믿지 못하겠다는 듯이 고개를 저었다. 그러자 타유가 신중하게 말했다.

"내가 살펴본 바로는 호금장에는 흑우저를 상대할 고수가 없소. 그가 어떤 사람인지는 모르겠지만 무공에 있어서는 난주에서 적수를 찾기 어려울 것이오. 호불 부자가 나의 점혈법에 몸이 상해 거동이 불편해지면 필시 송자섭이 흑우저를 앞세워 호금장을 장악할 것이오. 물론 여전히 호불이 장원의 주인이겠지만 결국 이름뿐인 장주 노릇을 하고 있을 거요."

"아, 그렇다면 비정한 일이군요."

상목혜가 고개를 저으며 말했다. 그러자 타유가 한동안 침묵을 지켰다. 그의 머릿속에 수많은 생각이 오가는 것 같았다. 그러다가 문득 자리에서 일어났다.

"오늘 정상에 가봅시다."

"그래요."

상목혜도 쉬기에 지쳤는지 얼른 타유를 따라 일어났다. 두 사람이 힘을 내 산의 정상을 향해 오르기 시작했다.

산 정상에 오르자 운무가 옅게 깔리기 시작했다. 시야가 점점 가려지며 산 아래 경치를 즐길 상황이 되지 못했다. 운무가 찾아드는 산 아래를 보며 상목혜가 물었다.

"이젠 어쩌실 거죠?"

"어떻게 했으면 좋겠소?"

타유가 되물었다. 두 사람이 같은 생각을 하고 있었다. 약산의 품에 들어 함께 살아간다면 둘은 행복할 것이다. 때가 되면 먼 곳으로 함께 여행을 다닐 수도 있었다.

그러나 또한 두 사람에게는 해야 할 일이 있다. 타유는 천살문주를 찾아 과거의 일을 물어야 하고, 상목혜는 아직 살아 있는 호불 부자에 대한 원한을 갚아야 한다.

그 길로 나선다면 두 사람의 행복은 깨어질 수도 있다. 호금장이 누구의 손에 들어갔든 상관없이, 호금장은 두 사람을 적대시할 것이다. 더군다나 흑우저는 타유에게 한 팔을 잃지 않았던가.

천살문의 문주 또한 그렇다. 그는 후환을 남기는 사람이 아니다. 자신이 배신한 타유가 살아 있다는 것을 알면 필시 타유의 목숨을 끊어 후환을 없애려 할 것이다. 그러니 두 사람이 은원을 해결하러 나선다면 지금의 행복을 포기해야 한다.

"천살문주를 찾지 않으실 수도 있나요?"

상목혜가 물었다. 그러자 타유가 고개를 주억거리다가 퉁명스레 대답했다.

"그가 날 배신하기는 했지만 나로서야 손해 본 것은 없소. 난 살아 있고, 천살문과 그에게서 자유로워졌으니까. 그리고… 아, 뭐, 그러니 사실 원한도 아니고……."

말끝이 흐릿하다. 사실 타유가 천살문주를 굳이 찾으려 했던 이유 중 하나는 천살문주의 딸 홍연 때문이었다. 천살문주에게 배신을 당한 상태에서도 그는 여전히 홍연을 마음에서 떨치지 못하고 있었다. 물론 그녀에 대한 의심이 생겨나기는 했었지만 어쨌든 그의 지난 세월에서 홍연은 빠질 수 없는 존재였다.

그런데 이제 타유는 홍연을 마음에서 지워가고 있었다. 상목혜라는 여인이 곁에 있게 되면서부터 과거 홍연이 그에게 했던 행동들이 진심이 아니었다는 것을 깨달은 타유였다.

홍연은 타유를 좀 더 손쉽게 이용하기 위해 웃음을 건넸을 뿐, 결코 그를 사랑한 적이 없었다. 타유가 행한 살행 중 죽음의 위험을 무릅쓰고 감행했던 살행의 거의 모두에 홍연이 관여되어 있었다. 타유는 홍연이 원하면 지옥까지라도 가서 살행을 완성했다. 그러나 세상의 어느 여인도 사랑하는 사람을 지옥으로 몰아넣지는 않는다. 그것도 수십 번이나…….

홍연에게서 마음이 떠난 이상 천살문주에 대한 증오나 미움도 옅어지게 마련이었다. 어쨌거나 타유는 살아 있고, 상목혜를 만나지 않았던가. 더불어 선승 묵철에게 경지가 다른 무공의 가르침도 받았다. 달리 생각하면 오히려 고마운 일이었다.

"그대는 어떻소?"

자신의 생각을 말했으니 이제 상목혜의 생각을 들을 차례다.

"전…….."

상목혜가 말꼬리를 흐렸다. 사실 그녀의 결심은 타유에 비해 훨씬 어려울 수밖에 없었다. 호불 부자에 대한 원한은 살부지원이다. 아버지를 죽인 자들, 가문을 멸문시킨 자들에게 대한 복수를 포기하는 것은 쉬운 일이 아니었다.

"만약 당신이 원한다면…….."

상목혜가 다시 말꼬리를 흐린다. 두 사람은 아직 정식으로 혼인을 하지 않은 상태였다. 정한수 한 그릇이라도 떠 놓고 맞절을 하고 첫날밤을 보낸 사이라면 상목혜의 결심은 훨씬 쉬웠을 것이다.

호불 부자에 대한 복수가 타유를 위험하게 만들 수 있다는 것을 알기에 그녀는 타유를 위해 자신의 복수를 포기할 수도 있었다. 그러나 두 사람이 아직은 부부가 아니다. 그런데도 상목혜는 타유를 생각하고 있었다.

타유의 가슴에 알 수 없는 감정이 일었다. 평생 누가 자신을 이렇게 걱정해 주었던가. 가문의 혈원을 묻어버리면서까지 자신을 따르겠다는 상목혜다. 타유가 감히 손에 넣기가 두려운 보석을 보는 눈으로 그녀를 바라봤다. 그리고 결심했다. 그녀가 자신의 복수를 포기하고 타유가 원하는 것을 해주려 하듯 그 자신도 그녀를 위해 검을 한 번 더 들기로.

"가서 어찌 사는지나 봅시다."

"예?"

"호불 부자가 예전처럼 떵떵거리고 살고 있다면 그땐 손을 쓰겠소. 물론 예전과 같은 방법은 아니오. 조용히 처리하겠소. 거기까지 끝내고 떠납시다. 이곳은… 좋은 곳이기는 하나 난주에서 너무 가깝소. 혹여라도 추적자들이 붙으면 발각될 위험이 많은 곳이오."

"저 때문이라면 그러실 필요는……."

"살부의 원한이오. 놓아두고 평생을 살기는 쉽지 않을 거요. 그러니 일을 끝내는 것이 낫소. 자, 내려갑시다."

이미 운무가 약산을 모두 뒤덮고 있었다. 이젠 정말 한 치 앞도 내다볼 수 없는 운무다.

타유가 앞에 섰다. 살수에게 어둠은 어머니 품처럼 익숙한 곳이다. 그러니 안개 낀 길이라고 다를 리 없었다.

타유가 앞장서자 상목혜가 조심스레 그 뒤를 따랐다. 그러다가 어느 순간 타유의 옆으로 다가와 그의 팔을 잡았다. 타유가 그런 그녀의 손을 풀어 자신의 손과 맞잡았다.

＊　　　＊　　　＊

　"물럿거라!"

　한 대의 마차가 난주 성내를 질주했다. 시전에 좌판을 펴고 장사를 하던 상인들이 얼른 물건을 거둬들였다. 그 사이로 마차가 바람처럼 빠르게 질주했다.

　"또 호금장으로 가나 보군."

　좌판을 걷었던 상인 하나가 물건을 다시 끌어내며 말했다. 그러자 그의 곁에서 함께 좌판을 하던 늙수그레한 노인이 맞장구를 쳤다.

　"맞는 것 같군. 상의원님인 것 같던데."

　"허허, 사람 팔자는 정말 모르는 거야. 그 대단한 위세의 장주 부자가 이렇게 하루가 멀다 하고 의원을 부르는 팔자가 될 줄 누가 알았을까!"

　"그러게 말일세. 듣자 하니 둘 모두 거동이 편치 않다더군. 거기에 그 아들은 정신도 오락가락한다며?"

　"그자의 정신이야 예전에도 정상은 아니었지. 부녀자 희롱하기, 지나가는 행인 두들겨 패기, 남의 집 재산 빼앗기……. 뭐 어디 제대로 정신이 박힌 놈이었나?"

　"하긴 그래. 아무튼 세상은 참 요지경이야. 그래도 호금장이 잘 돌아가는 것을 보면……."

　"듣자 하니 이총관 송자섭이 호금장의 실권을 모두 쥐고 있다며?"

"그렇다고 하더군. 호금장주 호불이 그에게 모든 권한을 주었다고 하더군. 그래서 다른 총관들도 마치 그를 주군처럼 따른다고 해."

"허어, 참으로 기이한 일이 아닌가? 다른 총관들은 몰라도 일총관 호광은 장주의 동생으로서 송 총관의 명을 따를 사람이 아닌데……."

"그래서 사람들 사이에 소문이 파다하다네. 분명 무슨 곡절이 있을 거라고……. 누군가는 이제 호금장의 주인은 호씨가 아니라 송씨라고도 하더군."

"이크, 말조심하게. 자칫 큰 경을 칠 수 있어."

두 사람이 동시에 주위를 둘러본다. 하지만 그들의 눈에는 그저 지나가는 행인만 보일 뿐이다.

"장사나 하세. 항상 화는 세 치 혀가 부르는 법이지."

"그러세. 호금장이 호씨 것이든 송씨 것이든 우리와는 상관없는 일이지. 자, 운남에서 온 차요! 오래 살고 싶으신 분은 어서 오시오!"

장사치가 지나가는 행인들을 향해 소리치며 장사를 시작했다.

"가가의 예상이 정확했네요."

남장을 한 상목혜가 타유에게 속삭였다. 두 사람은 막 두 장사치가 나누는 대화를 그들 뒤쪽의 골목에서 듣고는 시전 앞쪽으로 나서는 길이었다.

"도대체 송자섭이 데려온 그 흑우저란 자가 누구인지 알 수가 없군."

"맞아요. 그가 비록 고수이기는 해도 혼자였어요. 특히 가게 한 팔이 잘렸구요. 그렇다면 비록 호불 부자가 병신이 되었다고 해도 송자섭을 이용해 호금장을 손에 넣는 것은 쉬운 일이 아니죠. 필시 그 뒤에 다른 누군가가 있을 거예요."

"그렇게 보면 복수는 제대로 한 것 같소."

타유의 말에 상목혜가 고개를 끄덕였다.

"그런 것 같아요. 그들은 지금 아마도 죽음보다 더한 절망에 빠져 있을 거예요. 평생을 이룩한 부와 권력이 고스란히 다른 사람 손에 넘어가는 것을 아무 대책 없이 바라보고만 있을 테니까요. 그것만큼 힘든 고통은 없지요."

"우리 손으로 그렇게 만든 것이나 마찬가지니 결국 당신의 복수는 팔 할은 성공한 거지."

"모두 가가 덕분이에요."

상목혜가 타유를 보며 미소를 짓는다. 그러자 타유가 짐짓 거드름을 피며 말했다.

"하면 상 소저, 그대가 내게 청부를 할 때 한 약속을 지켜야지 않겠소?"

갑작스런 타유의 농에 상목혜의 얼굴이 목까지 붉어졌다. 그 약속이란 곧 상목혜가 타유의 여인이 된다는 의미이기 때문이었다.

"이런 곳에서 그런 말을……."

"허어, 약속을 어길 셈이오? 살수 타유의 무서움을 모르는 군."

"칫, 그만해요. 오늘은 객잔에서 자고 내일은 마차를 구해 떠나요."

"그 전에 가야 할 곳이 있지 않소?"

"어딜요……?"

상목혜가 알 수 없다는 듯 되물었다.

"아버님의 묘소에 들렀다가 가야지 않겠소?"

"아… 그렇군요."

상목혜가 어떻게 자신이 그 일을 잊었을까 하는 당황한 표정을 지으며 고개를 끄덕였다.

"사람들의 이목이 있을 수 있으니 오늘 밤에 다녀옵시다."

"그래요. 호불 부자가 그 지경이 되었다고 해도 호금장 사람들의 눈에 띄어 좋을 것은 없지요."

상목혜가 고개를 끄덕였다.

호르르!

음산한 밤새 소리가 사람의 목을 움츠리게 한다. 상목혜가 타유 옆에 바싹 붙어서며 주변을 둘러보았다.

"숲이 더 깊어진 것 같아요."

"여름이 지났으니까."

타유가 대답했다. 한여름 더위를 먹고 자란 숲은 불과 수개월 만에 전혀 다른 모습으로 변해 있었다. 타유로서야 초행이지만 상목혜는 불과 육 개월 전에 와보았던 곳이다. 그러나 계절이 지나며 변한 길이 그녀에게도 생소했다.

푸드득!

사람의 인기척에 놀랐는지 새가 밤하늘로 솟구쳤다. 그러자 그걸 신호로 숲의 여러 곳에서 동물들이 움직였다.

"혼자라면 못 왔을 것 같아요."

상목혜가 타유의 팔을 잡는다. 타유를 만나기 전 그녀는 옹골진 여인이었지만 지금은 모든 것을 타유에게 의지하는 연약한 여인의 모습이었다. 타유가 그런 상목혜의 어깨를 감쌌다.

"걱정 마시오. 난주 근처니 범은 없을 것이고, 범이 아니면 사람에게 해코지를 할 동물은 없소. 사람이 그들을 놀라게 할 뿐이지. 세상에서 가장 무서운 동물은 사람이지 않소?"

물론 상목혜 역시 그걸 모르지 않는다. 그녀의 가문이 겪은 멸문의 화는 동물은 일으킬 수 없는 일이다. 오로지 사람만이 그러한 일을 한다.

두런두런 말을 하며 이각여를 걷자 두 사람 눈에 다섯 개의 봉분이 보인다.

애초에 만들기도 엉성하게 만들었을 뿐 아니라 지난여름 사람의 손길이 닿지 않아 무덤이라기보다는 그저 잡초 무성한 흙더미처럼 보이는 봉분이다.

"휴……. 돌보지 않아서 엉망이네요."

상목혜게 시무룩한 표정으로 말했다.

"그나마 온전한 것이 다행이오. 호불 부자가 이곳에 분풀이를 했을까 걱정했는데……."

"그들은 이곳을 몰라요."

상목혜가 말했다. 그러자 그제야 타유에게 의문이 생겼다.

"그런데 이 봉분들은 어떻게 만들었소? 설마 목혜 당신이 혼자 만들었을 수는 없을 테고, 더군다나 호금장에서는 당신을 찾으려고 눈에 불을 켜고 있었을 텐데……?"

생각해 보면 상목혜 혼자서 호금장의 눈을 피해 무덤을 만든다는 것은 불가능한 일이었다. 타유의 물음에 상목혜가 한숨을 쉬며 말했다.

"이 무덤을 만드는 데 일 년이 걸렸어요. 그나마 가지고 있던 재물도 모두 썼지요. 난주성 북쪽에 보면 잡인촌이 있어요. 그곳에는 온갖 사람들이 다 모여 사는데 그중에는 죄를 지어 처형된 사람들을 수습해 묘지를 만들어주는 사람들도 있지요. 물론 그 가족들에게 몰래 금자를 받고 하는 일이지요."

"음, 그들에게 일을 시켰소?"

"네. 아버님과 식솔들의 시신은 모두 상가장과 함께 재가 되었기에 겨우 몇 구의 유골만 수습했지요. 다행히 상가장이 적몰된 후로 호불은 장원에 대한 감시는 하지 않아서 은밀히 유골을 수습할 수 있었어요."

"그럼 아버님의 시신을 어떻게 찾았소?"

"아버님께서는 과거 친구분들과 원의 녹을 먹지 않겠다고 단지를 하신 적이 있어요. 그래서 다른 식솔들과 구분할 수 있었지요."

"음, 그랬구려. 그런데 단지를 하셨다니 역시 대단한 기개를 지닌 분이셨구려."

"부러질지언정 굽히지는 않는 분이셨지요."

"그런 분이 나와 같은 사람을 반길까?"

타유가 문득 걱정스런 표정으로 중얼거렸다. 상목혜의 아버지 상섭유가 살아 있다면 살수 사위 같은 것은 엄두도 내지 못할 일이다. 타유의 내심을 읽은 상목혜가 타유의 손을 잡는다.

"아버지도 당신을 기꺼워하실 거예요. 그 일을 겪으면서 서책의 세계만이 전부가 아니란 걸 아셨을 테니까요. 그리고 말로 맺어진 친구보다는 행동과 믿음으로 맺어진 인연의 소중함도 아셨을 거예요. 당시… 난주에서 본 가를 출입하던 학인들은 모두 본 장에 등을 돌렸었지요. 호금장이 무서워 누구 하나 나서서 우릴 도와주지 않았어요. 하지만… 당신이라면 달랐겠죠. 아마도 목숨을 걸고 우릴 도와주셨을 거예요. 그렇죠?"

"그랬겠지."

"그러니 아버지도 당신을 좋아하실 거예요. 무엇보다 목숨을 걸고 딸을 지켜줄 사람을 좋아하지 않을 부모는 없는 법이죠."

상목혜의 말이 타유에게 힘을 준다. 죽은 사람이지만 상섭유를 생각하면 의기소침해졌던 타유가 자신감을 되찾고 상섭유의 묘에 술을 따른다. 그사이 상목혜는 몇 가지 음식을 묘 앞에 펼쳐놓았다.

그렇게 간단하게 상을 차린 두 사람이 말없이 상섭유의 묘에 절을 올렸다. 그리고 연이어 다른 봉분들에도 술을 올리고 절했다.

"아버지……. 조금 오래 떠나 있을 거예요. 그들이 우리를 완전히 잊을 때쯤… 그때쯤 돌아올게요. 제 걱정은 마세요. 제겐… 좋은 사람이 있어요."

상목혜가 타유의 손을 잡았다. 그러자 타유가 아무 말 없이 상섭유의 묘에 가볍게 고개를 숙인다. 그런 침묵이 오히려 미더운 상목혜다.

"가요."

상목혜가 문득 타유의 손목을 잡아끈다.

"좀 더 있지 그러오? 오랫동안 돌아오지 못할 터인데……."

"이별은 짧을수록 좋다고 아버지가 말씀하셨죠. 친구 분들이 떠나실 때 딱 술 석 잔만 드시고 그분들을 보내셨어요."

"음… 그러셨구려. 하긴 틀린 말씀은 아니지. 갑시다."

타유가 이내 고개를 끄덕이고는 상목혜의 손을 잡고 올라온 길을 되짚어 내려가기 시작했다. 일곱 개의 봉분은 금세 다시 어둠과 침묵 속에 남았다. 그러나 침묵은 영원하지 않는 법, 타유와 상목혜가 남기고 간 음식들이 있으니 곧 산짐승들이 나타날 수도 있었다.

그런데 놀랍게도 산짐승이 아니라 달빛이 만들어내는 사람의 그림자가 봉분 위에 드리워졌다.

"아아, 정말로 무서운 사람이 아닌가? 어떻게 타유 저 아이가 언젠가는 이곳으로 올 것이라고 예상했단 말인가?"

상섭유의 봉분 위에 모습을 드러낸 자가 탄식을 흘린다. 그러면서도 훌쩍 몸을 날려 타유와 상목혜가 남기고 간 술병을 집어 들었다. 그러고는 단숨에 서너 모금의 술을 마셨다.

"어, 좋군. 좋은 술이야. 어디 안주도 먹어볼까?"

사내가 제상에 올려놓았던 삶은 닭의 다리를 뜯어 입에 넣는다. 그러고는 며칠 굶은 사람처럼 우적우적 뼈째 씹기 시작했다. 그러다가 목이 마르면 다시 술을 마셨다. 그렇게 밤늦게 거렁뱅이처럼 요기를 한 사내가 상섭유의 묘를 보며 중얼거렸다.

"이보시오. 내가 어찌하면 좋겠소? 보아하니 타유 그 아이가 당신의 사위가 된 것 같은데……. 흐음, 나도 참 곤란하다오. 당신은 모르겠지만 나의 사제는 예전보다도 훨씬 무서운 사람이 되어 있다오. 타유는 내게 그의 행방을 찾아오라 했지만 그는 타유가 살아 있다면 반드시 날 찾아올 것을 알고 이미 날 감시하고 있었단 말이오. 음……. 그리고 내게 타유를 찾아 자신에게 데려오라고 했소. 내 목숨을 걸고 말이오. 그런데 만약 내가 타유를 그에게 데려가면 그는 반드시 타유를 죽일 거요. 아니면… 어떤 약점을 잡아서라도 다시 자신의 사냥개로 만들겠지. 후유……."

사내는 사두 적두랑이었다. 타유가 상목혜의 청부를 대신 가로채며 그의 사부, 천살문주 홍암의 행방을 찾으라고 강요했던 사두 적두랑이 상가장의 비밀스런 묘지에 나타난 것이다.

"망할 놈이, 왜 난주에는 다시 나타나서 날 곤란하게 만드는 거야. 애초에 돌아오지 않았다면 나도 할 말이 있는데…… 그 냥 모른 척 숨겨줘? 떠난다고 했으니 내가 입을 열지 않으 면…… 아니지, 타유가 상 소저와 함께 돌아오면 반드시 이곳 에 들릴 것이란 걸 예측한 사제다. 그가 나 말고 다른 눈을 두 지 않았을 리 없다. 그러니 그를 속일 수는 없어. 아, 정말 곤란 하군."

사두 적두랑이 그 자리에 주저앉아 다시 술을 한 모금 마셨 다. 달무리가 희미한 빛을 뿌려댄다. 그 모습이 모든 것이 불 확실한 자신의 마음 같아 적두랑의 마음이 울적하다.

"젠장. 그냥 떠나 버려? 그러나…… 아, 사제가 속한 그곳 은 너무 무서운 곳인데. 과연 그들을 피해 살아갈 수 있을까?"

적두랑이 흠칫 몸을 떨었다. 생각하는 것만으로 두려운 모 양이었다. 적두랑이 천천히 자리에서 일어났다.

"개똥밭에 굴러도 이승이 낫다고. 내가 군이 그 녀석을 걱정 할 필요가 뭐가 있어. 일을 끝내고 사제에게 한몫 받아 챙기면 그뿐이다. 녀석이 곧 떠난다고 했으니 결국 내일은 만나야겠 군."

사두 적두랑이 들고 있던 술병을 휙 내던져 버렸다. 그러고 는 한 모금의 술도 마시지 않은 사람처럼 곧은 걸음을 옮기기 시작했다.

여행을 준비하는 일은 번거롭기는 하지만 즐거운 일이다.

새로운 길을 간다는 것은 그 자체만으로 사람을 흥분시키는 묘한 매력이 있기 때문이다.

먼저 마차를 준비하고 그 마차 안에 노숙할 경우를 대비해 여러 가지 물건을 차근차근 준비했다. 서두를 길이 아니었기에 마차는 한 마리가 끄는 것으로 족했다.

짐을 싣고 나면 겨우 두 사람이 비집고 들어가 앉을 만한 공간이 남는 작은 마차, 결국 두 사람은 여행의 대부분을 마부석에서 함께 보내게 되리라.

타유와 상목혜는 마치 과거의 모든 짐을 벗어버리는 의식을 치르듯 여행을 준비했다. 준비가 되어갈수록 두 사람은 과거로부터 자유로워졌다. 준비를 끝내고 난주를 벗어나면 완전히 새로운 삶이 두 사람을 기다리고 있을 것 같았다.

그러나 세상의 일이란 것이 언제나 그렇듯 좋은 일에는 마가 끼게 마련이다. 타유와 상목혜에게 그의 출현은 확실히 좋지 않은 징조였다. 타유와 상목혜가 여행을 떠날 준비를 모두 마치고 난주성 외곽의 허름한 객잔에 돌아왔을 때 그가 두 사람을 기다리고 있었다.

"어떻게 여길⋯⋯?"

타유가 곤혹스런 표정으로 물었다.

"반갑지 않아?"

사두 적두랑이 한 손에 술병을 든 모습으로 천연덕스럽게 물었다.

"반갑지 않소."

타유가 무뚝뚝하게 대답했다. 그의 등장이 자신이 계획한 인생의 항로를 엉뚱한 방향으로 몰고 갈 것 같았기 때문이었다.

"이거 서운하군. 난 자네가 한동안 보이지 않아 무척 걱정했는데⋯⋯. 들리는 소문을 모아보면 자네가 호금장에서 일대 혈겁을 일으킨 것 같았는데 그 이후에 보이지 않으니 어찌 걱정하지 않을 수 있겠는가? 그런데 이렇게 살아 있군."

"어떻게 찾았소?"

타유가 물었다.

"난주가 크다고 해도 자네를 발견하는 것은 그리 어렵지 않더군. 난 그때나 지금이나 난주에 죽 있었으니까. 내가 난주를 떠나 달리 갈 곳도 없고⋯⋯. 우리가 약속했던 장소에 나타나지 않아 자네의 행적을 좀 알아보았지. 필시 살아 있다면 난주에 다시 올 거라 생각했네. 내가 그래도 천살문의 주인 자리를 노리던 사람이 아닌가? 그 정도 안목은 있네."

우연이라고 말하는 적두랑의 말을 믿어도 되는 것일까? 상목혜를 알게 되면서 옅어졌던 사람에 대한 의심이 다시 부쩍 솟구친다. 본능이 이자를 멀리하라고 말하고 있다. 타유는 불안함을 느꼈다.

"난 곧 떠날 거요."

"그래? 어디로?"

"아무 곳이나⋯⋯."

"음⋯⋯. 문주의 소식은 궁금하지 않은가?"

순간 타유의 머리칼이 곤두섰다.

"알아내셨소?"

"얼추……."

"어디에 살고 있소?"

타유가 물었다. 그런 그의 옆에서 상목혜가 불안한 시선으로 두 사람을 응시하고 있었다.

"이름을 바꿨어. 신분도 바뀌었더군."

"새로운 문파를 만들었소?"

"그건 아니고 다른 문파에 들어간 것 같아."

순간 타유의 의아한 표정을 지었다.

"문주가 스스로 타문의 사람이 되었단 말이오?"

"그런 것 같네."

적두랑이 고개를 끄덕였다. 그러면서 슬쩍 타유의 안색을 살핀다.

"놀랄 일이군. 비록 살문의 문주이기는 했으나 사부는 자존심이 대단한 사람인데 스스로 타문의 문도가 되다니……."

"뭐, 그만큼 대단한 문파인가 보지."

"사부가 몸을 의탁한 문파에 대해 잘 모르시는 거요?"

"사실 그래서 자넬 급히 찾아온 거네. 오늘 밤 내가 대승을 만나기로 했어."

"추혈랑을 말이오?"

"그래, 공령과 함께 온다고 하더군."

"사후까지……."

"천살칠객 중 다섯 사람은 사제를 따라갔고, 추혈랑과 사후는 따로 떨어져 나온 듯싶더군. 두 사람은… 음, 본래 정분이 났었나?"

적두랑이 타유에게 물었다. 그러자 타유가 고개를 끄덕였다. 천살문이 강호의 살문으로 명성을 날릴 때 천살문에는 칠객이라는 뛰어난 살수들이 있었다.

일객 한뢰를 우두머리로, 독아 두철린, 추혈랑 대승, 손망인, 나찰녀 염희, 사후 공령, 염왕사자 묘당까지, 칠객은 천살문주 홍암에겐 품속의 칼과 같아서 그가 원하는 자라면 누구든 목을 베어 왔었다.

그들의 나이는 각자 모두 달랐는데 타유보다 천살문의 입문 시기가 많게는 수십 년에서 적게도 오 년 정도 앞서는 자들이었다.

"그랬지요. 그 두 사람은 오래전부터 정인이었지요."

"음, 난 몰랐었는데……."

"살수의 연정을 밖으로 드러내는 살수는 없지요."

"하긴……. 아무튼 그 두 사람은 사제와 다른 길을 가기로 한 것 같더군. 사제가 천살문을 폐한 이후 두 사람은 아예 난주를 떠나 절강으로 갔다고 하더라고. 그런데 그들이 며칠 전 난주로 돌아왔네. 해서 내 오늘 그들을 만나기로 했지. 그런데 마침 자네도 난주에 온 것이야. 그래서 함께 그들을 만나자고 온 걸세. 자넨 그들과 인연이 깊지?"

적두랑의 은근한 말투에 타유가 자신도 모르게 고개를 끄덕인다. 적두랑의 말처럼 추혈랑 대승과 사후 공령은 타유와 제법 친분이 있는 사람들이다.

천살문이라는 곳이 애초에 살수들이 모여 만든 곳이기에 문도들이 서로에 대해 특별한 정을 나누는 곳은 아니었다. 살수들은 각자에게 주어지는 살행에 충실할 뿐 문내의 사람들과 어우러져 살아가는 일에는 익숙지 않았다.

그래서 타유도 천살문의 다른 살수들과는 크게 친분이 없었다. 그러나 대승과 공령은 달랐다. 그들은 타유보다 이십여 년 먼저 천살문에 들어온 살수들이었는데 장안의 대부호 명화적을 벨 때 동행한 이후로 제법 타유와 가깝게 지내던 사람들이었다. 그리고 그때부터 타유는 두 사람의 관계를 알게 되었던 것이다.

"그들은 왜 문주를 따라가지 않았소?"

"그거야 나도 모르지. 오늘 만나보면 자세한 것을 알 수 있을 걸세. 문주가 속한 문파가 정확히 어떤 문파인지도 말이야. 아주 대단한 문파라고는 하는데 세상에는 그 실체가 제대로 드러나지 않은 곳이라고 하더군. 하지만 적어도 섬서와 감숙 일대의 무림은 실질적으로 그들 손에 들어가 있다는 말도 있고……."

"이름이 뭐요? 그 문파."

"듣기로 무슨 흑룡문이라던 거 같던데……?"

"흑룡문……!"

"아는가?"

적두랑의 눈빛이 반짝였다. 그러자 타유가 천천히 고개를 끄덕였다.

"고려에 갔을 때 얼핏 문주와 연 사매가 은밀히 하는 말을 들었소. 선사 묵철을 암격하는 일을 청부한 곳이 흑룡문이라는. 그런데 그곳에 몸을 의탁했다? 궁금하구려. 어떤 곳인지."

타유가 흥미를 보이기 시작하자 적두랑의 눈에 생기가 돈다.

"그래그래. 그러니 대승과 공령을 만나보자고. 설혹 두 사람 역시 흑룡문이라는 곳에 대해 잘 모를 수도 있지만, 뭐 상관없지 않은가? 오랜만에 그들을 만나는 일이 나쁠 것은 없지. 이제는 모두 천살문을 떠난 사람들이니 살수로 살 때처럼 조심할 필요도 없고. 아! 자넨 다르군. 듣자 하니 호금장에서는 여전히 자네와 여기 상 소저를 찾고 있다고 하더라구. 음… 그런 면에서는 아주 잘됐군. 마침 두 사람을 만날 장소를 성에서 멀리 떨어진 한적한 곳으로 했거든. 함께 가세."

적두랑이 타유를 충동질한다. 타유가 잠시 생각에 잠겼다. 이제 천살문주를 찾는 일이나 고려에서 당했던 배신을 추궁하는 일은 관심이 없다. 그러나 적두랑이 말한 추혈랑 대승과 사후 공령을 만나는 일은 다르다. 그들과의 인연은 그리 나쁘지 않았다. 그런 사람들까지 피할 필요는 없었다.

"정확히 어디요?"

"성 남쪽 궁한촌의 입구에 있는 객잔일세. 객잔 아래로 작은 선착장이 있어 황하로 들어가는 배를 띄울 수도 있고 동쪽으로는 남쪽으로 이어지는 관도도 있지. 길이 좋아. 가는 데 어려움은 없을 걸세."

적두랑이 제법 자세히 대승과 공령을 만날 곳을 설명했다. 사실 이것은 그들이 살수로 살아오는 동안 자연히 익히게 된 버릇이었다. 살수들은 어떤 장소를 설명할 때는 범인들이 보기에 지나치다 싶을 만큼 자세히 설명하는 버릇이 있었다. 살수에게 지형은 곧 살행의 성패와 생사가 달린 문제기 때문이었다.

"오늘 떠나는 것은 어떻소?"

문득 타유가 상목혜에게 물었다. 아예 오늘 난주를 떠나, 가는 도중에 대승과 공령을 만나보자는 말이었다.

"좋을 대로 하세요."

상목혜는 순순히 동의했다. 그러면서도 상목혜의 표정이 썩 좋지는 않았다. 그녀에게 적두랑이라는 자는 여전히 꺼려지는 자였다. 물론 그녀 자신이 먼저 그를 찾아 청부를 넣었고, 그 인연으로 타유를 만나게 되었지만 타유와 적두랑은 전혀 다른 세계의 사람처럼 그 느낌이 달랐던 것이다.

"하하, 좋아좋아. 두 사람 보기가 참 좋군. 그런 의미에서 내가 뭔가 선물을 해주고 싶은데……. 뭐 필요한 것은 없나?"

"오늘 이후 날 잊어주면 되오."

타유가 퉁명스레 말했다.

"원 참, 매정하기는!"

적두랑이 겸연쩍은 표정으로 중얼거렸다.

의도치 않게 여행이 시작됐다. 타유와 상목혜는 마차 안에 적두랑을 태우고 난주성을 벗어났다. 궁한촌까지는 마차로 두어 시진 거리였기에 도착하면 아마도 한밤중일 터였다. 상목혜는 마부석 타유의 곁에 앉아 있었다. 밤길이라면 마차 안이 편할 수도 있지만 적두랑이라는 사람과 단둘이 마차 안에 머무는 것은 소름끼치는 일이었다.

마차는 빠르지도 느리지도 않게 저녁노을이 지는 관도를 달렸다. 그렇게 거의 반나절을 달리자 산들이 탑처럼 솟아 사방을 에워싸고 있는 마을이 보였다. 관도가 그 중간을 관통하고 있다지만 제법 외진 마을이다.

다행히 마을 뒤쪽으로 흐르는 강은 작기는 하지만 유속이 느려 능히 배를 띄울 만했기에 그나마 사람의 왕래가 있는 듯했다.

구욱구욱!

밤새가 벌써 울기 시작했다. 마을의 초가는 대략 삼십여 호쯤 되었는데 절반은 불을 밝히고 있고 절반은 아예 불도 켜지 않고 일찍 잠자리에 들어 있었다. 그리 풍족한 마을이 아님을 그것으로 알 수 있다.

"객잔은 어디 있소?"

"마을 남쪽 입구."

마차 안에서 적두랑의 큰 목소리가 들린다. 그러자 타유가 좀 더 속도를 높여 단숨에 마을을 관통했다. 그러자 과연 환히

불을 밝힌 객잔의 눈에 들어왔다.

삼 층으로 지어진 객잔은 화려하지는 않지만 단단한 모습을 하고 있어서 제법 연륜이 느껴졌다. 타유가 객잔 앞에 마차를 세웠다. 그러자 적두랑이 홀쩍 마차 문을 열고 밖으로 나왔다. 그사이 객잔 앞에 있던 점소이가 달려와 타유에게 고개를 숙이며 말했다.

"묵어가시게요?"

"사람을 만나러 왔네."

타유가 무심하게 대답했다. 이럴 때는 살수로서 본성이 드러나는 타유다. 그 모습에 점소이가 긴장한 표정으로 대답했다.

"그, 그러시군요. 그럼 안으로……. 마차는 제게 맡기십시오."

점소이의 눈이 타유의 허리에 매달린 검에 닿는다. 곧이라도 타유가 검을 뽑아 자신의 목을 칠 것 같은 위협감을 느끼는 모양이었다.

"부탁하네."

타유가 여전히 무심하게 말을 하고는 걸음을 옮겨 객잔으로 향했다. 그런데 세 사람이 막 객잔에 들어가려는 순간 문득 적두랑이 입을 열었다.

"아참, 내 정신 좀 보게."

"무슨 일이 있소?"

타유가 적두랑을 돌아봤다.

"자네도 추혈랑이 좋아하는 술을 알지?"

"홍주 말이오?"

"그래, 홍주. 그 홍주를 사와야 하는 걸 잊었어."

"설마 홍주를 구하러 성에 다시 가겠다는 말이오?"

타유가 타박하듯 묻자 적두랑이 오히려 의아한 표정으로 물었다.

"자네 정말 몰라서 하는 소린가? 이 궁한촌이 바로 홍주를 만들어내는 장소 중 하나일세. 난주 인근에서 나오는 홍주 중 이 궁한촌의 홍주가 제일이야. 이각이면 사올 테니 먼저 들어가 있어. 아마 대승이 기다리고 있을 걸세."

"홍주가 나는 마을이라면 객잔엔 홍주가 없겠소?"

그러자 이번에는 마차를 맡아 한쪽으로 끌고 가던 점소이가 대답했다.

"궁한촌이 홍주로 유명하지만 주가에선 객잔에 홍주를 대지는 않습니다요. 이문을 많이 남기기 위해서 자신들이 직접 팔지요. 뭐, 객잔에서 홍주를 굳이 들여놓을 수도 있긴 하지만 주가에서 사오는 값이 시중에 파는 값과 같으니 이문이 남지 않지요. 그러니 굳이 홍주를 객잔에 들일 필요가 없었지요."

"홍주 주가의 위세를 알 만하지?"

적두랑이 마치 자신이 홍주를 만들어 파는 사람인 양 말했다.

"얼른 다녀오기나 하시오."

"흐흐, 알았네. 그럼 먼저 들어가 기다리게."

적두랑이 손짓으로 타유에게 객잔에 들어가기를 권한 후 급히 신형을 날려 어둠 속으로 사라졌다. 그러자 상목혜가 말했다.

"그는 믿을 수 있는 사람인가요?"

"왜 갑자기 그런 말을 하오?"

"기분이 좋지 않아요."

"음……. 그는 믿을 수 없을지도 모르오. 하지만 지금 만나러 가는 두 사람은 믿을 수 있소. 아마 당신도 그들을 좋아하게 될 거요. 살수 같지 않은 사람들이니까."

"알았어요. 들어가요."

상목혜가 미소를 보였다. 타유가 원한다면 자신의 기분쯤이야 상관치 않는 상목혜다.

객잔에 들어서자 묵어가는 여행객들이 식사를 할 수 있는 대청이 먼저 눈에 들어온다. 이십 여 개의 나무 탁자가 놓여 있고 그중 대여섯 군데에 손님들이 앉아 있었다.

타유가 앉아 있는 손님들을 주욱 둘러보았다. 그러다가 그의 시선이 한 곳에서 멈췄다. 탁자에는 지긋한 나이의 남녀 한 쌍이 앉아 있었는데 그들은 벌써 객잔으로 들어온 타유를 바라보고 있었다. 타유의 얼굴에 웃음이 감돈다.

"저 사람들이오."

타유가 급히 걸음을 옮기자 상목혜에게 속삭였다.

"자네……. 정말 타유인가?"

타유가 다가오자 탁자에 앉아 있던 두 사람이 동시에 일어났다. 그리고 그중 중년의 사내가 조금 놀란 표정으로 물었다.

"정말 두 분이 와 계셨군요."

타유가 반갑게 인사를 한다. 그러자 사내의 표정이 조금 묘하게 변했다. 반가우면서도 반길 수 없다는 그런 표정이다. 그러나 타유는 반가운 마음에 사내의 표정을 미처 읽지 못했다.

"정말 살아 있었군."

이번에는 여인이 입을 열었다. 사내와 비슷한 나이로 보이기는 하나 나이답지 않게 수수한 아름다움을 갖춘 여인이다. 그러면서도 한편으로는 칼날처럼 날카로운 기운도 지니고 있다.

두 사람이 바로 추혈랑 대승과 사후 공령이다. 둘 모두 과거 천살문에서 천살칠객으로 살명을 날리던 살수들이었다.

"예전에 그러셨지요. 제가 일찍 죽을 관상은 아니라고."

오래전 장난삼아 추혈랑 대승이 타유의 관상을 보아준 적이 있었다. 그때 대승은 타유가 단명할 상은 아니라고 했었다.

"그렇긴 했지. 하지만, 음… 어떻게 그 늙은 중의 손에서 살아났지? 그의 무공은 천하제일이라 살아남기가 불가능하리라 생각했는데. 물론 타유 자네의 솜씨도 대단하기는 하지만……."

타유가 살아 있는 것이 믿기지 않은 듯한 대승의 표정이다.

"운이 좋았지요. 물론 그는 천하제일의 무공을 지니고 있지만 또한 불가의 사람 아닙니까? 사람을 함부로 죽이는 중이 아니더군요. 물론… 약간의 대가를 치러야 했지만."

"대가라면 뭘 말인가?"

대승이 다시 물었다. 그런데 이번에는 타유가 대승의 질문에 대답을 하지 않고 가만히 대승과 공령의 모습을 살피다가 불쑥 물었다.

"몸이 좋지 않으십니까?"

타유의 질문에 대승과 공령의 표정이 어두워졌다.

"음, 사실 우리는 제법 곤란한 처지에 있네."

공령이 말했다.

"뭐가 문제입니까?"

"그것이… 우린 지금 독에 중독되어 있다네."

순간 타유의 표정이 일변했다.

"어쩌다……?"

본래 살수는 독에 중독되는 일이 드물다. 그건 살행에 독을 쓰는 살수든 독을 쓰지 않는 살수든 마찬가지다. 독을 다루는 일을 배우지 않았다 하더라도 애초부터 살수의 행동이 조심스럽기 때문에 살수가 독에 당하는 일은 흔치 않았다.

"우리가 잠시 방심을 했네."

"누굽니까?"

타유의 얼굴에 노기가 드러난다. 그러자 대승이 고개를 저으며 말했다.

"아주 가까운 사람이지. 자네도 알고 있는 사람이네."

"설마······?"

"자네의 짐작이 맞네. 우린 문주에게 당했네."

"음······."

타유가 무거운 침음성을 흘렸다. 천살문주 홍암이 왜 이들에게 하독을 했다는 말인가. 이들은 그를 위해 수많은 일을 한 사람들이다.

"이유가 뭡니까?"

타유가 금세 침착함을 회복하며 물었다.

"그건··· 우리가 그를 떠났기 때문이지."

"문주 스스로 천살문을 버린 것이 아닌가요?"

"물론 천살문의 문을 닫은 것은 문주 자신이네. 하지만 문주는 천살문의 이름만 버렸지, 천살문의 살수들까지 포기한 것은 아니네. 문주는 우리 모두가 문주를 따르기를 원했네. 그러나 나와 공령은 더 이상 살수로 살기를 거부했지. 어느 한곳에 머무는 것도 싫고. 어차피 천살문의 문을 닫을 것이면 우린 떠나겠다고 했네. 처음에는 문주 역시 우리의 의견을 존중했지. 적지 않은 금자도 내어주고 조촐한 잔치도 열어줬네. 자네에겐 미안하지만 우린 그런 문주가 무척 고마웠지. 그런데······."

대승이 나직이 탄식을 흘렸다. 그러자 이번에는 공령이 대승의 뒤를 이어 입을 열었다.

"여행은 즐거웠네. 살행을 하지 않으니 다시 태어난 것 같았지. 그러다 우린 거의 동시에 우리 몸이 이상하다는 것을 깨달았지. 난주를 떠난 지 근 일 년이 다 되어서 말이야. 그리고 알게 되었네. 우리가 독에 중독되어 있다는 사실을……."

"문주가 절강까지 쫓아온 것입니까?"

"아니. 독에 중독된 것은 난주에서였다네. 떠나기 전날 문주가 열어주었던 잔치가 문제였던 거지."

"이상하군요. 그런데 어떻게 절강에 도착할 때까지 독이 발현하지 않은 겁니까?"

"그게 이 독의 무서움이라고 하더군. 나중에 알게 되었지만 이 독은 은독(隱毒)이라는 것이었네. 오랫동안 독이 발현되지 않아 중독되었는지조차 모르고 지내는 독이지. 그러다가 공력이 약한 자는 육 개월, 공력이 강한 자는 대략 일 년 후에 발현하는데 그때가 되어서는 자신이 언제 어디서 독에 중독되었는지도 모르게 되는 거지. 이 독은… 천살문의 문주에게만 은밀히 전해지는 독이란 것도 나중에 알게 되었다네."

"아……!"

천살문주 홍암의 독함을 알고 있던 타유는 담담했지만 그에 대해 모르고 있던 상목혜는 홍암이 추혈랑 대승과 사후 공령에게 행한 독행을 알고는 나직하게 탄식을 흘리며 몸을 떨었다. 살수의 세계가 비정함을 두 사람을 통해 직접 듣고 나니 새삼스레 두려움이 밀려드는 것이었다.

"그래서 문주에게로 돌아가셨습니까?"

타유가 물었다.

"어쩔 수 없었지. 살아남자면……."

"그런데도 아직 해독약을 구하지 못하셨군요."

"음……. 조건을 달더군."

"다시 돌아왔는데도 말입니까?"

"그렇다네. 문주가 본래 이자를 세게 받는 것은 자네도 잘 알고 있지 않은가?"

대승이 어두운 표정으로 말했다. 그런데 어느 순간부터 대승과 공령의 표정보다 타유의 얼굴이 더욱 심각하게 굳어가고 있었다. 타유의 한 손은 탁자 아래로 내려와 검을 잡고 있었고, 가끔씩 빠르게 객잔의 내부를 곁눈질했다. 물론 상목혜는 그런 타유의 변화를 눈치채지 못하고 있었다. 그녀는 타유의 안색이 변한 것이 단지 대승과 공령에게 벌어진 일 때문이라고 생각하고 있었다.

"늦는군요."

문득 타유가 다시 입을 열었다.

"뭐가 말인가?"

대승이 물었다.

"적 사숙이 홍주를 사 가지고 오겠다고 했는데……. 추혈랑께서 홍주를 좋아하신다면서……. 그런데 늦는군요. 아니면 아예 오지 않으시려는지……?"

타유가 말을 하며 대승을 바라봤다. 대답을 바라는 시선이다. 마치 적두랑이 올지 오지 않을지 대승이 알고 있는 것처럼. 그러자 대승이 한숨을 내쉬며 말했다.

"그는 오지 않을 걸세."

"제 예상이 맞는 겁니까?"

"맞을 걸세."

"문주가 원하는 것이 뭡니까?"

그러자 대승이 고개를 저었다.

"모르네. 다시 자네를 쓰고 싶은 것인지, 아니면… 자넬 죽이려는 것인지. 명은 어찌 되었든 눈앞에 데려오라는 거였네. 살아 있으면 좋고, 죽어도 상관없다고 했는데…….."

"아……!"

상목혜가 그제야 타유와 대승이 하는 말들이 무얼 의미하는지 깨닫고는 낮은 탄식을 흘리며 타유에게 바싹 붙어 앉았다. 두 사람은 지금 호랑이 굴에 들어와 있는 것이다.

팽팽한 긴장이 객잔을 휘어 감았다. 어느새 객잔에 있던 손님들은 모두 사라지고 없었다. 어쩌면 그들조차도 홍암이 동원한 사람들일 수 있었다.

"몇이나 왔습니까?"

타유가 물었다. 그러자 대승이 고개를 저었다.

"충분히 왔네. 자넨 이곳을 벗어날 수 없어. 함께 가세. 문주가 원하는 것이 뭔지는 모르겠지만 적어도 목숨을 빼앗지는 않을 걸세."

대승이 말했다. 그러자 허탈한 표정으로 말했다.

"두 분이 절 함정에 빠뜨릴 줄은 몰랐군요."

"그리 생각하지 말게. 사실 우린 자넬 위하는 마음에서 좋지 않은 몸을 이끌고 이곳에 온 걸세. 만약 우리가 아니라 다른 자들이 왔다면… 자넬 이렇게 편하게 대해주지도 않았을 거네."

듣고 보니 맞는 말이다. 대승과 공령이 아니라 다른 칠객이 왔다면 아마도 타유가 객잔에 들어서는 순간 검을 썼을 것이다.

"고마워해야 하는 건가요?"

"그렇게까지야……. 단지 우리의 처지도 이해해 주길 바라는 거지."

대승의 말에 타유가 무겁게 고개를 끄덕였다. 그러고는 상목혜의 손을 잡고 천천히 자리에서 일어났다. 대승과 공령이 불안한 눈으로 그런 타유를 봤다.

"독에 몸이 상했다면 나와 싸울 몸은 아니겠지요?"

"그렇네. 우린 자네와 싸우자고 온 것이 아니네."

"다행이군요. 두 분을 베지 않아도 되니. 그럼……!"

한순간 타유가 상목혜의 허리를 왼팔로 휘어 감았다. 순식간에 한 덩어리가 된 두 사람의 신형이 문 쪽을 향해 날아갔다. 그러자 갑자기 문 양옆에서 시퍼런 검 두 자루가 불쑥 모습을 드러냈다.

차앙!

맑은 충돌음이 일어났다. 어느새 휘두른 타유의 검이 길을 막는 두 자루의 검을 쳐 냈다. 그러고는 그 반발력을 이용해 허공으로 치솟았다.

쾅!

뒤이어 타유와 상목혜가 있던 자리에 한 자루 창이 둔탁한 소리와 함께 박혀 들었다.

"갈 수 없다!"

허공으로 솟구친 타유가 객잔 이 층의 난간을 발로 찍고 창문을 향해 날아들자 객잔의 천장에서 세 사람의 그림자가 그를 향해 떨어져 내리며 음울한 목소리가 일어난다.

"막으면 죽는다!"

타유의 목소리가 객잔의 무거운 공기를 타고 흐른다. 그의 목소리에 담긴 살기가 그의 품에 있는 상목혜까지 떨게 한다.

팟!

타유의 검이 어둠을 가르자 시뻘건 혈무가 솟구친다.

"큭!"

낮은 신음성과 함께 그를 향해 날아들던 세 명의 살수 중 둘이 중심을 잃고 쓰러졌다. 나머지 한 명이 재빨리 타유의 다리를 베었다. 그러자 타유가 슬쩍 허공으로 치솟더니 무서운 속도로 회전하며 자신의 다리를 베어 오는 자의 머리를 찼다.

픽!

타유의 발에 목덜미를 가격당한 살수가 그 자리에서 고꾸라지며 숨을 거뒀다.

쾅!

살수 셋을 단번에 쓰러뜨린 타유가 등을 밖으로 향해 객잔의 창을 부쉈다. 그의 신형이 상목혜를 안고 객잔 밖으로 튕겨져 나갔다.

"부질없는 짓이야. 이미 문주의 그물이 자네를 옭아맸네."

타유가 살수들과 생사의 결전을 벌이며 탈출을 시도하는 와
중에도 묵묵히 자리에 앉아 있던 추혈랑 대승이 중얼거렸다.
그러자 사후 공령이 어두운 표정으로 입을 열었다.

"이대로 있어도 되는 건가요?"

"그럼 어쩌겠소?"

"하지만 타유 저 아이는……."

"나에겐 타유보다 당신이 중요하오."

대승이 단호하게 말했다.

파파팟!

창을 깨뜨리며 밖으로 튀어나온 타유를 향해 사방에서 암기
가 쏟아졌다. 그러자 타유가 팽이처럼 몸을 회전하며 암기를
쳐 냈다.

따다당!

우박이 쇳덩이를 때리는 듯 요란한 소리가 일어나는가 싶은
순간 타유가 암기의 폭우를 벗어났다. 그러고는 객잔의 남서
쪽에 위치한 숲을 향해 달렸다. 그러자 그를 따라 검은색 그림
자들이 무리를 지어 이동하기 시작했다.

타유를 선두로 움직이는 검은 그림자들이 마치 물속을 이동
하는 물고기 떼와 같았다. 그리고 그 물고기의 가장 뒤에는 한
여인이 서 있었다.

"타유 당신이 감히 날 떠나? 죽어서는 모를까 살아서는 절대 날 떠날 수 없다. 타유 너는 나의 것이야. 영원히……!"

그러자 여인의 곁에서 한 노인이 걱정스레 말했다.

"연아, 그를 살려서 잡는 것은 어려운 일이다."

"절 연이라 부르지 말라고 했죠? 제 이름은 이제 홍연이 아니라 홍조현이에요."

"아, 미안하구나. 조현……."

"가급적 새 이름도 부르지 마세요. 흑룡문에서 전 육기의 기주로 살고 싶어요. 어르신들도 칠객이라는 별호를 버렸잖아요. 그러니 이젠 절 흑룡문의 육기주로 대해주세요."

"음……. 알겠다. 그리하지."

노인이 우울한 표정으로 고개를 끄덕인다.

"무조건 그를 사로잡아요. 팔 하나쯤은 잘라도 돼요. 숨만 붙여 놓으세요. 두 다리는 성해야 해요. 팔은 하나 없어도 살수 노릇을 할 수 있지만 다리는 다르죠."

"여자아이는……?"

"죽여요!"

"알겠네. 육기주!"

노인이 더 이상 말을 하기 싫다는 듯 타유를 쫓아 신형을 날렸다. 그러자 천살문주 홍암의 딸이자 홍연이라는 이름으로 살아왔던 여인이 나직하게 중얼거렸다.

"타유……. 당신은 모습을 드러내는 게 아니었어. 난 당신을 결코 놓아줄 수 없으니까."

한 손이 열 개의 손을 당할 수 없다. 세상의 이치는 거스를 수 없다. 거기에 더해 타유는 상목혜를 안고 있었다. 상목혜는 이제 그가 죽음으로 지켜야 할 사람이다.

타유의 몸 곳곳에서 땀과 피가 흘렀다. 그의 근육들은 지나치게 힘을 쓴 탓에 서서히 감각을 잃어갔다. 상목혜는 줄곧 눈을 감고 있었다. 어느새 그녀는 타유의 등에 업혀 있었다. 두 팔로는 타유의 목을 꼭 감싸 안고 있었는데 타유와 맞닿은 그녀의 몸에도 타유의 땀이 스며들고 있었다.

상목혜는 눈을 뜨고 싶지 않았다. 피의 기억은 한 번으로 족하다. 가문이 멸문할 때 그녀는 그녀의 눈으로 친인들이 죽어가는 것을 보았다. 그것으로 족하다. 이제는 다신 그런 광경을 자신의 눈으로 보고 싶지 않았다. 더군다나 타유의 죽음을 눈으로 보기는 더더욱 싫었다.

타유가 뛰어난 살수라는 점, 아니, 뛰어난 무인이라는 점은 그녀도 충분히 알고 있었다. 그와 함께했던 살수행, 그와 함께했던 몇 개월의 생활을 통해 무공에는 문외한이었던 그녀조차도 타유가 뛰어난 무인이라는 것은 충분히 알 수 있었다.

그러나 그런 타유조차도 오늘의 이 위험을 빠져나갈 수는 없을 것 같았다. 사방에서 달려드는 위협은 끊이지 않고 한 시진째 이어지고 있었다.

잠잠하던 타유의 숨도 이제는 성난 호랑이처럼 거칠어져 있었다. 죽음은 곧 두 사람을 덮칠 것이다. 빠져나갈 수 없는 함정이다. 그러나 이상하게도 상목혜는 두렵지 않았다. 단지 타유의 몸이 검에 잘리고 피가 솟구치는 것을 보고 싶지 않을 뿐, 두 사람의 죽음 자체는 두렵지 않았다. 그와 함께라면 죽어도 상관없는 상목혜였다.

"후욱!"

"이제 그만하자."

타유의 깊은 숨과 한 늙은이의 목소리가 들렸다. 싸움이 멈췄다. 그제야 상목혜가 눈을 떴다.

"아!"

눈을 뜨는 순간 상목혜의 입에서 자신도 모르는 사이에 절망적인 탄식이 흘러나왔다. 타유의 몸을 뒤덮고 있는 피가 그의 상태를 말해주고 있었다.

어디가 어떻게 베였는지, 어디에 암기가 꽂혔는지조차 구분할 수 없을 정도로 피투성이인 타유다.

"난 괜찮소."

타유가 고개를 돌렸다. 그러자 상목혜의 가슴이 금세 진정되었다. 타유의 눈에선 여전히 생기가 흐르고 있었다. 타유의 몸 상태와 상관없이 그의 정신은 온전하다는 의미였다. 생기가 넘치고 침착한 그의 눈을 보는 순간 상목혜는 그에 대한 완전한 믿음이 되살아났다.

"다친 곳은 없소?"

다시 타유가 물었다. 그러자 상목혜가 대답 대신 얼른 고개를 끄덕였다. 사실 그녀도 등 뒤에서 아련한 통증이 느껴지고 있었다. 검에 베었든, 암기에 상했든 적지 않은 상처가 난 것이 분명했다. 그러나 온몸을 피에 적시고 있는 타유에게 어떻게 자신의 상처를 말할 수 있겠는가.

"타유, 네가 날 세 번 놀라게 하는구나!"

문득 맞은편에 서 있던 검은색 옷차림의 노인이 말했다.

"알고 산 지 수십 년인데 놀랄 일이 세 가지나 된단 말이오?"

타유가 퉁명스레 물었다. 목숨을 걸고 싸우는 자 같지가 않다.

"그러게 말이다. 너를 잘 안다고 생각했는데 오늘 보니 하나도 모르고 있었다는 생각이 드는구나."

"뭐가 놀랍소?"

본래 타유는 생사투 와중에 말거리를 하는 성정이 아니다. 그러나 지금은 그에게도, 상목혜에게도 시간이 필요하다. 다행인 것은 상대가 말상대를 해줄 사람이라는 것이다. 일객 한뢰, 천살칠객의 일인으로 천살문에서 문주 홍암을 제외하곤 가장 뛰어난 살수이며 또한 문주 홍암에게는 둘도 없는 친구요, 수하인 자다.

"하나는 네가 선승 묵철에게서 살아 돌아왔다는 것이고, 둘은 오늘 경험한 네 무공이 내가 알고 있던 것보다 몇 배는 뛰어나다는 점이다. 네가 비록 천살문에 있을 때부터 뛰어난 살수이기는 했지만 이렇게 강한 무공을 지니고 있을 줄은 몰랐구나. 그동안 일신의 무공을 감추고 있었던 게냐?"

한뢰의 물음에 타유가 비웃음을 흘린다.

"내가 비록 살수질을 해서 살아온 사람이지만 누구처럼 자신을 감추고 누굴 속이지는 않소. 당신들이 날 고려 땅에 버리고 온 것이 벌써 수년이오. 나라고 어찌 변하지 않았겠소?"

"음……. 그간 무공의 진보가 있었다는 말이군."

"좋도록 생각하시오. 그래, 세 번째 놀란 것은 뭐요?"

"그건 바로 네 옆에 있는 그 여인이다."

순간 타유의 표정도 굳었다. 한뢰가 상목혜에 대해 관심을 갖는 것은 좋지 않다. 지금 이 순간 타유에게 가장 큰 약점은 상목혜였다. 그 혼자라면 어찌 이 자리를 벗어날 수도 있었다. 한뢰의 말처럼 그의 무공은 그가 천살문에 있을 때와는 비교할 수 없다. 선승 묵철의 암살에 실패하고 그에게 사로잡혔을 때 묵철은 그에게 제법 많은 선물을 주었다.

목숨을 살려준 것, 살수로서 살아온 자의 마음에 평온을 준 것, 그리고 그의 무공을 살펴준 것이 그것이었다. 살수 타유가 무인 타유가 된 것은 오로지 그 몇 달, 묵철의 도움 덕분이라고 할 수 있었다.

그러니 오늘 천살문주 홍암의 명을 받아 타유를 잡기 위해 한뢰가 펼친 그물은 사실 타유의 능력을 잘못 계산한 것이었다. 당연히 지금 타유의 능력이라면 어렵지만 이 그물을 찢고 도주할 수 있었다. 그러나 타유에게는 지켜야 할 여인이 있었다. 상목혜, 그녀가 타유의 발목을 잡고 있었고, 한뢰가 상목혜에게 관심을 두었다는 것은 곧 타유의 약점을 정확하게 파악

하고 있다는 의미였다.

"네 마음에 목숨으로 지킬 여인을 둘 줄은 몰랐구나."

한뢰가 다시 말했다. 그는 이미 타유와 상목혜의 관계를 읽어낸 것이 분명했다.

"사람은 변하니까."

"그러나 살수에게 연정은 독이지. 아니, 무인에게도 마찬가지인가?"

"그녀를 보내줄 수 있겠소?"

문득 타유가 의외의 말을 물었다.

"무슨 소리냐?"

"그녀를 보내준다면 문주를 만나겠소!"

"안 돼요!"

상목혜가 단호하게 두 사람 사이에 끼어들었다. 타유가 그녀를 돌아봤다.

"우리 둘 모두 살 수 있는 방법이오."

"아뇨. 둘 모두 죽는 방법이에요."

상목혜가 고개를 저었다.

"그게 무슨 소리요?"

"그들의 약속을 믿나요?"

상목혜가 물었다. 그러자 타유가 뭔가를 곰곰이 생각하다가 고개를 끄덕였다.

"그렇구려. 내가 잘못 생각했소. 세상에서 가장 믿지 말아야 하는 것이 사람의 약속이지."

"그리고 전… 당신과 함께라면 죽음도 좋아요."

"흐흐……. 정말이오?"

타유가 실없이 웃었다. 평소의 그라면 상상할 수 없는 모습이다.

"물론이죠. 다음 세상이 어떨지는 아무도 모르잖아요. 혹시 알아요? 더 좋은 세상이 기다리고 있을지……."

"목혜……. 고맙소. 당신을 만난 것으로 난 이 세상에 태어난 보람을 모두 얻었다오. 나 역시 죽음이 두렵지는 않소. 하지만… 나와 당신의 죽음을 겨우 저런 자들에게 맡기고 싶지는 않구려. 혹여 내가 잘못된다고 하더라도 살 수 있다면 사시오. 그게 날 위하는 일이오."

"그 말이야말로 제가 하고 싶은 말이에요. 당신의 무공이라면 능히 살수들의 포위를 뚫고 살아가실 수 있을 거예요. 저승 구경은 제가 먼저 할게요. 사세요!"

상목혜의 당부가 간절하다. 죽음이 두렵지 않다는 두 사람의 말은 거짓이 아니었다. 두 사람 모두 죽음을 두려워하지는 않는다. 그러나 두 사람 모두 사랑하는 사람의 죽음은 두려워하고 있었다.

"아니, 둘이 아니면 아무 의미가 없소. 일객 어른!"

타유가 신형을 돌려 일객 한뢰를 보며 외쳤다. 이제 쉴 만큼은 쉬었다. 더군다나 상목혜의 마음을 알았으니 더욱 힘이 난다. 할 수 있을 만큼, 두 사람이 생명이 끊기는 그 순간까지는 최선을 다할 생각이었다. 그것이 검 든 자의 숙명이다. 그리고 죽을 때가 되면 미련없이 세상이 떠날 것이다. 상목혜와 함께라면 죽음도 좋다.

"무모한 결정을 내리려느냐?"

"마곡에 처음 들어갔을 때의 가르침이 생각나오."

"무슨 소리냐?"

"어려서 마곡에 들어갔을 때 문주가 이렇게 말했었소. 마곡은 죽이지 않으면 죽는 곳이라고. 또한 죽음을 두려워하지 않는 자만이 상대를 죽일 수 있다고."

"그래서 하고 싶은 말이 뭐냐?"

"흐흐, 오늘 이상하게도 난 죽음이 두렵지 않구려!"

팟!

채 말이 끝나기도 전에 타유의 손이 번개처럼 움직였다. 그러자 그의 손에서 세 개의 암기가 튕겨 나갔다. 암기들은 허공에서 교묘하게 교차하더니 단번에 십여 장을 격하고 날아가 한뢰의 급소를 파고들었다.

"권주를 마다하고 벌주를 마시겠다니 나도 어쩔 수가 없구나. 쳐라!"

한뢰가 아름드리나무를 박차고 신형을 띄워 올려 암기를 피하면서 소리쳤다. 그러자 어둠 속에 숨어 있던 살수들이 다시 뛰어나와 타유를 공격하기 시작했다.

타유가 검을 땅에 박더니 이번에는 두 손을 동시에 흩뿌렸다.

파파팟!

날카로운 파공음이 일어나며 어둠을 타고 날아간 암기들이 타유와 상목혜를 향해 돌진하던 살수들에게 꽂혔다.

"큭!"

몇 마디 둔탁한 신음 소리와 함께 몇 명의 살수가 어둠 속에서 고꾸라졌다. 그러자 타유가 재빨리 상목혜를 둘러업고 다시 숲을 달리기 시작했다. 몇 각의 휴식이 타유의 몸을 다시 본래의 빠르기로 돌려놨다. 타유의 몸이 바람처럼 숲을 가르기 시작했다.

'죽일 생각이 없어!'

타유의 머릿속이 복잡해졌다. 한뢰를 우두머리로 한 추격자들은 자신을 죽일 생각을 하지 않고 있었다. 대신 그들은 상목혜에게는 무서운 살수들을 펼쳤다.

타유가 막는다고 하지만 상목혜의 몸 여러 곳에 상처가 생겨났다. 가끔은 타유가 몸을 틀어 상목혜를 향하는 검과 암기를 대신 맞기도 했다. 그런데 그런 일이 벌어지면 한뢰와 살수들은 급히 손을 거둬 타유의 목숨을 살려주었다.

'살려서 다시 당신의 노예로 쓰겠다는 것인가?'

타유의 마음속에서 분노가 솟구쳤다. 오늘까지 그가 천살문주 홍암을 위해 한 일이 얼마던가. 그는 혈해 속을 살아왔다. 그 피의 바다는 그 자신을 위한 것이 아니었다. 모든 것이 천살문주 홍암을 위한 것이었다.

그게 십수 년이다. 그런데 자신을 배신하고, 자신을 죽음의 덫에 미끼로 던져 놓고 떠난 자가 다시 자신을 피의 바다로 끌어들이려 하고 있었다.

"문주, 그건 내가 용납할 수 없소. 스스로 목숨을 끊을지언정!"

타유의 검이 무섭게 어둠을 갈랐다.

투두둑!

나무와 적이 함께 베어져 나간다. 타유의 무공은 한뢰의 예상을 또 뛰어넘고 있었다. 마치 싸우면 싸울수록 강해지는 것처럼 타유는 살수들의 포위망을 뚫고 있었다.

비록 홍연, 지금은 홍조현이라는 이름을 쓰는 홍암의 딸의 당부로 타유의 목숨을 노리고 있지 않다고 하더라도 그가 상목혜를 업고 살수들의 포위를 뚫어 나가는 무공은 가히 무림의 절대고수에 비할 수 있었다.

타유의 검이 휘저어질 때마다 길이 열린다. 그러나 살수들은 다시 썰물처럼 밀려와 타유의 앞을 막았다. 길을 열고 다시 길을 막는 싸움이 지루하게 이어졌다. 그러면서도 타유는 조금씩 조금씩 전진하고 있었다.

이 전진이 끝나는 순간 상목혜가 죽을 것이란 걸 타유도, 상목혜도 알고 있었다. 그때가 되면 타유도 적의 검이 아니라 자신의 검으로 목숨을 끊을 것이다. 그럼에도 타유는 이 결말이 정해진 싸움을 멈추고 싶지 않았다. 이 혈로는 상목혜에 대한 그의 마음을 증명하는 길이다. 그러니 그에게 이 길의 끝은 없다.

그런데 거짓말처럼 길이 끝났다. 사람이라면 누구라도 거역할 수 없는 힘, 자연의 힘이 그의 길을 막은 것이다.

투툭!

타유의 발에 채인 돌들이 벼랑을 굴러 떨어졌다. 족히 이십여 장은 되어 보이는 절벽이다. 평소라면 중간중간 튀어나온 바위와 잡목들을 의지해 내려갈 수도 있었을 것이다. 그러나 지금 상목혜를 업고는 도저히 내려갈 수 없는 절벽이다.

"타유, 이제 그만하자!"

어느새 따라온 한뢰가 심호흡을 하며 소리쳤다. 그의 눈에 살기가 돈다. 이미 수하들의 죽음이 수십이다. 그러니 한 무리의 수장으로서 그도 노하지 않을 수 없었다.

"먼저 그만둔다면!"

타유가 히죽 웃었다.

"더 이상 길도 없지 않느냐?"

한뢰가 타유의 등 뒤 절벽을 보며 말했다. 그러자 타유가 대답했다.

"길이 왜 없소. 발 디디면 그곳이 길이지. 땅이든 물이든, 혹은 허공이든!"

"죽을 생각이냐?"

"그것도 길 중 하나군."

타유가 심드렁하게 말했다. 그러자 한뢰가 조금은 안타까운 표정으로 물었다.

"삶에 미련이 없느냐?"

"왜 없겠소, 사람인데."

"살 길이 있지 않느냐?"

"후후, 다시 문주의 개가 되란 말이오?"

"문주는 널 죽이지 않을 것이다. 넌 살 수 있어. 지금까지 네가 살아 있는 것이 그걸 증명하지 않느냐? …연이 널 원하고 있다!"

순간 타유의 얼굴이 꿈틀거렸다.

"그녀가 와 있소?"

"어디선가 보고 있겠지. 연이라면 널 지켜줄 거다."

한뢰가 대답했다.

"한때, 사람 죽일 줄만 알았지 세상을 모르던 시기에, 난 그녀가 날 정말 좋아한다고 생각했었소. 문주 또한 나를 진심으로 자신의 후계자로 생각하고 있다고 믿었지. 그러나… 천살문을 떠나 세상과 다른 사람들을 겪다 보니 알게 되더구려. 문주도 그녀도 날 사람으로 대한 것이 아니었다는 것을. 그들은 날 한 마리의 짐승처럼 대했소. 자신들을 위해 검을 들어 피의 바다를 걸어줄 짐승으로……. 이젠 알고 있소. 그들이 날 원하는 것은 다시 나에게 그 길을 걷게 하기 위함임을. 사는 것은 중요하지. 개똥밭에 굴러도 이승이 좋다니까. 하지만… 개똥밭은 몰라도 문주와 그녀가 펼쳐 놓은 피의 바다는 싫소. 더군다나 나의 사람까지 그 길에 서게 하고 싶지는 않아. 죽음이 낫소. 그리고, 호호, 우리 두 사람의 목숨을 한낱 사람 사냥꾼들에게 맡기고 싶지는 않아. 목혜!"

"말씀하세요."

등 뒤에서 상목혜의 가느다란 목소리가 들렸다.

"우리만의 길을 갈 때가 왔소."

"기다리고 있었어요."

"좋소. 영원히 당신과 함께하리다."

툭!

타유가 몸을 날렸다. 망설이지 않고 날린 그의 몸이 상목혜를 업고 절벽을 날았다. 그리고는 순식간에 어둠 속으로 사라졌다.

"독한 놈!"

바람처럼 달려와 절벽 끝에 선 한뢰가 고개를 내밀어 절벽 아래를 살피며 소리쳤다. 그러나 어디서도 타유의 모습은 발견되지 않았다.

"내려가서 살펴라. 이십여 장에 불과한 절벽이다. 죽었다면 시체라도 찾아라!"

한뢰가 명을 내렸다. 그러자 살수들이 절벽을 타고 내려가기 시작했다.

*　　　*　　　*

"무슨 수작이오?"

마차가 서자 타유가 물었다. 몸을 움직일 수 없다. 아마도 여러 군데 뼈가 부러졌을 것이다. 이십 장 절벽에서 뛰어내린 충격은 고수인 타유에게도 만만치가 않았다. 더군다나 상목혜를 보호해야 했으므로 절벽을 떨어져 내린 충격은 온전히 타유의 것이었다.

그런데 죽음을 각오하고 선택한 길이 생로로 이어졌다. 세상일이란 참으로 알 수 없는 것이었다. 절벽 아래에서 사두 적두랑이 마차를 가지고 기다리고 있을 줄이야 누가 상상이나 했겠는가. 더군다나 마치 타유가 절벽을 뛰어내릴 것을 예상이라도 한 듯 제법 푹신한 건초 더미를 절벽 아래 쌓아놓고 있었던 적두랑이다.

타유를 함정으로 끌어들인 사람, 그 적두랑이 다시 타유를 구한 것이다.

"살았으면 된 것 아닌가?"

"이게 산 거요?"

"숨만 붙어 있으면 족한 거지."

"목혜는……?"

"전 괜찮아요."

누워 있는 타유의 얼굴 위로 상목혜의 얼굴이 보인다. 창백한 안색은 그녀 또한 만만치 않은 부상을 입었다는 것을 확인시켜 주지만 타유처럼 온몸을 상한 것은 아닌 모양이었다.

"무사했구려."

"모두 당신 덕분이에요. 그 충격을 혼자 감당했으니 어쩌려고 그랬어요. 설마 혼자 죽으려고 했던 거예요?"

상목혜가 짐짓 투정을 부린다. 그 말 속에 숨어 있는 미안함을 느끼지 못할 타유가 아니다.

"죽지 않고 살아 있지 않소."

타유가 어렵게 얼굴 근육을 움직여 미소를 만들어냈다.

"모두 내 덕이지."

사두 적두랑이 둘 사이에 끼어들었다.

"들어봅시다. 이유가 뭐요?"

타유의 표정이 다시 차가워졌다. 사두 적두랑의 행동을 도저히 이해할 수가 없었다. 그러자 적두랑이 조금은 처량한 표정으로 말했다.

"자넬 그 함정에 밀어 넣고 돌아가려는데 영 마음이 찜찜해. 내가 천살문을 사제에게 빼앗기고 도망치듯 저자로 나와 폐인처럼 산 인생이 수십 년이네. 그런데 이제 다시 사제의 협박에 못 이겨 이런 수치스런 짓까지 해서 살아야 하는가 하는 회한이 들더군. 좀 더 솔직히 말하자면… 아직도 내겐 사제에 대한 경쟁심이 남아 있는 것 같아. 그래서 결심했지. 자넬 살려보기로……."

"날 살리기로 한 사람이 겨우 마차를 끌고 절벽 아래서 기다리고 있었던 거요?"

"음……. 그게 말이야. 막상 그렇게 결심하기는 했지만 그렇다고 내 한 목숨 던져 싸움에 끼어들기는 뭣하더라고. 죽을 자리가 뻔한데. 그래서 자네와 나의 운을 시험해 보기로 했지. 그곳의 지형은 내가 잘 알아. 도주를 하면 결국 절벽으로 몰리게 되어 있지. 또한 절벽에서 적의 칼을 피할 방도는 하나야.

절벽을 내려오는 길이지. 그래서 그 아래서 자넬 기다리고 있었던 거네. 나름대로 타당한 행동이 아닌가?"

"제갈량이 울고 가겠소."

타유가 퉁명스레 말했다.

"흐흐, 단 한 가지만 빼고는 완벽한 계산이었지."

"뭘 잘못 계산했소?"

"설마 자네가 상 소저를 안고 뛰어내릴 줄은 몰랐네. 그래서 내가 준비한 건초 더미가 조금 얇았던 거지. 자네 몸이 이렇게 된 이유고……. 흐흐, 하지만 살긴 살았으니 뭐 이 정도면……."

적두랑이 징그러운 웃음을 흘렸다. 한편으로는 승리의 쾌감을 느끼는 듯도 보였다. 그런 적두랑의 모습이 오히려 타유에게는 처량하게 보였다. 그는 겨우 자신을 살리는 것으로 천살문주 홍암에게 약간의 승리감을 맛보았고, 그걸로 자신의 수십 년 비루한 인생을 보상받았다고 생각하는 듯 보였다.

"여긴 어디요?"

타유가 말꼬리를 돌렸다. 평생 패배자로 살아온 자의 상처를 더 이상 긁어대고 싶지는 않았다. 자신을 함정에 밀어 넣었지만 결국 위험을 감수하고 자신을 도왔으니 잘못은 용서할 수 있다. 이제부턴 앞날을 생각해야 한다.

"사천의 경계네. 쉬지 않고 닷새를 달렸어. 잠도 한숨 못 잤지. 말을 열 번이나 갈았네. 젠장, 그간 모아 놓은 금자를 다 썼어."

적두랑이 투덜거렸다. 타유는 안도의 한숨을 내쉬었다. 사천의 경계라면 당장은 문주 홍암의 추격을 걱정하지 않아도 될 듯싶었다. 그러나 이제부터는 영원히 도망자로 살아야 하리라. 그 삶이 한편으로는 버겁게 느껴진다. 홍암이라는 사람은 결코 자신을 찾는 것을 포기하지 않을 사람이다. 타유가 자신을 공격할 수도 있는 위험을 방치할 사람이 아닌 것이다.

"갈 곳이 있소?"

타유가 물었다.

"난… 아주 멀리 갈 생각이야. 절강, 아니, 광동까지 가서… 남만으로 갈까 해. 그래서 말인데 우린 여기서 헤어져야 할 것 같네. 자넬 데리고 그 먼 길을 갈 수는 없어. 또한 자네를 구하기는 했지만 이제부터는 자네가 스스로 살아야 하네. 자네도 알겠지만 사제의 추적이 있을 거야. 그 무서움은 알고 있지?"

"알고 있소. 그런데 정녕 혼자 가겠소?"

"설마 데려가 달라는 말은 아니겠지?"

"괜찮겠소?"

"쳇! 누가 누굴 걱정하는 거야. 배 한 척 준비했네. 타고 강을 건너게. 마차는 내가 갖고 떠나겠네. 상 소저."

적두랑이 상목혜를 불렀다. 그러자 상목혜가 적두랑을 바라봤다.

"미안하지만 난 여기까지요. 이 친구를 배에 태워주겠소. 그러니 이제부턴 상 소저가 돌보시오."

"그러죠."

상목혜가 냉랭하게 대답했다. 구해준 것은 고맙지만 사지를 쓰지 못하는 병자를 두고 떠나겠다는 적두랑의 심사가 고약하다고 느낀 것이다. 그런 상목혜의 태도에 씁쓸한 웃음을 지으며 적두랑이 타유를 안아 들었다.

"욱!"

부러진 뼈들과 흐트러진 내장들이 아우성을 친다. 그 고통에 타유가 자신도 모르게 신음을 흘렸다.

"괜찮아요?"

상목혜가 얼른 다가왔다.

"이 정도로 죽을 친구는 아니오. 이보다 더한 고통도 능히 견뎠으니……."

타유 대신 적두랑이 대답했다. 그러고는 급한 걸음으로 마차를 떠나 강변에 떠 있는 돛단배로 이동했다. 돛단배에는 약간의 양식과 타유를 눕힐 짐승의 털가죽이 깔려 있었다. 언제 이런 세심한 준비를 했는지 상목혜조차도 조금 놀란 표정으로 적두랑을 바라봤다.

"음……."

부드러운 모피지만 그래도 부러진 뼈를 온전히 받아낼 수는 없다. 타유가 다시 한 번 신음성을 흘렸다. 그러나 일단 눕자 고통은 이내 잠잠해졌다.

"가겠네."

타유를 눕힌 적두랑이 타유를 보며 말했다.

"가시오."

타유도 심드렁하게 작별을 고했다.

"부디 무사하게. 난주 근처엔 얼씬도 하지 말고……. 노파심이지만 절대 사제를 찾아 복수할 생각 같은 것은 하지 말게. 그저 심산유곡에 숨어 상 소저와 행복하게 살게. 가네!"

적두랑이 빠르게 말을 내뱉고는 마치 타유와 상목혜가 자신을 잡을까 두려운 사람처럼 바람같이 마차에 올라 말을 몰기 시작했다.

"이럇!"

적두랑의 날카로운 목소리에 놀란 말들이 마차를 끌고 어둠 속으로 사라졌다. 마치 꿈속에서 일어난 일처럼 그렇게 적두랑이 사라졌다.

"살수들은 정말 매정하군요."

적두랑이 사라진 길을 보며 상목혜가 중얼거렸다.

"그는… 날 위해 떠난 거요."

타유가 말했다.

"그게 무슨 말이죠?"

상목혜가 놀란 표정으로 되물었다.

"그는… 추격자들을 홀로 유인할 거요. 그사이 우린 사천으로 들어가 숨을 수 있겠지."

"아!"

상목혜가 나직한 탄성을 흘렸다. 이제야 적두랑이 왜 혼자 떠났는지 이해하게 된 상목혜다.

"날 데리고 다니면 절대 추격자들을 피할 수 없소. 헤어지는 것이 서로를 위해 좋지. 위험은 그가 더할 거요. 추격자들이 난주에서부터의 도주로를 확인했다면 우리가 마차를 타고 움직인다는 것을 알고 있을 테니 말이오. 그럼에도 그는 쉽게 마차를 버리지 않을 거요. 날 위해 충분히 남쪽으로 간 후 마차를 버리겠지."

"그는… 살 수 있을까요?"

"반반……. 비록 문주에게 패해 천살문을 나왔으나 그의 무공은 천살문 내에서 문주 다음으로 뛰어났소. 그러니 문주가 직접 오지 않는다면 반반이오."

"그는… 무슨 마음으로 이런 일을 한 걸까요?"

"글세, 자신의 존재감을 찾기 위해서가 아닐까 싶소. 평생 패배자로 살고 싶지는 않았겠지. 아무튼… 우리도 갑시다."

"아, 알았어요."

상목혜가 얼른 대답을 하고는 서둘러 노를 젓기 시작했다. 여자가 젓는 노는 힘을 받기 어렵다. 그렇지만 배는 채 이각이 되지 않아 강의 어둠 속으로 사라졌다.

*　　　*　　　*

초가의 툇마루에 앉아 강천궁은 아이가 흙장난을 하는 것을 보고 있었다. 무던한 아이다. 아비와 어미가 돌보지 않아도 혼자서 너끈히 한 시진을 견딘다. 그 모습을 보면 강천궁은 아이가 대견했다. 이제 겨우 두 살, 그럼에도 아이는 무거운 산과 같다. 그래서 강천궁은 아이의 이름을 강검산으로 지었다. 태산 같은 진중함으로 자신과 같은 마음의 혼란을 겪지 않기를 바라며.

오늘도 조정에서 서찰이 왔다, 다시 출사하여 신왕을 보필하라는. 그러나 강천궁은 다신 출사치 않을 것이다. 충신의 삶은 한 번으로 족하다.

第五章 은거(隱居)

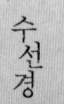

　화려한 불꽃이 밤하늘을 수놓았다. 금석촌이 떠들썩한 잔치로 흥겹다. 마치 춘절의 불꽃놀이를 방불케 하는 화려한 밤이다. 잔치는 금석촌의 촌장 복호인이 손주 백일을 맞아 준비한 것이었다. 늦게 본 외손주에게 푹 빠진 복호인은 친우들로부터 팔불출이라는 소리를 듣는 것을 두려워하지 않고 외손주를 위한 백일잔치를 요란하게 열고 있었다.

　"뭘 하고 있어요?"

　화려한 불꽃이 밤하늘을 수놓은 밤, 그에 어울리지 않게 평상에 촛불을 밝히고 서책을 읽고 있던 청담의 등 뒤에서 복묘상의 목소리가 들린다.

　"왔소?"

청담이 고개를 돌려 복묘상을 맞았다.

"이런 날도 서책이에요? 정말 아이를 아비 없는 자식으로 만들 생각이에요?"

복묘상이 짐짓 눈에 쌍심지를 켜며 말했다. 그러자 청담이 대답했다.

"좋은 할아버지가 있지 않소? 난 장인어른의 기쁨을 뺏고 싶지 않소. 내가 나서면 풍은 장인어른의 손주가 아니라 나의 아들이 되어야 하지 않겠소?"

"호호, 핑계가 좋군요. 사실은 번거로운 것이 싫은 거죠?"

"음……. 역시 당신의 눈을 속일 수 없군. 그래, 잔치는 끝나가오?"

"웬걸요. 아버지는 오늘 밤을 새울 생각이신 모양이에요. 그렇게 예쁠까?"

"풍이 귀엽기는 하지."

"아이고, 당신도 자식 둔 아버지네요. 아들 자랑을 다 하시고."

복묘상이 청담의 맞은편에 앉으며 말했다. 그러자 청담이 정색을 하며 물었다.

"그들은 어떻소?"

"지금까지 특별한 움직임은 없어요. 정말 풍의 백일을 축하하러 온 것일 수도 있지요."

"음……. 만리풍 모가장의 야망이 그렇게 쉽게 꺾일까?"

"갈산의 일 이후에 먼저 화친을 제의한 쪽은 그쪽이에요. 사과의 의미로 선물도 보냈잖아요. 이번에 온 것도 그런 의미가 아닐까요? 갈산에서의 패배로 그들도 강호에서 평판이 많이 떨어졌어요."

"그래서 더 의문인 거요. 떨어진 평판을 다시 회복하려면 패배를 보복 하는 것이 가장 빠른 길인데……."

"아미파의 중재도 무시할 수는 없겠지요."

"하긴 그렇군. 묘심 사태께서 빠르게 움직여 주셨으니."

청담이 고개를 끄덕였다.

"아미파로서도 좋은 일이지요. 이번 일로 강호에 아미파가 건재함을 과시했으니까요. 현 강호에서 만리풍 모가장의 행보를 제어할 문파는 그리 많지 않지요."

"그렇군. 아무튼 아무 일이 없다니 다행이오."

"정말 나가보지 않을 거예요?"

복묘상이 물었다. 그러자 청담이 책을 덮으며 말했다.

"나가봅시다. 아무리 좋은 할아버지가 있다고 해도 부모가 자리를 오래 비울 수는 없는 법이지."

"가요."

복묘상이 청담의 손을 잡아 일으켰다.

청담과 복묘상은 길게 이어진 회랑을 걸어 금석촌의 촌장 복호인의 장원 중앙에 있는 정원으로 향했다. 여전히 가끔씩 불꽃이 밤하늘을 수놓고 있었지만 초저녁에 비해서는 제법 조용해져 있었다.

그런데 두 사람이 막 흥건한 잔칫상이 차려진 정원으로 발을 들이려는 순간 문득 손님으로 보이는 한 여인이 우연처럼 두 사람 앞을 막아섰다.

청담과 복묘상이 여인에게 슬쩍 길을 비켜주려는데 여인이 낮은 목소리로 입을 열었다.

"혹 청담 대협이신가요?"

순간 청담과 복묘상의 눈빛이 반짝인다. 장원의 모든 사람은 청담의 얼굴을 알고 있다. 그런데 이 여인은 청담의 이름은 알아도 얼굴은 모르고 있다. 청담의 얼굴을 알지 못한다는 것은 장원의 사람이 아니라는 의미다. 또한 급히 길을 막고 청담에게 말을 건네는 모습으로 보건대 잔치에 초대된 손님도 아니다.

"맞소. 내가 청담이오. 그런데 소저는 뉘시오?"

청담이 침착하게 물었다. 청담은 여간해서는 당황하거나 화를 내는 법이 없는 사람이다.

"혹, 타유라는 분을 기억하시나요?"

순간 청담의 눈이 번쩍였다.

"타유! 그가 왔소?"

청담이 반가운 기색으로 물었다. 그러자 여인이 얼른 입을 열었다.

"도움이 필요해요."

"그에게 무슨 일이 있소? 그가 위험하오?"

청담이 다시 물었다. 청담을 찾아온 여인은 상목혜였다. 그녀는 사천의 경계에서부터 홀로 부상당한 청담을 데리고 이곳 금석촌까지 온 것이다. 그녀의 몸도 성치 않았으니 그 고난은 이루 말할 수 없었다. 그러나 결국 그녀는 금석촌에 도착했고, 이곳에서 타유의 유일한 친구인 청담에게 도움을 청하려는 것이었다.

상목혜가 주변을 살피며 고개를 끄덕였다. 그 모습만으로도 청담은 타유가 무척 위험한 지경에 처했다는 것을 알아챘다.

"어디 있소?"

"함께 가실 수 있나요?"

"사람들의 눈을 피해야 하오?"

청담의 물음에 상목혜가 다시 고개를 끄덕인다. 그러자 청담이 나직하게 말했다.

"그러면 잔치가 끝나고 갑시다. 주인이 자리를 비우면 사람들이 의심을 할 수 있으니까."

끝나지 않을 것 같던 잔치도 드디어 끝이 났다. 청담은 자정이 훨씬 지난 시간에 거처를 벗어났다. 장원을 벗어난 그를 어둠 속에서 상목혜가 맞았다.

"이쪽이에요."

상목혜의 부름에 청담이 주변을 한 번 살핀 후 그녀 곁으로 다가갔다.

"어서 갑시다."

청담의 재촉에 상목혜가 고개를 끄덕이고는 서둘러 걸음을 옮기기 시작했다.

금석촌은 장강으로 흘러드는 지류가 지나고 있어서 생산한 철을 배를 통해 천하 각지로 보낸다. 그러므로 금석촌 주변에는 항상 적지 않은 배들이 떠 있었다. 상목혜는 청담을 그런 배들 중 한 척으로 데려갔다.

배는 작았다. 겨우 서넛이 탈 수 있는 크기다. 배 위는 검은 천으로 덮여 있었는데 비바람을 피하기 위한 것처럼 보였다.

"이곳이에요."

상목혜가 청담을 배 위로 이끌었다. 그러자 배를 덮은 검은 천이 들썩이더니 생각보다 밝은 음성이 들려왔다.

"왔소?"

"네, 저예요."

상목혜가 대답했다.

"그는?"

"모셔왔어요."

다시 상목혜가 대답을 하자 마른 손이 검은 천을 좀 더 많이 열었다. 그러자 그 안에서 시체와 같은 모습을 한 타유가 나타났다.

"타유, 자네!"

청담이 놀란 눈으로 재빨리 무릎을 꿇고 타유를 부축해 안았다.

"미안하네. 이런 모습으로 찾아와서."

타유가 진심으로 미안한 표정을 지었다.

"그런 소리 마시게. 힘든 일이 있으면 진즉에 찾아왔어야지 이게 무슨 꼴인가?"

청담은 오히려 늦게 찾아온 타유를 타박한다. 그러자 타유가 상목혜를 보며 말했다.

"보시오. 내가 믿을 만한 친구라고 했지? 나완 천성이 달라. 살수와 같은 인간을 친구로 둘 사람은 아니지. 하지만 우린 친구지. 맞나?"

타유가 청담을 보며 물었다. 그러자 청담이 고개를 저으며 대답했다.

"쓸데없는 소리. 자네와 같은 사람은 흔치 않아. 자신이 한 약속을 목숨을 걸고 지켜내는 사람이 그리 많은 줄 아는가? 자넨 좋은 친구야."

"후후, 그리 말해주니 고맙네."

타유가 희미한 미소를 짓는다. 그러자 청담이 급히 타유의 몸을 살피며 말했다.

"먼저 상처를 보세. 아, 이거……! 음……."

타유의 몸을 살피던 청담이 차마 말을 내뱉지 못하고 침음성을 흘렸다.

"만신창이지? 그래도 살아났지."

"얼마나 되었나?"

"상매, 오늘이 며칠째요?"

지난 시간을 가늠할 수 없는지 타유가 상목혜에게 물었다.

"오늘로 정확히 서른일곱 날째예요."

"한 달이 넘었군."

"당장 치료해야겠어. 이대로 두었다가는 큰일 나겠어!"

청담이 타유를 안아 들려 했다. 그러자 타유가 재빨리 청담의 손을 잡았다.

"자네의 거처로는 갈 수 없네."

순간 청담의 표정이 무거워졌다.

"아직도 쫓기고 있나?"

타유가 대답 대신 고개를 끄덕였다.

"누구에게?"

"문주에게 쫓기고 있네."

"천살문주?"

청담이 되묻자 타유가 다시 고개를 끄덕였다.

"그의 짓이었나?"

청담의 얼굴에 노기가 서린다.

"그렇다네."

"그에게 복수를 시도했나?"

"그건 아니네. 난… 복수 따위 중요치 않게 되었어. 생각해보니 그가 날 배신하기는 했지만 그게 아주 나쁘지는 않았었다는 생각이 들더군. 그 덕에 내가 자네 같은 사람과 친구가될 수도 있지 않았나? 가장 중요한 것은 천살문의 살수라는 멍에에서 벗어나게 된 거지. 내 자신을 찾은 거야. 그런데 문주는 나에게 다시 그 멍에를 씌우고 싶은 것 같네."

"고약한 자군."

청담이 씹듯이 말을 내뱉었다. 그 소리에 타유가 빙그레 웃었다. 청담이라는 사람이 내뱉을 수 있는 말 중 가장 거친 표현이 그 정도였다. 자신 같았으면 욕지거리를 한바탕 해댔을 것이다.

"그러게 말이야. 본래 문주가 욕심이 많았지. 하지만 나도 이번에는 양보할 수 없었네. 나에게… 지켜야 할 사람이 생겼어."

타유의 말에 청담의 시선이 자연스레 상목혜에게 돌아갔다. 그러자 상목혜가 새삼스레 고개를 숙여 보인다.

"이 나이에 사람을 얻었네. 그것도 내겐 과분한 사람이지."

타유가 말했다.

"상목혜라고 합니다."

상목혜가 차분하게 말했다. 청담은 이미 상목혜와 몇 마디 말을 나누었지만 지금 자신을 소개하는 상목혜는 다급히 그를 찾아왔을 때와 전혀 다른 느낌이었다. 옷은 남루하지만 기품이 있었고 함부로 범접할 수 없는 기운이 흐른다.

이런 사람이 어떻게 타유의 여인이 되었을까. 청담은 잠시 그런 생각을 했다. 물론 타유를 무시해서 한 생각은 아니었다. 단지 두 사람은 전혀 다른 세계에 사는 사람들처럼 보였기 때문이었다.

"자네 재주가 좋군."

청담이 농을 한다.

"크큭! 청담 자네가 그런 농도 할 줄 아는군. 하하하! 아이구 야."

웃음을 터뜨리다 말고 타유가 가슴을 부여잡는다. 웃음소리에 가슴의 상처가 성을 낸 것이다.

"괜찮나?"

"음… 괜찮네."

타유가 고개를 끄덕였다.

"아주 좋은 분을 만난 것 같군."

청담이 정색을 하며 말했다.

"그러게. 내게도 행운이란 것이 찾아오더군."

"아니에요. 오히려 제게 행운이지요, 당신은!"

상목혜가 나직하면서도 확신에 찬 어조로 말했다. 청담은 그녀의 말에서 그녀가 얼마나 타유를 신뢰하는지를 알 수 있었다.

"그런 자네도 혼인을 했다며? 그 금석촌장의 따님과?"

"그렇게 되었다네."

"듣자하니 오늘이 아이 백일이라고?"

"그렇다네."

청담이 아이 이야기가 나오지 빙그레 미소를 지었다.

"이름이 뭐지?"

"청풍."

"청풍이라……. 자네답군. 바람처럼 자유롭게 살기를 바라는 것이군."

"마음을 읽으니 지기(知己)라. 내 친구가 맞군."

청담이 빙그레 미소를 짓는다. 둘은 기이하게 인연이 된 사이지만 또한 둘 모두 고독한 무사의 길을 걸어온 사람들이기에 성정이 달라도 마음이 맞는 면이 있었다.

"어쩌지? 아이 백일이라는데 이 처지라 선물을 줄 것도 없고……"

"선물은 무슨! 나중에 몸을 회복하고 나서 아이 얼굴이라도 한번 보게."

청담이 고개를 저으며 말했다. 그런데 그때 문득 상목혜가 품에서 무엇인가를 꺼내 들었다.

"이걸 선물하세요."

상목혜의 말에 타유가 의아한 표정으로 물었다.

"그게 뭐요?"

"아버님이 제가 어릴 때 머리를 맑게 하는 것이라면 주신 거예요. 나이가 들어서는 목에 걸기가 남세스러워 그저 품에 품고 다녔죠. 아이에게 좋은 선물이 될 거예요."

"아니, 그러시지 않으셔도……"

청담이 고개를 저었지만 어느새 상목혜의 손에 있던 옥빛 구슬을 단 목걸이가 청담의 손에 들려졌다. 한눈에 보아도 범상한 물건이 아니다.

"이렇게 귀한 걸……"

"아이에게 필요한 물건이니 필요한 사람을 찾아가야죠."

상목혜가 미소를 지으며 말했다. 그러자 타유가 조금 거드름을 피우며 말했다.

"받아두게. 허험! 나도 나중에 청풍에게 할 말이 있어야 하는 것 아닌가?"

"음, 그리 말하니 받긴 하겠네. 제수씨, 고맙습니다."

"아니에요. 처지가 빈궁하니 몸에 지닌 물건을 줄 수밖에 없군요. 혹, 쓰던 물건이라 꺼리시면 아이 목에 걸지 말고 그저 곁에 두기만 하세요."

"아닙니다. 무슨 말씀을!"

청담이 얼른 손을 젓는다. 그 모습을 보며 타유가 크큭거리고 실소를 흘렸다. 청담이나 그나 여인을 대하는 면에서는 미숙한 소년 같은 사람들이다.

"흐흠, 이 사람이 웃기는. 자, 말해보게. 어떻게 도우면 되지?"

청담이 겸연쩍은 상황을 벗어나기 위해서 말머리를 돌렸다.

"음, 몸을 숨길 곳이 필요하네. 가급적 아주 오랫동안 은거할 곳이었으면 좋겠네. 문주의 눈길이 거둬질 때까지. 약재와 생활에 필요한 물건들도 준비해 주면 좋겠네. 물론… 이 모든 것은 은밀하게 행해야 하네. 자네 성정에는 맞지 않겠지만 살수들 간의 싸움이니 이해해 주게. 자네와 나의 관계를 문주는 모르고 있으니 추적자들이 자넬 주시할 일은 없겠지만 만사불여튼튼. 조심해서 나쁠 것은 없지."

"앞뒤 분간 못할 내가 아닐세. 걱정 말게. 보자……. 음, 마침 적당한 곳이 있군."

"그래? 어딘가?"

타유가 반색을 하며 물었다.

"이곳에서 남쪽으로 물길을 따라 이삼 일을 가면 강이 크게 산허리를 휘감아 도는 곳이 있네. 직후에는 거대한 폭포가 있어 사람들이 접근하기 어려운 곳이지. 그 산의 이름이 운룡산이네. 폭포에서 생겨나는 안개가 사시사철 산의 동쪽을 휘감고 있기 때문에 생긴 이름이지. 안개 때문에 습기가 많다 생각할 수도 있지만 또 산의 서쪽 편은 습기가 없어 사계절 온화하니 살기가 나쁜 곳은 아니네. 단지 지금은 쫓기는 중이니 일단은 안개가 승한 곳에 자리를 잡고 몸을 추스르게. 시간이 지나 추격자들이 없음을 확인한 후에는 산의 서쪽으로 거처를 옮기면 될 것 같으이."

"음, 듣고 보니 적당한 곳인 것 같군. 그리로 가지."

"준비를 해야 하니 오늘은 이곳에서 쉬고, 새벽에 배를 몰아 천천히 강으로 나가게. 난 돌아가서 물건들을 준비해 육로로 이동하겠네. 하룻길 지난 곳에서 만나기로 하지. 거기부터는 동행하세."

"그리하세."

타유가 고개를 끄덕였다. 그러자 청담이 상목혜를 보며 말했다.

"제수씨, 배를 천천히 몰아 내려오십시오. 제가 서둘러 움직이겠지만 혹여라도 저보다 앞서 가시면 만나지 못할 수도 있으니."

"명심하겠습니다."

상목혜가 얼른 대답했다.

"그럼, 내일 보세."

청담이 자리에서 일어났다. 그러고는 주변을 살핀 후 훌쩍 배를 떠나 금석촌 쪽으로 사라졌다. 청담이 사라지자 상목혜가 입을 열었다.

"특별한 분 같아요. 보통 사람은 아니죠?"

"잘 봤소. 보통 사람은 아니지."

"어떤 분이죠? 그저 이름만 말했지. 저분에 대해 자세히 말해주지는 않으셨잖아요?"

"음……. 사실 도주를 한 이후에는 가급적이면 그를 찾을 생각이 없었소. 문주의 눈길이 그에게 닿을까 두려웠기 때문이오. 그런데 몸의 회복이 생각보다 더뎌 그를 찾지 않을 수 없었던 거요. 그에 대해 자세히 이야기하지 않은 것은 내 삶에 그를 깊이 끌어들이고 싶지 않았기 때문이오. 그는… 나처럼 검을 쓰지만 나와는 다른 사람이지."

"어떻게요?"

"나는 살수의 검을 쓰지만 그는 장부의 검을 쓰오."

"장부의 검이요?"

"명분이 없으면 검을 들지 않지."

"그렇군요. 역시 당신이 도움을 얻으러 찾아올 만한 사람이었어요."

"그런데 그는 이곳에 완전히 정착한 것인가? 그럴 리가 없는데……?"

타유가 고개를 갸웃했다.

"왜요? 그가 이곳에 정착하면 안 되나요?"

"잠시 머물 거라고는 했지만 가정을 이루고 아이를 낳을 줄은 몰랐소. 그는 찾아야 할 사람이 있는데……."

"누굴 찾는다는 거죠?"

"글쎄, 그건 나도 잘 모르겠소. 선승의 명을 받았다고 했는데……."

"위험한 일인가요?"

복묘상이 불안한 눈빛으로 물었다.

"아니오. 걱정 마시오."

마차에 오르며 청담이 대답했다. 청담을 수행하는 사람은 없었다. 아직 아침 해가 뜨지 않았는데 청담은 홀로 마차에 오른 것이다. 지난 밤 한 여인을 따라갔다 돌아온 후 잠도 자지 않고 분주히 이것저것 물건을 챙긴 청담이었다. 복묘상으로서는 걱정하지 않을 수 없었다.

"무슨 일인지 말해주지 않을 거예요?"

본래 복묘상은 성정이 괄괄한 여인이다. 청담을 만난 후 많이 부드러워졌지만 이럴 때는 본래의 성격이 드러난다. 복묘상도 타유를 기억하고 있을 것이다. 타유가 청담과 함께 금석촌에 머문 것이 꽤 여러 날이었으니 그를 기억해 내는 것은 어려운 일이 아니다.

그러나 청담은 복묘상에게 타유가 찾아온 연유와 그가 운룡
산에 머물기로 한 일을 당분간 말하지 않을 생각이었다. 혹여
라도 추격자가 있을 경우 타유의 행보를 아는 사람이 적으면
적을수록 좋았다.

　"돌아와서 말해주겠소."

　청담은 한번 고집을 부리면 꺾을 수 없는 사람, 복묘상이 한
숨을 쉬며 말했다.

　"알겠어요. 조심해요. 닷새면 되죠?"

　"닷새 안에 돌아오겠소."

　청담이 고개를 끄덕였다. 그러자 복묘상이 시원하게 말했
다.

　"좋아요. 다녀오세요. 가세요! 타유 대협께도 안부 전해주
시고요."

　"고맙소!"

　청담이 마차를 몰기 시작했다. 마차는 금세 장원을 벗어나
새벽길을 따라 사라졌다.

　"훠이훠이!"

　강물이 호수처럼 잔잔하다. 새벽이라 바람이 일지 않는 강
에 작은 배를 끌고 나와 그물을 내리는 어부들이 보인다. 그들
이 다가오는 배를 향해 손짓을 한 이유는 자신들이 내린 그물
쪽으로 가지 말라는 말일 게다.

　상목혜가 힘껏 노를 저어 방향을 틀었다. 바람이 없으니 오

직 노를 젓는 것으로 배를 움직여야 했다. 상목혜의 이마에 땀이 맺힌다.

"미안하오."

가녀린 체구에 땀을 흘리며 노를 젓는 상목혜를 보고 타유가 말했다.

"웬걸요. 재밌어요."

상목혜가 타유를 돌아본다. 그녀의 얼굴을 보니 타유의 마음이 더욱 안 좋다. 이런 삶을 살 여인이 아니다. 도주하고 있는 와중에도 정갈함을 잃지 않는 그녀다. 어둠을 타고 다녀서인지 얼굴은 더욱 희게 보인다.

자신과는 어울리지 않는 여인이라는 생각이 다시 한 번 든다. 그러나 결코 놓치지 않을 것이다. 이제 그는 그녀에게서 벗어날 수 없다. 그의 삶은 온전히 그녀의 것이 되어버린 것이다.

그녀를 처음 안던 날, 그는 마치 세상에서 가장 귀한 물건을 깨뜨려 버린 것 같은 죄책감에 시달렸었다. 서로의 마음이 하나가 되어 이뤄진 일이지만 살수로 살아온 그의 손이 그녀의 순결한 몸을 만지는 순간 기쁨보다 두려움이 앞섰던 타유다. 물론 그녀는 그런 타유의 마음을 어루만지고 위로하고는 그의 여자가 되었다. 그러나 그 이후로도 문득문득 떠오르는 죄책감을 타유는 지울 수가 없었다.

"배가 다가와요."

타유의 상념을 상목혜의 긴장한 목소리가 깼다. 타유가 힘겹게 몸을 들어 새벽 강을 살피니 과연 한 척의 배가 빠르게 두 사람이 탄 돛단배를 향해 다가오고 있었다.

"걱정 마시오. 그 친구요."

타유가 상목혜를 안심시켰다.

"어떻게 알죠?"

"살수의 눈은 밝다오. 몸은 상했지만 눈은 괜찮소."

타유가 짐짓 농을 하며 긴장한 상목혜의 마음을 풀었다. 그 사이 두 사람 가까이 다가온 배에는 과연 청담이 타고 있었다.

"다행히 만났구만!"

청담이 훌쩍 몸을 날려 타유가 타고 있는 배에 올랐다.

"와줘서 고맙네."

"내가 오지 않을 거라 생각했나?"

"아니, 내가 자네를 아는데 어찌 그리 생각했겠나? 그러나 오기 힘든 길이었을 거란 건 알지."

"걱정 말게. 본래 세상이란 게 한 걸음만 내디디면 천 길 낭떠러지 아닌가? 집에 있든 나와 있든 세상사 알 수 없는 것은 마찬가지. 자넬 만나러 오는 것이 특별히 위험한 일은 아니네."

"나야 그런 유식한 말은 모르겠고. 어쨌든 고맙네."

"그럼 나중에 술이나 한잔 사든지. 자, 가세. 배를 옮기세. 이곳에서 이 배를 떠내려 보내는 것도 좋겠지."

청담의 말에 타유가 고개를 끄덕였다. 혹여라도 추격자가 있다면 지금 배를 버리는 것이 좋다. 청담이 타유를 안아 들었다.

"윽!"

타유가 고통에 신음을 흘린다.

"잠시 참게."

청담이 몸을 날렸다. 그러자 그의 신형이 타유를 안고 가볍게 건너편 배로 건너갔다. 뒤를 이어 상목혜가 스스로 배를 갈아탔다. 모두 다른 배로 건너오자 청담이 타유와 상목혜가 타고 있던 배를 밀어 멀리 떠내려 보냈다.

주인을 잃은 배가 정처없이 강물을 따라 흐르기 시작했다. 그 모습을 보며 상목혜는 자신과 타유에게 한 세월이 지나갔음을 깨달았다. 배가 떠나자 이상하게도 안도의 숨이 내쉬어졌다. 마치 이젠 과거의 모든 혈원과 살업에서 벗어난 것처럼……

*   *   *

"참 이상한 일이죠?"

복묘상이 청담의 어깨에 기대어 입을 열었다. 그녀의 시선은 초여름으로 들어서는 호수에 닿아 있었다. 호수 물은 아직 얼음처럼 찼지만 그곳에서 한 아이가 때 이른 물놀이를 하고 있었다.

"그러게 말이오. 신기한 일이오."

"몸에 이상이 있는 것은 아닐까요?"

복묘상이 걱정스레 물었다.

"내가 살펴본 바로는 전혀 이상이 없소. 의원들도 마찬가지고……."

"그럼 어떻게 물질을 배우지도 않은 녀석이 저렇게 물에 떠 있을 수 있는 거죠?"

복묘상이 물었다. 그러고 보니 과연 물놀이를 하고 있는 아이는 손발을 움직이지 않아도 물에 빠지지 않고 마른 나무토막처럼 둥둥 떠 있었다. 기이한 일이 아닐 수 없었다.

"물을 무서워하지도 않소. 어려서부터 목욕을 시켜주면 그토록 좋아하지 않았소?"

"그러게 말이에요. 물의 기운을 타고난 아일까요?"

"물의 기운이라……. 음……."

청담이 침음성을 흘렸다. 표정이 그리 밝지는 않다.

"물의 기운을 타고난 것이 문제가 될 수도 있는 건가요?"

"그건 아니오. 수기(水氣)를 타고 났다고 해서 문제가 될 것은 없지. 오히려 무공을 수련하면 다른 아이들보다 그 진보가 훨씬 빠를 것이요. 천성 또한 모나지 않고 유하겠지."

"그런데 왜 표정이 그래요?"

복묘상이 의아한 표정으로 물었다. 그러자 청담이 무거운 목소리로 대답했다.

"본래 특별한 기운을 타고난 아이는 특별한 운명을 살게 마련이오. 난… 풍이가 평범하게 살아가길 원하오. 거침없이, 자유롭게……."

"그렇군요. 그걸 걱정하셨군요. 하지만… 사람의 운명치고 특별하지 않은 것이 있을까요? 한 사람 한 사람 들여다보면 다 특별하지요."

"하하, 당신 언제 타유 그 친구를 만났소?"

갑자기 청담이 웃음을 터뜨리며 물었다. 갑작스런 질문에 복묘상이 의아한 표정을 되물었다.

"타유 대협은 갑자기 왜요?"

"지난번에 만났을 때 내가 풍이의 일로 걱정하는 소리를 하자 그가 그러더군. 세상에 평범한 인생은 없는 것 같다고."

"그분이 그런 말도 해요?"

"왜 그 친구는 그런 말 하면 안 되나?"

"그런 건 아니지만……. 글을 읽은 분이 아니라서……."

"그래서 그의 말에 더 무게가 있는 거요. 그는 서책으로 세상의 이치를 배운 사람이 아니오. 그러나 그는 몸으로, 자신의 삶을 통해서 세상의 이치를 배웠소. 어느 것이 더 진정이겠소?"

"듣고 보니 또 그렇군요. 아무튼 그분과 제 의견이 같다는 거죠? 그럼 걱정할 필요 없겠네요. 아니, 걱정하는 것 자체가 쓸데없는 일이네요. 그저 풍이 자신의 운명을 잘 다스리며 살아가길 바라는 것이 최선이겠어요."

"그래야 하는데… 그게 쉽지가 않군."

청담이 나직하게 한숨을 내쉬었다. 그런 청담을 복묘상이 이상한 눈으로 바라봤다. 다른 문제에 있어서는 그렇게 대범한 청담이 유독 아들 청풍에 대해서는 무척 민감하기 때문이었다. 특히나 청풍이 물의 기운을 타고 태어난 것을 아는 순간부터 더욱 예민해진 청담이었다.

"운룡산에는 언제 가죠?"

"보름에……."

"그분은 이제 다 나으신 건가요?"

"이번에 가서 비무를 한번 해볼 생각이오. 비무를 해보면 알겠지. 그가 예전의 그로 돌아왔는지 아니면 시간이 더 필요한지."

"휴……. 벌써 삼 년이니 참 어지간한 분이에요."

"그의 끈기는 세상에서 따를 자가 없지."

"그런데 두 사람은 그렇게 금슬이 좋으면서 왜 아이가 없죠?"

복묘상이 문득 떠오른 생각을 입에 올렸다.

"옛말에 너무 금슬이 좋으면 아이가 없다지 않소?"

"그런가?"

상목혜가 고개를 갸웃했다. 그러나 청담은 타유와 상목혜가 아이를 갖지 못하는 이유가 따로 있음을 말하지 않았다. 삼 년 전 심각한 부상을 입었던 두 사람은 아이를 가질 수 없는 몸이 되었던 것이다.

한 사람의 문제가 아니라 둘 모두의 일이었고, 사실은 외상이 아닌 원기를 손실한 면에서는 상목혜가 더 심각한 상태였었던 것이다. 그런 몸으로는 도저히 아이를 가질 수 없었다.

"휘이휘이!'

강에서 언제나처럼 어부들의 목소리가 일어난다. 새벽을 알리는 목소리다. 부지런한 사람들은 이미 그물을 걷고 있었다. 다시 한 번 투망을 하면 오전 중에 두 번째 그물을 걸을 수 있을 것이다.

타유의 배에도 고기가 한가득이다. 요즘 들어서는 그물질에 익숙해져 다른 어부들보다 훨씬 많은 고기를 잡는 타유다. 그래서 몇몇 토박이 어부에게 시샘을 받기도 하지만 모두 순박한 사람들이라 그 시샘 속에도 정이 넘친다.

"어이, 우검, 오늘도 혼자 이 강의 고기를 다 잡을 거야?"

맞은편 배에서 노련한 어부 여달이 소리쳤다.

"운이 좋은 것 같습니다."

타유가 대답했다. 타유는 은거를 시작한 이후 이름을 우검으로 바꾼 채 살아가고 있었다. 처음 운룡산 동쪽에 칩거할 때에는 산 밖으로 나오지 않았지만 영원히 사람들과 떨어져 살 수는 없는 일이어서 몸이 회복된 이후에는 습기가 적은 운룡산 서쪽에 초가를 세우고 이렇게 물고기를 잡거나 혹은 운룡산에서 자생하는 약초를 캐어 살아가고 있었다.

"자네의 운이야 이틀에 한 번은 좋지. 그런데 또 잡은 고기들을 강변에서 팔아버릴 건가? 시전에 나가 팔면 두 배는 받을 수 있을 텐데."

여달이 아쉬운 표정으로 말했다. 본래 강변에는 어부들이 잡은 고기를 선매하기 위해 도매꾼들이 몰려와 있었다. 그들에게 물고기를 넘기면 그들은 시장에 나가 소매상들에게 다시 고기를 넘기고 이문을 남기는데 그 이문이 결코 적지 않아 어부들 사이에 불평이 많았다.

"그게 편하지요."

"에이, 사람이 그렇게 욕심이 없어. 하긴 집에 아리따운 부인이 기다리고 있으니 빨리 가고도 싶겠지."

여달이 짐짓 농을 한다. 상목혜를 두고 하는 말인데 어부들 사이에서는 상목혜의 미보가 제법 유명했었다. 타유같이 허름한 사람이 어떻게 그런 예쁘고 젊은 아내를 얻었는지에 대해 한동안 왈가왈부하던 때도 있었다.

"어르신도 오늘은 제법 잡으신 것 같은데요?"

타유가 물었다.

"음, 나도 제법 잡았지. 그러면 뭐해. 다 큰 자식 놈들이 일할 생각은 안 하고 빈둥빈둥 노는 통에 하루 벌어 하루 살기도 힘든데……. 자네 반만 닮았어도……."

"나중에 큰일을 하겠지요. 모두 호걸의 기풍이 보이던데……."

"큰일은 무슨! 어디 가서 왈패나 되지 않으면 다행이지."

여달이 혀를 찼다.

"가세. 난 시전으로 갈 생각이야. 저놈들 배불려 주는 일은 못하겠어."

여달이 강변으로 배를 몰며 말했다. 타유가 여달의 뒤를 따라 고기가 가득 든 배를 몰기 시작했다.

　사람을 기다리는 일은 언제나 설레는 일이다. 먼 곳의 오랜
손님뿐만 아니라 새벽일을 하러 나간 정인을 기다리는 일 역
시 마찬가지다. 상목혜가 초가의 마당을 서성이고 있었다. 가
끔씩 고개를 들어 초가로 올라오는 산길을 살피기도 했지만
타유의 모습은 보이지 않는다.
　초가의 굴뚝에서 한참 솟아나던 연기도 잦아든 지 오래였
다. 아침밥이 다 지어진 것이다.
　"언제 오시려나?"
　상목혜가 걸음을 옮겨 초가를 벗어났다. 그러자 멀리서 그
물을 어깨에 짊어지고 산길을 오르고 있는 타유의 모습이 보
였다. 상목혜의 걸음이 빨라졌다. 마치 오랫동안 변방으로 떠
나 있던 낭군을 맞이하듯 그렇게 상목혜가 타유를 맞았다.
　"왜 이렇게 늦었어요?"
　"오늘은 제법 고기가 많이 잡혀 넘기는 데 시간이 걸렸
소."
　"그럼 금자가 제법 되겠네요?"
　"그렇소. 뭐 필요한 게 있소?"
　"내일이면 보름이잖아요. 청 대협을 만나는 날이죠? 풍이에
게 뭐라도 좀 선물하고 싶어서요."
　"후후, 당신은 참 이상하군."
　타유가 나직이 실소를 흘렸다.

"뭐가요?"

"한 번도 보지 못한 풍이 그렇게 정이 가오?"

"하긴 듣고 보니 이상하군요. 왜 그 아이에게 그렇게 정이 갈까?"

그러자 타유가 조금 어두운 표정으로 물었다.

"혹 우리에게 아이가 없어서요?"

"아뇨. 그런 건 아니에요. 전 당신만 있으면 족해요. 단지… 이상하게 그 아이는 우리와 인연이 깊다는 생각이 들어요. 남 같지 않다고 할까? 아마도 청 대협의 도움으로 당신이 살아나고 또 우리가 이렇게 행복하게 살아가고 있어서일 거예요."

"우리만으로 족하오?"

"또 그런 말을 하는군요. 걱정 마세요. 전 당신으로 족해요. 만약 아이가 필요하다면 이미 부모 없는 아이들을 데려다 키웠겠지요. 하지만 전 당신으로 족해요."

"고맙소. 그런데 밥은 다 되었소?"

"그럼요. 들어가요."

"오늘은 타지 않았소? 아니면 설익었나?"

"흠, 누룽지를 드시고 싶은 모양이군요. 준비해 두었죠."

"아이구, 탔다는 소리네."

방 안에 구수한 숭늉 냄새가 흐른다. 타유와 상목혜는 단출한 아침상을 가운데 두고 이런저런 이야기를 하며 아침 식사를 했다. 그러다가 문득 상목혜가 물었다.

"언제까지 이렇게 만나실 거죠?"

"청담 그 친구 말이오?"

"네, 매달 보름 아무도 모르는 산속에서 만나는 일은 너무 번거롭지 않나요? 이쯤 되면 천살문주의 추격도 걱정하지 않을 때가 된 것 같은데. 정작 나와 풍이 어머니는 만나지도 못했잖아요. 풍이도 보고 싶고. 어떻게 생겼는지."

"살수의 격언 중 이런 말이 있소. 모든 것이 끝났다고 생각될 때가 가장 위험한 순간이다."

"여전히 조심해야 한다는 건가요?"

그러자 타유가 고개를 끄덕였다. 그러면서 신중하게 입을 열었다.

"그동안 청담 그 친구가 문주가 몸을 의탁했다는 흑룡문에 대해 알아본 모양이오. 그런데… 심상치 않은 곳이었소. 문주 스스로 자신의 몸을 낮추고 그 일원이 되고자 할 만큼."

"그렇게 대단한 문파인가요?"

"섬서와 감숙을 완전히 장악하고 있었소. 중원의 대문파들과 자웅을 겨루고도 남을 세력을 쌓았다고 전해지기도 하고 말이오. 다행인 것은 중원보다는 새외에 관심을 더 두고 있는 모양이오. 그런데 더 무서운 것은 섬서와 감숙의 모든 문파가 흑룡문의 그늘 아래 들어갔음에도 불구하고 그들의 실체는 여전히 구름 뒤에 숨겨져 있다는 거요. 누가 문주인지, 목적이 무엇인지……."

"호금장을 손에 넣은 것이 우연이 아니군요."

"그렇소. 내가 팔을 베었던 그 흑우저라는 자가 흑룡문의 고수였다고 하니 그 일이 아니었더라도 호금장은 흑룡문의 손에 떨어졌을 거요."

"호불은 조정의 고관들과 친분이 있는데 그럼에도 그들의 손아귀를 벗어나지 못했다는 것은 흑룡문이 원의 조정에서도 함부로 손댈 수 없는 곳이라는 뜻이겠지요?"

"맞소. 난주성의 성주가 흑우저를 예우하는 것이 과거 호불을 대하는 것의 서너 배는 더 신중하다 하오. 그러니⋯⋯."

"알겠어요. 좀 더 참고 살아요. 성급히 나섰다가 지금의 평온을 깰 수는 없죠."

"우리도 우리지만 청담 그 친구를 위험에 빠뜨릴 수도 있으니 조심해야 하오."

"후⋯⋯. 결국 풍이는 앞으로도 한동안 보지 못하겠군요."

"그렇게 보고 싶소?"

타유의 물음에 상목혜가 고개를 끄덕인다. 그녀의 눈빛에 간절함이 있다. 그러자 타유가 잠시 생각에 잠겼다가 입을 열었다.

"한번 기회를 만들어보리다."

"어떻게요?"

"자리를 정하고 만날 수는 없으나 스치듯 볼 수는 있겠지."

타유가 빙그레 미소를 지어 보였다.

*　　　*　　　*

　검이 하늘로 치솟았다. 그 그림자를 따라 푸른빛의 꼬리가 만들어진다. 검기다. 그러자 갑자기 측면에서 한줄기 검은 그림자가 나타나 빠르게 검이 만들어내는 빛을 베었다.

　캉!

　날카로운 소성이 달빛을 뒤흔든다. 빛의 검과 어둠의 검이 서로 사오 장씩 뒤로 물러났다. 그러고는 미처 한숨 돌릴 여유도 두지 않고 다시 서로를 향해 다가간다.

　이질적인 두 개의 검이 묘하게 어우러진다. 밝음과 어둠, 부드러움과 날카로움, 그리고 빠름과 느림이 만들어내는 균형의 아름다움은 이루 형언할 수 없다.

　아쉬운 것은 이 기이한 아름다운 비무를 보는 사람이 아무도 없다는 것이었다. 오직 이 검의 향연을 만들어내는 두 사람만이 스스로의 검로에 취해 검의 빛 무리로 깊은 숲을 수놓고 있을 뿐이었다.

　차앙차앙!

　검이 두 번 격돌했다. 그러고는 동시에 뒤로 물러나 서로를 겨누었다. 그리고 그 상태로 숨 한 번 돌릴 시간이 흘렀다.

　"다 나았군."

　푸른 검기를 뿌려대던 검을 거두며 청담이 말했다.

"그런 것 같아. 그런데 사정을 보아준 건가?"

타유도 검을 거뒀다. 그러면서도 뭔가 미심쩍은 듯 청담에게 되물었다.

"그건 아니고, 한 가지 검로를 시험해 본 것이네."

"검로를 시험해?"

"음, 떠날 때 선사께서 한 초식의 검로를 가르쳐 주셨는데 요즘 들어 그 이치를 깨달은 듯하여……."

"묵철 선사?"

"음."

청담이 고개를 끄덕인다. 그러자 타유가 혀를 차며 말했다.

"여전히 사부라는 말을 하지 않는군."

"자네도 천살문주를 사부나 스승이라고 부르지는 않지 않나? 그저 문주라고 부르지."

"자네와 선사는 다르지."

"물론 자네들과는 다른 관계지. 하지만 선사께서 날 한 번도 제자로 부르지 않으셨으니 내 스스로 사부라 할 수 있나."

"그 양반이 모든 사람에게 그랬다 하지 않았나?"

"그랬지. 그분께 무공과 선법을 배운 사람은 많지만 누구 하나 자신의 제자라고 말한 사람이 없었네. 그래서 모두 그것이 그분의 성품이려니 그리 생각했지. 그런데 그분을 떠나올 때 알게 되었네. 자신이 가르친 사람들을 제자라 하지 않은 것은 그분의 성품이 아니라 그들 중 진정한 제자가 없었기 때문이란 것을."

청담이 조금 어두운 표정으로 말했다.

"그게 무슨 소린가? 제자로 생각한 사람이 없다니?"

타유가 조금 놀란 표정으로 되물었다. 그러자 청담이 검날을 손으로 닦으며 말했다.

"그 양반이 내게 한 당부 있지 않은가?"

"사람을 찾으라는?"

"그래, 그 양반의 모든 것을 이을 재목을 찾아오라는 그 부탁, 혹은 명령일까? 아무튼 그 당부를 하며 내게 말했지. 자신의 제자는 오직 한 명뿐일 거라고."

"음……."

타유가 나직한 침음성을 흘리며 청담의 눈치를 보았다. 그가 생각하기에 청담의 검법은 이제 스스로 자신의 검을 만들어낼 경지에 올라 있었다. 검객이 스스로 자신의 검을 세운다는 것은 다른 이의 가르침이 필요없는 경지다.

스스로 깨닫고 스스로 초식을 만들어내는 단계. 이제 궁극을 향해 나아가야 할 청담이다. 청담의 나이를 생각하자면 놀라운 성취다. 오늘의 승부 역시 평수를 이뤘다고 하지만 순수한 무공을 놓고 보자면 타유는 청담의 한 수 아래다. 죽고 죽이는 싸움에서야 살법을 동원하면 겨우 평수를 이룰 상대, 그런 청담의 자질조차도 선승 묵철의 눈에 차지 않았다면 도대체 어떤 자질을 가진 자가 필요하단 말인가.

"제자를 두지 않겠다는 건가?"

타유가 중얼거렸다.

"그렇지는 않네. 특별한 사람이 필요한 거지."

"도대체 어떤 사람이 필요하단 건가?"

"선승께서 내게 당부한 몇 가지가 있네. 그중에 몇 가지만 충족되면 데려오라 하셨지."

"그게 어떤 건가?"

"앉을까?"

청담이 땀을 닦으며 강이 내려다보이는 바위로 향했다. 타유가 급히 그의 뒤를 따라가 청담보다 먼저 바위에 올랐다. 그로서는 도대체 선승 묵철이 원한 자질이 어떤 것인지가 못내 궁금했던 것이다.

"음, 선승께서 원한 자질은 무척 특이했네. 첫째, 불을 무서워 않는 성정, 둘째, 물을 두려워 않아 손발을 쓰지 않아도 스스로 물에 뜰 수 있는 사람, 셋째, 손의 생기로 나무의 싹을 틔울 수 있는 사람, 넷째, 금기가 강해 쇠를 먹을 수 있는 사람, 다섯째, 땅을 읽을 수 있어 지기의 맥을 찾을 수 있는 사람……."

바위에 앉은 청담이 말했다.

"무슨 풍수지리를 가르치려는 건가?"

타유가 청담의 말을 듣다 말고 중얼거렸다.

"풀어보면 오행의 기를 지닌 사람을 원하신 거지."

"아, 그렇군. 화수목금토라……. 그런데 쉽지는 않지만 세상엔 그런 기운을 지닌 사람이 꽤 있을 텐데?"

타유가 고개를 갸웃했다. 타유의 말처럼 세상에는 간혹 특별히 오행의 기운 중 하나를 강하게 발현하는 사람이 있다. 가끔 쇠를 씹어 먹거나 혹은 흙물을 마시는 사람이 사람들의 입에 오르내리기도 한다. 그러니 굳이 그런 사람을 찾으려면 묵철 스스로 얼마든지 찾을 수 있었다. 그런 일을 왜 청담과 앞서 그에게 가르침을 받은 사람들에게 맡긴 것일까.

"내가 말한 것들은 선승께서 말씀하신 조건 중 기본이 되는 것들일세. 그분께서는 이런 기질을 지닌 사람 중에서 두 가지 이상의 기질을 함께 가진 사람을 찾으라 했네."

"음, 그건 어렵군. 한 가지면 모를까 두 가지를 가진다는 것은……."

"더군다나 그게 전부가 아닐세."

"또 다른 조건이 있나?"

"무공을 수련하기에 좋은 골격을 가져야 하네. 그 조건을 상세히 말씀해 주셨지. 하지만 그것보다 어려운 조건이 있네. 첫째는 눈이 맑아야 하네. 욕심이 적어야 한다는 말이지. 그리고 두 번째는 가장 어려운 건데……."

"뭔가?"

타유가 부쩍 호기심을 드러냈다.

"천재거나 아니면 천하에 짝을 찾을 수 없는 둔재거나. 이 양극단의 사람이 하나의 조건에 부합한다니 어려운 일이지."

"무슨 조건이 그런가?"

"그러게 말이야. 참 기이한 조건이지. 어떤 사람을 키우려고 그러나 나도 궁금하다네."

"일부러라면 도저히 찾을 수 없는 사람이군."

"맞아. 나도 그리 생각했네. 그런데 선승께서는 꼭 내가 그를 찾을 것처럼 말씀하셨거든. 왜 그런 확신을 하셨는지 그때는 알지 못했네. 그러나… 이제는 알 수 있어. 선승께서 다른 사람들보다 내가 그런 인재를 찾아올 가능성이 가장 많다고 판단하신 이유를 말이야."

청담의 말에 타유의 눈빛이 반짝였다. 청담의 말을 곰곰이 생각하면 그는 이미 그런 자질의 사람을 찾은 듯 보였기 때문이었다.

"찾았나?"

"확신할 순 없지만……."

"누군가?"

타유의 입에 침이 마른다. 정말 선승 묵철이 말한 그런 사람이 존재한다면 아마도 그는 미래의 천하제일인이라 해도 될 것이다. 그가 경험했던 선승 묵철의 무공이 어떠했었던가.

벼락처럼 빠른 타유의 살검이 선승의 심장을 향했을 때도 그는 가벼운 손짓 하나로 허깨비처럼 타유의 검을 비껴내고 벼락같은 사자후로 심장을 흔들어 그를 꼼짝하지 못하게 만들었었다.

검이 아닌 기세로 타유를 제압할 수 있는 사람이 또 있을까. 그런 묵철의 무공을 이어받을 기재라면 타유로서도 궁금하지 않을 수 없었다.

그런데 그런 인물을 찾았다는 청담의 표정은 밝지 않았다.

"왜 문제가 있는 사람인가?"

타유가 침을 꿀꺽 삼키며 물었다. 그러자 청담이 고개를 끄덕였다.

"무슨 문제인가?"

타유가 다시 물었다.

"너무 어려."

"응? 그게 무슨 말인가? 너무 어리다니? 몇 살인데?"

"잘 생각해 보게. 자네도 아는 사람일세."

"내가 아는 사람이라고? 글쎄, 누굴까? 운룡산에 은거한 이후 난 아이들은 본 적이……. 가만! 설마… 풍을 말하는 건가?"

타유가 화들짝 놀란 표정으로 물었다. 그러자 청담이 천천히 고개를 끄덕였다.

"지난번에 말했었지? 풍이 물에 뜬다고. 겨우 네 살밖에 되지 않은 아이가 물에서 논다네. 물질을 가르친 것도 아닌데……. 손발을 움직이지 않아도 물에 떠. 강에 놓아주면 홀로 먼 곳까지 나갔다가 급한 물살에도 귀신처럼 물길을 찾아 다시 강변으로 나온다네. 수기(水氣)를 타고 난 거지. 거기에 더해 글을 몇 자 가르쳐 봤는데……."

"어떠하던가?"

"총명해."

"아……!"

타유가 나직하게 탄식을 흘렸다. 그러다가 문득 다시 물었다.

"하지만 오행의 기운 중 적어도 둘은 가지고 있어야 하지 않는다고 하지 않았나?"

"음… 불도 무서워하지 않아."

"찾았군."

타유가 확신하듯 말했다. 청담을 닮았다면 욕심도 없을 것이다. 청담의 말을 모아보면 그의 아들 청풍은 선승 묵철이 말한 바로 그런 자질을 가진 아이다.

"그런데 자네 표정이 왜 그러한가? 선사의 제자가 되는 것은 큰 행운이 아닌가?"

말하는 내내 어두운 청담의 표정을 떠올린 타유가 물었다. 그러자 청담이 타유를 돌아보며 물었다.

"자넨 살수로 산 세월과 요 몇 년 운룡산에 은거해 산 세월 중 어느 쪽이 낫던가?"

"그야 물론 운룡산에서 사는 것이 좋았지. 내 평생 이런 평온은 맛본 적이 없어서……. 그런데 그건 왜?"

"풍을 선사에게 맡긴다면 풍이 무척 위험한 일을 하게 될 것 같다는 생각이 드네. 물론 자네가 모든 사람의 삶이 특별하다고 하기는 했지만 그렇다고 해도 묵철 선사의 제자는 결코 간단한 문제가 아니지. 더군다나 선사께서 그런 재목을 찾으신 이유는 단순히 당신의 무공을 전수할 인재를 찾기 위함이 아니었을 것이네. 그 제자에게 뭔가 크고 중요한 일을 맡기려 함이지. 그러니……."

"위험할 수도 있겠군."

"무공을 수련하는 것도 그래. 나도 풍에게 무공을 가르칠 생각이네. 험한 세상을 살아가자면 무공이 필요하지. 하지만 급하게 할 생각은 없어. 천천히 흥미를 가지고 평생 수신의 방책으로 무공을 익히게 할 생각이었지. 하지만 선사께 맡겨진다면 아마도 고통스런 수련 기간을 거쳐야 할 걸세."

"천하제일의 무공을 익히려면 당연히 고통스럽겠지."

"고통스런 수련, 고통스런 임무가 주어진다면 과연 선사에게 풍을 데려가야 할까? 그 일이 정의로운 것이라 해도 결국 풍은 손에 든 검으로 사람을 베어야 할 걸세. 선사께서 맡기실 일은 그런 일일 거야."

"으음……. 듣고 보니 고민스러운 일이군. 이곳에서 살아간다면 촌장님과 자네 부부의 사랑을 듬뿍 받으며 살아갈 텐데. 더군다나 이래저래 검을 쥐고 살아가는 것은 역시 살수나 무사나 각박하긴 마찬가지일 터. 걱정이군."

타유도 이제 청담의 고민이 무엇인지 확실히 이해할 수 있게 되었다. 아니, 이제는 오히려 청담보다 더 청풍의 운명이 걱정되었다. 그 자신이 손에 피를 묻히며 살아온 살수의 인생이다. 검을 든 자의 길이 얼마나 황량한 것인지 누구보다 잘 아는 타유다.

청풍에 대해 남다른 애정을 갖고 있는 타유로서도 청풍이 선승 묵철의 제자가 되는 것이 좋은 일인지 고민하지 않을 수 없었다. 그러나 결정은 역시 청담이 하게 될 것이다. 그런데 두 사람이 잠시 침묵을 지키며 청풍의 문제를 고민하던 중 청담이 불쑥 타유에게 물었다.

"자넨 운명을 믿나?"

갑작스런 질문에 타유가 어리둥절한 표정을 짓다가 이내 고개를 끄덕였다.

"믿네."

"어째서?"

"얼마 살지는 않았지만 지난날을 생각해 보면 내 의지대로 된 일보다 뭔가 보이지 않는 힘에 의해 내 인생이 이끌려 왔다는 생각이 드네. 나 자신조차도 확신할 수 없었던 결정의 순간이 많았지. 그럴 때마다 어떤 힘이 나를 한 방향으로 끌어간 것 같네. 지금도 그래……. 이 은거의 삶을 내 선택이라고 하고 싶지만 사실 내가 원하는 평온과는 거리가 조금 있거든. 난 목혜 그 사람과 함께 저자에도 나가고 자네 식구들과도 자유롭게 만나고도 싶네. 그러나 그러지 못하고 있지 않은가? 그러니 지금 평온하다고 해도 이건 내가 원하는 완전한 모습은 아니지. 운명이라는 놈이 내게 지워준 삶이지."

"그렇군. 하긴 나도 마찬가지긴 하군. 조부께서 별초로서 탐라에서 돌아가신 이후 줄곧 내 인생은 내가 원하는 바와는 상관없이 흘러왔지. 선사를 만난 것도 그렇고, 이곳에 온 것도 그렇고……. 그래서 말인데. 난 일단 청풍을 선사께 데려가지 않을 생각이네."

"그래? 그리 결정했나?"

한편으로는 안도의 한숨이 새어 나오는 타유다. 천하제일인이 될 기회를 저버린 것에 대한 미련도 없는 것은 아니지만 그래도 금석촌에 있는 것이 청풍을 위해 더 좋은 일인 것 같았다.

"운명이란 것이 있다면 내가 아니 데려간다 해도 그 아이는 결국 선사의 앞에 가 있겠지. 선사와 그 아이의 인연은 풍의 운명에 맡겨 놓을 생각이네."

"그도 좋지. 자네의 집사람에게도 좋은 일이고."

"하긴 솔직히 선사에게 데려간다고 묘상을 설득할 자신도 없다네."

"하하하, 우리 두 사람은 하나의 공통점이 있군. 모두 집사람에게 꼼짝을 하지 못한다는 것 말이야. 그건 그렇고… 목혜가 풍을 너무 보고 싶어해."

"그래? 데려올까?"

"아니, 그건 위험한 일이고……. 날을 잡아 시전에서 스치듯 한번 보는 것이 좋을 것 같네. 변복을 하고 나가면 큰 문제는 없을 거야."

"휴, 언제까지 이렇게 살 건가?"

"자네도 흑룡문의 성세를 직접 알아보지 않았던가?"

"하긴……. 천살문주가 흑룡문의 수뇌 중 한 명이라면 여전히 조심해야겠지. 최근 들어 흑룡문이 점차 중원으로 세를 넓히고 있다는 소식도 들리더군."

"그래? 정말 그들의 야심이 강호무림 전체에 있을까?"

"두고 볼 일이네. 강호인 중에 그런 말을 하는 자들이 적지 않으니……."

청담과 타유의 표정이 다시 어두워졌다. 그들의 예상대로 천살문주 홍암이 몸을 의탁한 흑룡문이 강호일통의 야망을 가지고 있다면 타유의 은거 생활은 훨씬 길어질 수도 있었다.

"그만 가세. 다음 달 칠 일에 금석촌에 큰 장이 서네. 금석촌에서 흑철을 내놓는 때이거든. 사천 인근 성의 큰 장사치들이 모두 몰려올 걸세. 그에 따라 시전의 규모도 평소의 서너 배는 될 거야. 그때 보세."

"좋군. 시전이 커지면 사람들의 눈을 피하기도 편하지."

"풍은 처음 보는 것이지?"

"그렇지. 이거 마음이 설레는군."

"후후, 풍이도 자넬 보면 무척 좋아할 걸세."

*   *   *

사천 남방에 철의 본산이라는 금석촌에는 해마다 설에 버금가는 날이 있다.

오월의 일곱 번째 날, 금석촌에서 생산하는 쇠 중 단연 최고라는 흑철의 일 년치 거래가 이뤄지는 날이다.

금석촌의 흑철은 단단하기가 다른 쇠에 비해 두 배는 강하고, 상온에 놓아두어도 녹이 잘 슬지 않는 특징으로 강호의 뭇 무림문파에서 병장기를 만들기 위해서 반드시 구입하고 싶어 하는 철이다.

그러나 귀한 만큼 그 소출량도 적어서 일 년에 거래되는 흑철의 양은 오천 근이 전부였다. 그런데 그 오천 근을 바라보고 강호의 거상들이 대거 몰려든다. 왜냐하면 일단 흑철만 손에 넣는다면 금석촌에서 산 값의 세 배의 이문을 남길 수 있을뿐더러, 이문보다도 흑철을 필요로 하는 강호의 무림문파들과 흑철을 이용해 인연을 맺을 수 있기 때문이었다.

강호의 문파에게 흑철은 금보다 귀한 쇠라 거래를 하는 것만으로도 큰 선물을 안겨주는 것이나 마찬가지였다. 그러니 금석촌의 흑철 일 년치 거래가 결정되는 날 거상들이 금석촌으로 몰려오지 않을 수 없었다.

거상들이 출현하게 되면 흑철만이 아니라 남방에서 나는 수많은 토산품이 거래된다. 그러므로 금석촌의 시전은 평소의 세 배 이상 확대되는데 운이 좋은 상인들은 흑철의 거래가 열리는 오월 칠 일 전후 십여 일에 일 년치 장사를 끝내기도 했다. 그러니 오월 칠 일은 금석촌 인근의 사람들에게 설 명절보다 더 중요한 날인 것이다.

"비켜요. 비켜!"

남방 특유의 긴 뿔을 가진 물소가 끄는 수레에 무너질 듯 가득 짐을 실은 사내가 사람들로 붐비는 시전 길을 호통을 치며 지나간다.

"장삼, 이 망할 놈아. 이런 날 달구지를 끌고 들어오면 어떻게 해!"

길 양옆에서 장사하던 상인들이 수레를 끄는 청년을 향해 욕지거리를 해댔다.

"무해 아제, 좀 봐주쇼. 촌장님 댁으로 가는 물건이란 말이우."

수레 위에서 장산이라 불린 청년이 대꾸했다.

"촌장님 댁에? 음… 삼 일 뒤 잔치를 위해 향목을 가져가는 것이군."

"그렇수. 처음 있는 일도 아닌데 뭘 그리 타박을 합니까? 향목이 잘 타야 장사치들의 기분이 좋아져 우리도 손에 금자 좀 만져볼 것 아니우."

"알았네. 알았어. 얼른 가보게. 잔치 준비 늦으면 안 되지."

늙은 장사치 무해가 얼른 손짓을 한다. 그러자 청년 장삼이 다시 소리 높여 외쳤다.

"길을 여시오. 촌장님 댁에 가는 향목이오. 비키시오!"

장삼의 목소리가 높아지자 길 위의 사람들이 좌우로 길을 연다. 그 사이로 물소가 끄는 수레가 시끄러운 소리를 내며 이동했다. 수레가 지나간 길은 금세 다시 사람들로 메워졌다. 그러고는 시끄러운 사람들의 흥정 소리가 시전을 뒤덮었다.

"참으로 대단하지 않습니까?"

허름한 주루 위에서 시끌벅적한 금석촌의 시전을 내려다보고 있던 초로의 노인이 맞은편 노인을 보며 말했다. 말을 건넨 노인도 그 기도가 보통이 아니었지만 건너편 노인의 기도에 비할 바가 아니다.

묵묵히 말을 듣고 있는 노인은 흑의장삼을 입고 있었는데 눈에서 자연스레 흘러나오는 검은빛 안광은 타인에게 본능적인 두려움을 느끼게 하는 힘을 지니고 있었다. 그래서인지 말을 하는 노인의 태도가 무척 신중하다.

"그렇구려."

흑의 노인이 가볍게 대답했다.

"본 표국이 천하를 상대로 표행을 해 천하에 가보지 않은 곳이 없고, 상대하지 않은 장사치가 없지만 그 잠재력만 놓고 보자면 이 금석촌의 잠재력이 천하제일이지요."

"확신하시오?"

흑의 노인이 되묻는다. 그러자 금석촌의 잠재력을 칭찬했던 초로의 노인이 침을 한 번 삼키고 대답했다.

"이 늙은이에게 그 정도 안목은 있지요."

"음, 모가장주의 안목이라면 나도 믿소."

흑의 노인의 입에서 나온 말을 혹여라도 들은 사람이 있다면 아마도 입을 막고 당장 금석촌의 촌장 집으로 달려갔을 것이다.

비록 화해를 했다고는 해도 과거 갈산의 철광을 두고 칼부림을 했던 금석촌과 모가장이다. 그런데 그 모가장의 장주가 이렇게 은밀히 금석촌에 나타났으니 누가 놀라지 않을 수 있을 것인가. 그러나 좀 더 깊이 생각해 보면 놀랄 일은 그것만이 아니다.

모가장은 천하제일표국을 다투는 거상이다. 그런 모가장의 장주 모흔은 강호에서도 도도하기로 소문난 인물이었다. 그는 상주가 마음이 내키지 않으면 표물 받기를 거부할 정도로 자존심이 강한 인물이었다. 그런데 오늘 그의 모습은 그의 평판과는 어울리지 않는 모습이었다. 그러니 맞은편에 앉아 있는 흑의 장삼 노인의 정체가 궁금하지 않을 수 없는 일이다.

"얻을 수만 있다면 무슨 수를 써서라도 얻어 내야 하는 곳이라고 할 수 있지요."

모가장주 모흔이 말했다.

"만약 그리되었을 경우 모가장의 평판이 무척 나빠질 것이오."

흑의 노인이 경고했다.

"강호의 평판이란 결국 힘 있는 자에게 기울게 마련이지요. 한두 해 어려움을 겪을 수 있으나 금석촌의 철을 손에 쥐고 있다면 결국 우릴 비난하던 자들이 먼저 손을 내밀 것입니다."

"하긴, 인심이란 믿을 게 못 되지. 좋소. 오늘 밤 결행합시다."

"사왕께서 도와주신다면 어렵지 않게 성공할 것입니다."

"가급적 나의 수하들은 나서지 않았으면 좋겠소."

"알겠습니다. 하지만 금석촌에 한 명의 고수가 있어 그를 처리하는 것은 도움을 받았으면 합니다."

"청담이라는 촌장의 사위 말이오?"

"그렇습니다."

"그가 그리 강하오?"

"갈산에서 일이 실패한 것은 오로지 그자 때문이었지요. 제 둘째 아들놈이 크게 다쳐 여전히 치료 중이고. 일견사 여화적 역시 그에게 한 팔을 내주고 도주했습니다."

"그는 폐인이 되었다고 하더구려?"

"한동안 그러했지요. 그러나 지금은 아닙니다. 제가 거두었지요."

모혼의 말에 흑의 노인이 빙그레 미소를 짓는다.

"좋은 수요. 원한을 가진 자의 칼을 쓰는 것만큼 좋은 술책도 없지. 오늘 금석촌에 살기에 젖은 늑대 한 마리가 나타나겠군."

"아마도 그의 칼에 수십 명의 피가 묻을 겁니다."

"좋소. 가급적 그 청담이란 자는 사로잡도록 하겠소. 장주도 개인적인 원한을 풀어야 할 테니까."

"감사합니다. 그자의 눈앞에서 그자의 아들을 죽이겠습니다. 상처 입은 아들을 보는 아비의 아픔을 느끼게 되겠지요. 몇 배로……."

"장주의 독심에 나마저 두렵구려. 그의 아들이 이제 겨우 네 살이라던데……."

"인정을 두어서는 큰일을 도모할 수 없지 않겠습니까?"

"맞는 말이오. 밀문의 힘을 얻어 천하를 도모하자면 인정을 두어서는 안 되지."

흑의 장삼 노인이 고개를 끄덕였다. 그러자 모혼이 조심스레 물었다.

"밀황께선 정말 이번에 후계자를 정하실 생각이라십니까?"

"아마도 그리될 거요. 그래서 이번 일이 중요하오. 금석촌을 들고 가면 다른 사왕의 공과 비교해 손색이 없을 거요. 반드시… 이 일을 성공시켜야 하오."

"알겠습니다."

"내가 밀문을 얻게 되면 그대도 밀문오왕의 한 자리를 얻게 될 거요."

"아, 그, 그렇게까지……."

모혼이 감격에 겨운 표정을 짓는다. 그러자 흑의 장삼 노인이 의미심장한 표정으로 말했다.

"천하를 움직이는 것은 사람이지만 그 사람을 움직이는 것은 결국 재물이지. 그대는 나에게 그 재물의 힘을 주고 있소. 장주만큼 날 위해 힘을 쓴 사람이 누가 있겠소. 우리 함께 대업을 성취해 봅시다."

"그리 말씀해 주시니 몸 둘 바를 모르겠습니다. 사왕께서는 절 쓰고 싶으신 대로 써주십시오."

모혼이 고개를 숙이고 머리를 조아렸다. 그런 모혼을 흑의 장삼 사내가 미소를 머금고 바라봤다.

밤이 깊었다. 흥청거리던 금석촌의 시전도 서서히 소란에서 벗어나고 있었다. 하나둘 시전에 불이 꺼졌다. 어둠이 금석촌의 외곽에서부터 밀물처럼 밀려들었다. 그리고 그 어둠을 타고 검은 그림자들이 밤 짐승처럼 금석촌으로 스며들었다.

*   *   *

두두두!

한 필의 말이 먼지를 일으키며 어둑한 산길을 내달렸다. 멀리 세 채의 초가가 머리를 맞대고 있는 모습이 보인다. 초가 앞에서 저녁노을을 구경하던 일가족이 달려오는 말을 향해 시선을 돌렸다.

"누구죠?"

서너 살 되어 보이는 아이를 안고 있던 여인이 물었다. 그러자 상투를 튼 굴강한 눈빛의 사내가 입을 열었다.

"글쎄……. 옷을 보니 관병인 모양인데……."

"관병이 어째서 이곳으로 오는 걸까요? 그것도 저렇게 급하게……."

여인이 불안한 듯 물었다. 그러자 사내가 말했다.

"부인은 일단 검산을 데리고 안으로 들어가 계시오. 아무래도 심상치가 않소."

"알겠어요. 조심하세요."

여인이 아이를 데리고 얼른 초가 안쪽으로 사라졌다. 그러자 어느새 다가온 말에서 한 명의 병사가 뛰어 내렸다.

"대인!"

말에서 내린 병사가 사내에게 허리를 숙여 보인다. 그러자 사내가 유심히 병사를 살피더니 이내 놀란 표정으로 말했다.

"자넨 부안이 아닌가?"

"그렇습니다. 대인! 절 기억하시는군요."

"어찌 자넬 잊겠나. 함께 만 리 길을 다녀온 사람을. 더군다나 다른 사람들이 모두 선왕의 유해를 떠날 때 자네와 자네의 동료들은 날 도와 선왕의 유해를 개경까지 호송해 오지 않았던가? 그런데 자네가 이곳엔 어쩐 일인가? 날 보러 온 것인가?"

사내는 바로 강천궁이다. 그가 고려로 돌아온 지 사 년이 지나고 있으니 외모가 제법 변해 있었지만 과거의 그 강단있는 모습은 변함이 없었다.

"대인, 얼른 몸을 피하십시오."

"몸을 피하라니? 그게 무슨 소린가?"

"지금 사헌부의 감찰어사 이홍이 금오위의 병사 오십을 이

끌고 대인을 잡으러 오고 있습니다."

"날! 무슨 이유로!"

강천궁의 눈에서 불꽃이 인다.

"왕의 명을 능멸한 대역의 죄입니다."

"대역죄인이라……. 그게 무슨……!"

"대인께서 원에서 돌아오신 이후 출사의 명을 거듭 사양하신 것이 빌미가 되었습니다. 평소 대인께서 소인배라 비판하셨던 육부의 수장들이 모두 대인을 치죄하기를 청했다고 합니다. 환국하시기 전 원의 황제에게 받은 벼슬도 문제 삼은 듯합니다."

"아……. 이런 자들이 있나? 어찌 무고한 사람을……!"

"대인, 피하십시오. 이대로 끌려가셨다가는 죽음을 면치 못하실 겁니다. 그러니 어서 피하십시오."

부안의 말에 강천궁의 눈에 갈등이 서렸다. 평생 위험 앞에 등을 보이지 않고 살아온 강천궁이다. 죄가 없음은 하늘이 알고 땅이 안다. 그런데 한 목숨 살자고 도주를 한다? 그건 강천궁이 행할 행동이 아니다.

"자네의 걱정은 고맙네. 하지만 죄가 없는데 어찌 도주를 할까!"

"대인, 지금의 정국은 죄가 없어도 죄인이 되고 공이 없어도 공신이 되는 정국입니다. 어찌 목숨을 가벼이 생각하십니까?"

"나라고 어찌 목숨이 아깝지 않겠는가? 그러나 나로서는 평생 살아온 명예를 더럽힐 수 없네."

"하지만 자제분께서는……!"

순간 강천궁이 고개를 돌렸다. 어느새 그의 아내가 아들 강
검산을 품에 안고 문밖으로 나와 있었다.

"부인……!"

"전 죽을 수 있지만 검산을 죽일 수 없습니다."

그의 아내가 단호하게 말했다.

"하면 내게 치욕스런 삶을 살란 말이오?"

"그럼 당신의 명예를 위해 아이의 목숨을 끊어야 하나요?
삼종지도를 배웠으니 당신을 따라 죽는 것은 두렵지 않습니
다. 그러나 아이는… 이제 겨우 다섯 살입니다. 검산은! 절대
죽일 수 없어요."

그러자 강천궁의 얼굴에도 갈등이 서렸다. 아이가 무슨 죄
가 있단 말인가? 굽히지 못한 아비를 둔 죄로 채 십 년도 살지
못하고 죽을 수는 없는 일 아닌가. 문득 강천궁의 시선이 땀을
비 오듯 흘리고 있는 부안에게로 향했다.

"한 가지 부탁 좀 하세."

"무, 무엇인지요?"

"지금 즉시 아이를 데리고 떠나주시게."

"대인!"

부안이 황망한 표정으로 강천궁을 불렀다.

"자네에겐 미안하네만… 난 도망갈 수 없고, 아이도 죽일 수
없네. 하니……."

"아… 대인!"

"부탁이네. 이곳을 벗어나거든 아이를 금강산에 있는 묵철 선사께 맡겨주시게."

"그, 그러나……."

"자네에겐 거듭 미안하이. 부인!"

강천궁이 아내를 돌아봤다. 그러자 그의 아내가 부안에게 다가와 다짜고짜 어린 강검산을 건넨다. 그러고는 그 자리에서 부안에게 큰절을 올렸다.

"아이의 목숨을 부탁드립니다. 그리해 주시면 죽어서도 대협의 은혜 잊지 않겠습니다."

"아, 아니… 그, 그게……."

얼떨결에 아이를 받아 안은 부안이 당황해 어쩔 줄 모른다. 그러는 사이 강천궁조차도 땅에 엎드려 부안에게 절을 한다.

"대인!"

부안이 깜짝 놀란 아이를 안은 채 무릎을 꿇었다.

"아이를 살려주시게."

천하의 강천궁이 자식을 위해 일개 병사에게 무릎을 꿇었다. 순간 부안의 눈에서 눈물이 흘렀다.

"대인… 소인에게 어찌 이런……. 알겠습니다. 내 죽는 한이 있어도 도련님을 선사께 모셔다 드리지요."

두두두!

부안의 말이 채 끝나기도 전에 멀리서 말발굽 소리가 들린다. 그러자 부안이 훌쩍 말에 올랐다.

"어서 가게."

"대인……. 부디 편히 가십시오!"

부안이 말 위에서 정중하게 고개를 숙여 보인 후 힘껏 말의 배를 찼다. 그러자 부안과 강검산을 태운 말이 힘차게 울음을 울더니 그가 달려왔던 곳과 반대쪽을 향해 질주하기 시작했다.

『수선경』 2권에 계속…

이제부터 전자책은

이젠북

www.ezenbook.co.kr

새로운 세계가 열린다!

서현『조동길』　남운『개방학사』　백연『생사결』
목정균『비뢰도』　좌백『천마군림』　수담옥『자객전서』
용대운『천마부』　설봉『도검무안』　임준욱『붉은 해일』
진산『하분, 용의 나라』　천중화『그레이트 원』

이름만 들어도 황홀할 정도의 별들의 향연!

이들의 "유료연재"가 시작됩니다!

검색창에 **이젠북** 을 쳐보세요! ▼

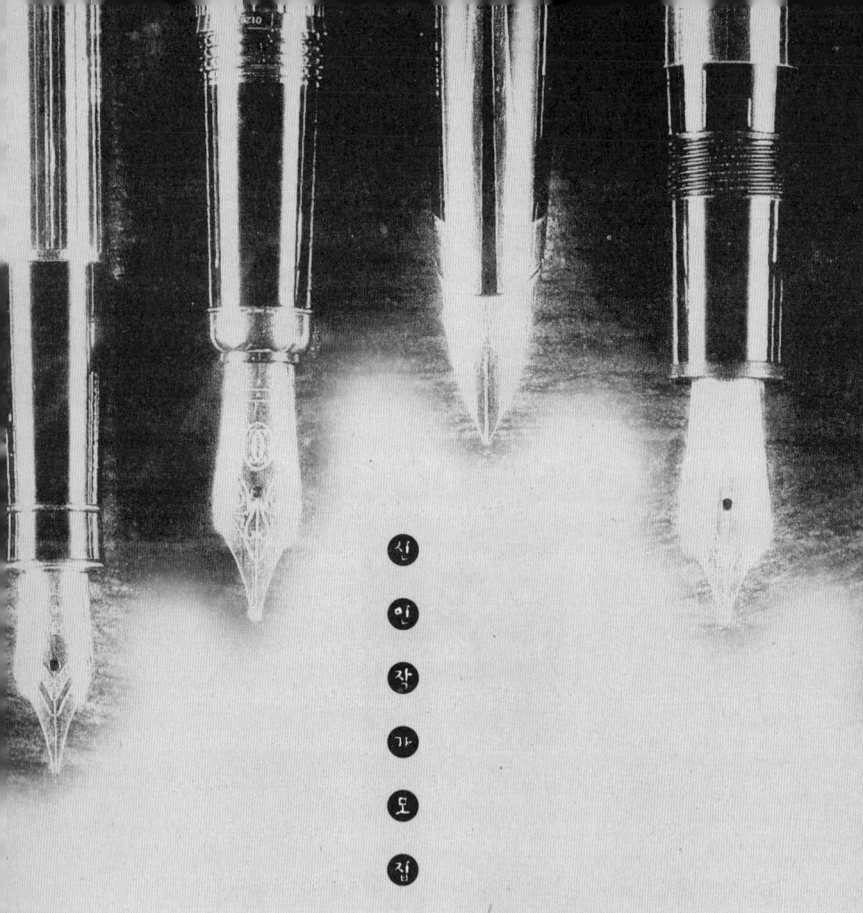

시작이 반이라고 했습니다.
작가의 길에 대한 보이지 않는 벽을 과감히 깨뜨리십시오!
청어람은 작가 지망생 여러분들의
멋진 방향타가 되어드리겠습니다.

저희 도서출판 청어람에서는
소설 신인 작가분들을 모집합니다.
판타지와 무협을 사랑하시는 분들의 많은 참여를 바랍니다.
소정의 원고(A4용지 150매)를 메일이나 우편으로 보내주시면
검토 후 출판 여부를 알려드리겠습니다.

주소:경기도 부천시 원미구 심곡2동 163-2 서경B/D 2F 우편번호 420-822
TEL:032-656-4452 · **FAX**:032-656-4453
http://www.chungeoram.com
e-mail:chungeoram@chungeoram.com

獨步行
독보행

임영기 新무협 판타지 소설

FANTASTIC ORIENTAL HEROES

그날, 심산유곡에서 수련하던
한 명의 소년이 강호로 내려왔다.

모든 이가 소년을 비웃고,
모든 무사가 그를 깔봤다.

소년은 흔들리지 않는다.
"이 천하를 독보(獨步)하리라!"

한번 시작한 걸음, 결코 멈추지 않으리라.
천하여! 무림이여!
대무영(大武英)이 간다!

Book Publishing CHUNGEORAM

유협이 아닌 자유추구
WWW.chungeoram.com

FUSION FANTASTIC STORY

죽은 자들의 왕

페리도스 퓨전 판타지 소설

공전절후! 쾌감작렬!
청어람이 선보이는 판타지의 신기원!

『죽은 자들의 왕』

대륙 최고의 어쌔신 길드, 블랙 클라우드.
어느 날 내려진 섬멸 명령으로 인하여 하루아침에 멸망했다.

그러나……

"오랜만이다, 동생아."

어릴 적 헤어진 동생을 찾아 국경을 넘은 그레이너.
그러나 동생은 죽음의 위기를 겪고,
이제 동생의 모습으로 새로 태어난 그레이너가
모든 음모를 파헤치며 나아간다.

사라졌다 여겨진 전설이 끝나지 않고,
이제 대륙을 뒤흔드는 폭풍이 되리라!

Book Publishing CHUNGEORAM

유행이 아닌 자유추구 -

WWW.chungeoram.com

총수의 귀환

FUSION FANTASTIC STORY

텀블러 장편 소설

아버지라 생각한 자의 배신.
그렇게 이방의 사막에서 죽음을 맞이했다.

그러나, 죽음은 끝이 아니라 새로운 시작이었다!

카이스트 최연소 입학.
하늘이 내린 천재.
과학력을 한 단계 진보시킨 과학자!

복수를 위하여 이계에서 살아남고,
기어코 현대로 다시 돌아온 이은우!

"이제 시작이다, 나의 성공가도는!"

세상이 몰랐던 총수의 귀환!
이은우, 그가 돌아왔다!

Book Publishing CHUNGEORAM

유행이 아닌 자유추구 -
WWW.chungeoram.com